Joanna Wolfe • Küsse wie Schneeflocken

DIE AUTORIN

Joanna Wolfe war lang in den USA unterwegs und Europa und schwärmt vom hohen Norden, solange sie denken kann. Mit Wölfen verbindet sie eine »Seelenverwandtschaft«. Sie verbringt zahlreiche Monate des Jahres in Alaska und Kanada und lebt die restliche Zeit des Jahres in Chicago und Frankfurt am Main. Unter anderen Namen hat sich die weit gereiste Autorin bereits mit Spannungsromanen und gefühlvollen Liebesgeschichten einen Namen gemacht.

Von der Autorin ist außerdem bei cbt erschienen:

Küss mich unterm Nordlicht (31004)

Joanna Wolfe

Küsse wie Schneeflocken

cbt

Der Verlag weist ausdrücklich darauf hin, dass im Text enthaltene externe Links vom Verlag nur bis zum Zeitpunk der Buchveröffentlichung eingesehen werden konnten. Auf spätere Veränderungen hat der Verlag keinerlei Einfluss. Eine Haftung des Verlags ist daher ausgeschlossen.

Dieses Buch ist auch als E-Book erhältlich.

MIX
Papier aus verantwortungsvollen Quellen
FSC® C014496
FSC www.fsc.org

Verlagsgruppe Random House FSC® N001967

1. Auflage
Originalausgabe November 2016

Umschlaggestaltung: *zeichenpool, München
Umschlagmotive: Gettyimages (AleksandarNakic); Shutterstock (True-bunny, David M. Schrader); Strandperle (Daniel Vonwiller/imageBROKER)
MI · Herstellung: AnG
Satz: Buch-Werkstatt GmbH, Bad Aibling
Druck und Bindung: GGP Media GmbH, Pößneck
ISBN: 978-3-570-31119-6
Printed in Germany

www.cbt-buecher.de

1

»Vorwärts! Lauft! Lauft!«, feuerte Cheryl die Huskys an. Mit lauten Zurufen trieb sie ihr Gespann die steile Straße hinauf, sprang von den Kufen und stemmte sich keuchend gegen den Schlitten, weil sie sonst niemals die Steigung geschafft hätte. Mit ihrer ganzen Kraft rammte sie ihre Stiefel in den Schnee, wie ein Kletterer, der eine Wand erklomm, nur schneller und hastiger, um nicht das Gegenteil zu erreichen und den Hunden zur Last zu werden.

Der frische Schnee, der während der vergangenen Nacht gefallen war, gab den Hunden und ihr festen Halt, und die frisch gewachsten Kufen hielten den Schlitten in der Spur. Sie hatte schon Tage erlebt, an denen die Straße so vereist gewesen war, dass selbst die Hunde aufgegeben hatten. »Go! Go!«, rief sie ungeduldig. »Gleich haben wir es geschafft. Immer weiter, Snowball!«

Snowball war ihr Leithund, ein muskulöser Siberian Husky, der sich mit seinem schwarzen Fell deutlich vom Schnee abhob. Er lebte hauptsächlich von seiner Kraft, auch jetzt wieder, als er die letzten Meter der

Steigung erklomm und die anderen Hunde allein durch seine Körpersprache mitriss. Zusammen erreichten sie die Anhöhe und liefen weiter. Ihre Huskys kannten keine Müdigkeit, konnten sich nichts Schöneres vorstellen, als über einen verschneiten Trail zu laufen. Der böige Wind machte ihnen kaum etwas aus.

Cheryl sprang auf die Kufen und ließ ihnen ihren Willen. Erst an der nächsten Biegung bremste sie und rief: »Whoaa! Haltet an! Zeit für eine kurze Rast, oder habt ihr Angst, was zu verpassen?« Sie fuhr an den Straßenrand und stieg von den Kufen, rammte den Anker in den Schnee, ging von einem Husky zum anderen und dankte ihnen für ihren Einsatz. Huskys brauchten Zuspruch, besonders Snowball, der sich am liebsten zwischen den Ohren kraulen ließ. »Das habt ihr toll gemacht!«, lobte sie ihr Gespann. »Ihr seid wirklich gut in Form. Wir würden unseren Spaß in Dawson haben, was?«

Sie zog ihre Thermoskanne aus dem Schlittensack und gönnte sich einen Becher von dem inzwischen lauwarmen Tee. Dazu aß sie einen Riegel von der Schokolade, die sie auf jeder Fahrt mitführte. Sie liebte Schokolade über alles, besonders die teure Zartbitter mit Orangengeschmack, die der Besitzer des General Store in Dease Lake nur für sie bestellte. »Ich glaube, ich sag's meinen Eltern heute Abend«, wandte sie sich an ihre Hunde. »Sie werden wohl sauer sein, weil ich nicht früher Bescheid gesagt habe, aber irgendwie werde ich sie schon rumkriegen. In Dawson sind wir schließlich nicht aus der Welt. Sie sind sowieso lieber mit dem Snowmobil unterwegs. Höchste Zeit, dass ich mal eine andere Stadt sehe und von diesem Mistkerl wegkomme.«

Snowball antwortete ihr mit einem leisen Jaulen. Er hatte natürlich keine Ahnung, wovon sie sprach, und wollte so schnell wie möglich weiter. Auch die anderen Huskys waren stehen geblieben und warteten auf die Weiterfahrt.

Sie trank den restlichen Tee und schraubte den Becher auf die Thermosflasche. Die Ungeduld der Huskys schien sie gar nicht zu bemerken. »Ich weiß, Andy sieht nicht übel aus, und die Cheerleaderinnen stehen sicher Schlange bei ihm, aber ich kann mit dem Kerl nichts anfangen. So einen Macho hab ich selten gesehen. Soll er sich doch mit Suze trösten, die ist genauso eingebildet wie er und rennt sicher nicht umsonst in diesen Klamotten rum. Ihr hättet das Kleid sehen sollen, das sie beim Abschlussball anhatte. Einen halben Zentimeter kürzer und der Direktor hätte sie von der Polizei abholen lassen.« Sie lachte. »Und mir will er weismachen, dass er nie was mit ihr hatte und nur mich liebt. Der kann es nur nicht ertragen, dass ich mich von ihm getrennt habe. Niemand verlässt den großen Andy.« Ihre Stimme hatte jetzt einen spöttischen Unterton. »Ich bin heilfroh, wenn ich den Typ nicht mehr sehe.«

Snowball zog an den Leinen und bellte ungeduldig. Irgendjemand hatte mal behauptet, dass Huskys nicht bellten, aber ihr Leithund bellte immer, wenn ihm was gegen den Strich ging. Ruhepausen mochte er überhaupt nicht.

»Schon gut«, gab sie nach, »ich fahre ja schon weiter.« Sie verstaute die Thermoskanne im Schlittensack und gönnte sich einen weiteren Riegel Schokolade, bevor sie wieder auf die Kufen stieg. »Ich hoffe nur, meine Eltern lassen euch mitgehen, sonst wäre ich schön aufgeschmissen. Natürlich hätten sie ein Gespann für mich in Dawson, aber ich gehe lieber mit euch auf Tour. Außerdem bekomme ich mehr Geld, wenn ich die eigenen Huskys mitbringe.«

Diesmal brauchte sie die Huskys nicht anzufeuern. Die Straße zog sich zumindest für die nächsten paar Kilometer in sanften Kurven durch den Wald, eine perfekte Rennstrecke für ein laufhungriges Gespann und ihre Musherin, die auf ebenen Strecken auf den Kufen bleiben konnte und lediglich damit beschäftigt war, auf Hindernisse wie heruntergefallene Äste zu achten und bei jeder Bodenwelle wie eine Skifahrerin in die Hocke zu gehen.

Die eisige Kälte machte ihr nichts aus. Sie trug gefütterte Nylonhosen und einen blauen Anorak, dick genug, um selbst schneidenden Wind abzuhalten, feste Stiefel, einen dicken Schal und die mit Vielfraßpelz besetzte Kapuze. Der Pelz des kleinen Tieres hatte den Vorteil, selbst bei extremer Kälte nicht zu verkrusten. Ihre Handschuhe hingen an einer Lederschnur um ihren Hals.

Die schmale Straße von Dease Lake nach Telegraph Creek gehörte zu ihren Lieblingsstrecken. Über hundert Kilometer zog sie sich durch das hügelige und von lichten Fichtenwäldern bestandene Gebiet, vorbei an zerklüfteten Felsen und kahlen Bergen, die kuppelförmig aus den Bäumen hervorragten. Der böige Wind rauschte in den Baumkronen und wirbelte frischen Schnee in dünnen Schleiern über die Straße. Urlauber wagten sich im Winter nur selten auf diese abgelegene Piste und selbst die Bewohner von Telegraph Creek ließen ihre Wagen stehen. Räumfahrzeuge verirrten sich nicht nach Westen.

Der lärmende Motor eines Snowmobils drang durch die Schwarzfichten. Der Doppelscheinwerfer der Maschine flackerte in der Abenddämmerung und kam rasch näher. Ein junger Mann im dunkelroten Anorak eines Vermieters aus Dease Lake hielt auf sie zu. »Hey, Cheryl!«, rief er schon von Weitem.

Sie erkannte ihn sofort und bremste den Schlitten. Die Huskys waren nicht gerade erfreut über den Lärm und den erneuten Halt und knurrten wütend, als der Junge bremste. »Andy!«, erwiderte sie. »Was tust du denn hier draußen?«

Der Junge ließ sich durch ihre abweisende Haltung nicht aus der Ruhe bringen. »Ich fahre die neuen Maschinen ein. Du weißt doch, wie die Dinger im Sommer einrosten.« Er arbeitete für einen ATV- und Snowmobil-Verleiher in Dease Lake. Als er merkte, dass sie ihm nicht glaubte, rückte er widerwillig mit der Wahrheit heraus. »Okay, ich wusste, dass du mit den Huskys trainierst, und dachte, ich schaue mal vorbei. Du hast doch nichts dagegen?«

»Was willst du, Andy? Wir haben Schluss gemacht, schon vergessen?«

Auf den ersten Blick machte Andy einen guten Eindruck. Selbst in seinem Anorak wirkte er sportlich und durchtrainiert, seine Haut war von Wind und Wetter gebräunt, und wenn er lächelte, wirkte er regelrecht sympathisch. Nicht umsonst hatte auf der Highschool die Hälfte aller Mädchen für ihn geschwärmt. Sie hatte ihn ja selbst angehimmelt, bis ihr klar geworden war, was für ein Blender er war. Ihm ging es nur darum, seine Macht auszuspielen und den anderen Jungen zu zeigen, was für ein toller Typ er war. Nur gut, dass er wenigstens mit dem Football-Team der Highschool baden gegangen war.

Sein Grinsen fiel schräg aus. »Das hast du doch nicht ernst gemeint, oder? Okay, ich hab ein bisschen den Macker raushängen lassen und bin dir vielleicht mit meinem Gequatsche über die NFL und die neue Corvette auf den Geist gegangen. Aber das ist wichtig für mich, das weißt du doch. Ich bin eben nicht der Typ, der ständig Blumen mitbringt und Liebesfilme guckt.«

»Da sieht man mal, wie gut du mich kennst«, konterte sie. »Ich hab mir nie was aus Blumen gemacht und spannende Krimis gefallen mir tausendmal besser als romantische Schnulzen. Wenn du clever wärst, wüsstest du, dass man mir die größte Freude mit Schokolade macht, aber was soll's? Das mit uns beiden war ein Fehler, und es lag bestimmt nicht an Blumen oder Filmen. Du wolltest mit mir rummachen, so, wie du am liebsten mit allen rummachen würdest, das ist alles. Du hältst dich für den Größten und meinst, je mehr Mädchen du anmachst, desto cooler bist du. Nicht bei mir, Andy.«

»Du kannst mich doch nicht einfach so stehen lassen.«

»Und ob ich das kann, mein Lieber. Ich weiß, das bist du nicht gewohnt, und wie ich sehe, schwirrt längst schon wieder eine Cheerleaderin um dich rum. Du hast mich nie geliebt, Andy, du magst mich wahrscheinlich nicht mal. Es geht nur nicht in deinen Kopf, dass ein Mädchen auch Nein sagen kann.« Sie hatte sich wieder mal in Rage geredet, eine Angewohnheit, die ihr selbst zu schaffen machte. »Komm endlich mal runter, Andy! Du wirst weder ein Quarterback in der NFL noch wirst du jemals genug Geld für eine Corvette besitzen. Irgendwann bist du zu alt für hübsche Cheerleaderinnen und dann stehst du allein da. Also verschone mich mit deiner Anmache. Ich hab kein Interesse, kapiert?« Sie stieg auf die Kufen und feuerte die Huskys an. »Außerdem ziehe ich sowieso aus Dease Lake weg. In ein paar Tagen schon.«

»Du gehst weg? Wieso denn?« Er war echt überrascht.

»Weil ich dringend mal hier rausmuss«, hatte sie das letzte Wort. Sie steuerte den Schlitten an ihm vorbei und ließ ihn wie einen dummen Schuljungen stehen. Sie drehte sich nicht einmal nach ihm um, der Beweis dafür, wie gleichgültig er ihr geworden war. Vier Monate waren sie zusammen gewesen, viel zu lange, wie sie inzwischen wusste. Mit etwas mehr Selbstbewusstsein hätte sie früher mit ihm Schluss gemacht, nach zwei Wochen, um genau zu sein. Da hatte er vor seinen Freunden mit ihr angegeben und sie »Kleines« und »Baby« genannt. Sie war wohl auf die bewundernden und neidischen Blicke der Cheerleaderinnen hereingefallen.

Mit dem eisigen Fahrtwind im Gesicht beruhigte sich Cheryl wieder. Natürlich hätte sie sich ihren Vortrag auch ganz sparen können, aber Andy war inzwischen zum roten Tuch für sie geworden, und sie konnte einfach nicht anders. Sie mochte keine Wichtigtuer. Bevor sie auf einen Jungen wie ihn hereinfiel, würde sie lieber allein bleiben. Dating um jeden Preis gehörte auf die Highschool, wo sich auch viele Mädchen zu wichtig nahmen und glaubten, sie wären was Besseres, wenn sie das Footballteam in knappen Kostümen anfeuern durften. Wo waren sie denn, die Cheerleaderinnen von früher? Als Model oder Schauspielerin hatte es keine geschafft, trotz der vollmundigen Ankündigungen. Eine hatte beim »Bachelor« mitgemacht und war schon in der ersten Runde rausgeflogen. Die beiden Wortführerinnen der Cheerleaderinnen hatten Langweiler aus Watson Lake geheiratet und arbeiteten in einem Supermarkt.

Cheryl wollte nicht genauso enden. Ihr Leben fing doch erst an und es gab noch so viel zu entdecken. Sie würde einen Winter in Dawson City arbeiten und anschließend aufs College in Prince George gehen. Tierärztin war ihr Traumberuf. Sie konnte gut mit Tieren umgehen, besonders mit Huskys, und würde vielleicht nach Vancouver oder Victoria ziehen, als Tierärztin oder Husky-Züchterin oder beides. Die Großstadt reizte sie, und wenn sie genug davon hatte, musste sie in beiden Städten nur ein paar Kilometer zurücklegen.

In der Ferne tauchte die Stadt auf. Verglichen mit Vancouver war Dease Lake nur ein winziges Nest, nicht viel größer als Telegraph Creek, aber wesentlich lebendiger. Besonders im Sommer wimmelte es dort von Urlaubern, die sich auf dem Weg zum Alaska Highway mit Vorräten eindeckten. Im Winter bevölkerten nur einige Hundert Einwohner und Wintersportler die Stadt.

Cheryl winkte ein paar Leuten zu, die sie kannte, und fuhr parallel zur Hauptstraße aus der Stadt. Der Laden und die Tankstelle ihrer Eltern lagen einige Meilen weiter nördlich am Ufer des Dease Lake, der jetzt im November schon fest gefroren war. Der Trail verlief parallel zum Stewart-Cassiar Highway, der legendären Wildnisstraße im Hinterland der unzugänglichen Coast Mountains. Sie führte weiter nach Watson Lake und mündete dort in den Alaska Highway. In der trüben Abenddämmerung hob sich der See wie ein riesiges blasses Tuch gegen die dunklen Schwarzfichten und die Berge ab.

Ein bisschen mulmig war Cheryl doch zumute, als sie das Blockhaus ihrer Eltern erreichte. Im vorderen Teil des zweistöckigen Gebäudes war ihr Souvenir- und Angelladen untergebracht, darüber lag die Wohnung ihrer Eltern. Ihr Zimmer befand sich in einem kleinen Anbau. Die Tankstelle bestand aus zwei altmodischen Zapfsäulen, an denen man noch nicht mit Kreditkarten bezahlen konnte. Die Neonlichter der Tankstelle und im Schaufenster des Ladens leuchteten in allen Regenbogenfarben. Nicht besonders geschmackvoll, fand sie, aber so, wie es die meisten Leute im kanadischen Busch erwarteten. Über den Außenlautsprecher drang ein Countrysong aus den Fifties nach draußen.

»Whoaa!«, bremste sie das Gespann. Sie sprang vom Schlitten und kümmerte sich wie immer zuerst um ihre Hunde, spannte sie aus und band sie vor ihren Hütten neben dem Anbau an. »Das habt ihr gut gemacht«, lobte sie ihr Gespann. Sie hatte für jeden ihrer Huskys einen liebevollen Klaps übrig und kraulte Snowball zwischen den Ohren. »Wenn wir so weitermachen, können wir doch noch irgendwann beim Yukon Quest mitmachen.« Sie kicherte leise. »Wenn ich nach dem College nicht schon alt und grau bin, man weiß ja nie.«

Sie träumte schon seit Jahren davon, an dem Rennen teilzunehmen, bezweifelte aber, während der nächsten

Jahre genug Zeit zum Trainieren zu haben. Ihr Studium würde ihr sicher einen Strich durch die Rechnung machen. Wer sich auf die 1600 Kilometer von Whitehorse nach Fairbanks wagte, musste in Topform sein und ein erstklassiges Gespann vor dem Schlitten haben. Sie hatte an einem kleineren Rennen im letzten Winter teilgenommen und hinter einem indianischen Musher einen ehrenvollen zweiten Platz erreicht, aber das war mit dem mörderischen Yukon Quest nicht zu vergleichen.

»Mom! Dad!«, rief sie, als sie das Haus durch den Vorraum der Küche betrat. Beide Waschmaschinen waren in Betrieb und verursachten den üblichen Lärm. Sie öffnete die Küchentür und sah ihre Mutter am Herd stehen. »Ich füttere nur schnell die Hunde, dann helfe ich dir. Ich bin gleich wieder hier.«

Das Hundefutter lag in Säcken und Eimern unter einem Regal im Vorraum. An einem harten Trainingstag wie heute bekamen sie ein besonders leckeres Mahl aus feuchtem Reis und gekochten Lachsstücken. Die Huskys wussten, was sie erwartete, und jaulten bereits aufgeregt, als sie mit dem Eimer nach draußen trat und ihre Näpfe füllte. Snowball war wie immer als Erster dran. Als Leithund genoss er gewisse Vorrechte, dafür wurde er unterwegs auch am meisten gefordert. »Das schmeckt, was? Ihr habt es euch verdient.«

Sie ging in ihren Anbau und zog ihre Winterkleidung aus, nahm eine heiße Dusche und kehrte im Trainingsanzug ins Haus zurück. »Hey, Dad!«, rief sie ihrem

Vater im Laden zu. Er räumte bereits zusammen und freute sich bestimmt schon aufs Abendessen. Es duftete nach Hackbraten, seiner Lieblingsspeise. »Die Huskys sind in Bestform. Wenn sie so weitermachen, kann ich doch noch mal am Yukon Quest teilnehmen. Oder am Iditarod in Alaska.«

»Warte nicht zu lange«, rief ihr Vater zurück. »Wenn du erst mal über zwanzig bist, wird es schwerer.« Er wusste, wovon er sprach. Als junger Mann hatte er zweimal am Yukon Quest teilgenommen und war beide Male unter die Top Twenty gekommen. »Die Musher werden jedes Jahr jünger.«

Sie half ihrer Mutter beim Tischdecken und schenkte ihren Eltern Kaffee ein. Beide tranken für ihr Leben gern Kaffee, auch abends, allerdings koffeinfrei und so schwach gebraut, dass er ihnen nicht die Nachtruhe raubte. Sie zog heißen Tee vor. »Ist irgendwas?«, fragte ihre Mutter neugierig.

»Nein, wieso?«, fragte sie scheinbar unschuldig.

»Du hast doch irgendwas, Cheryl. Hattest du Ärger mit Andy?«

»Wie kommst du denn darauf?«

»Er war heute Mittag hier und hat nach dir gefragt«, sagte ihre Mutter.

Cheryl nickte schwach. »Er hat mich auf der Straße nach Telegraph Creek abgepasst und wollte wohl, dass ich mich wieder mit ihm einlasse. Ich hab ihm die Meinung gesagt. Dass er ein Macho ist und nur nicht ertragen kann, dass ein Mädchen mal ihn verlassen hat. Er hat doch Suze.«

»Die Cheerleaderin?«

»Genau die.«

Beim Essen schwieg Cheryl lange genug, um auch ihren Vater misstrauisch zu machen. »Ist irgendetwas nicht in Ordnung?«, fragte er. »Du siehst aus, als hätte man dir deinen ganzen Schokoladenvorrat weggenommen.«

»Nun ja«, begann sie und stocherte verlegen in ihrem Gemüse herum. »Es ist nur … ich muss euch etwas Wichtiges sagen. Eigentlich hätte ich das schon vor einigen Wochen tun sollen, aber … Ich hoffe, ihr seid nicht allzu sauer.«

»Du willst doch nicht etwa das College schmeißen?«, fragte ihr Vater. Das Lächeln war ihm plötzlich vergangen. »Es war nicht einfach, das Geld dafür zusammenzubekommen. Zu unseren Zeiten reichte noch die Highschool, aber heute braucht man für alles einen College-Abschluss.«

»Das weiß ich doch, Dad«, beruhigte sie ihn. »Ich fange im nächsten Sommer mit dem College an. Ich hab mich längst angemeldet, das weißt du doch. Ich will Tierärztin werden, dafür braucht man unbedingt den Master.«

»Na, Gott sei Dank. Was hast du dann? Ärger?«

Cheryl wollte ihren Vater nicht weiter raten lassen und rückte mit der Wahrheit heraus. »Ich fahre übermorgen nach Dawson City. Mit den Hunden und dem Schlitten, wenn ihr nichts dagegen habt. Eine Firma hat mir angeboten, als Guide für sie zu arbeiten. Dog sledding Adventures, die veranstalten Touren für Touristen. Der Besitzer war bei dem Rennen neulich und meinte, er könnte eine Frau im Team gebrauchen. Sie bezahlen gut und ich kann den ganzen Winter über bei ihnen bleiben. Ich hab immer davon geträumt, mal länger mit den Hunden arbeiten zu können, und auf dem College macht sich das sicher auch gut, wenn ich praktische Erfahrung mit Huskys sammle.« Sie wagte kaum, ihre Eltern anzusehen. »Ich hätte es euch früher sagen sollen.«

2

Ihr Vater brauchte einige Zeit, um die Neuigkeiten zu verarbeiten. Er kaute lange auf einem Bissen herum und spülte ihn mit einem Schluck Kaffee hinunter, bevor er sagte: »Und das College? Du verlierst beinahe ein Jahr, wenn du den Winter in Dawson rumtrödelst. Ist dieser Ferienjob das denn wirklich wert?«

»Es ist nicht nur ein Job«, erwiderte sie. »Es ist richtige Arbeit mit allem Drum und Dran. Ich werde sogar versichert sein. Dog sledding Adventures ist eine erfolgreiche Firma. Sie haben einen Spot im Fernsehen laufen.«

»Das heißt gar nichts.«

»Und es gibt einen Tierarzt in ihrem Team, einen sehr erfolgreichen, der auch beim Yukon Quest im Einsatz ist. Von ihm kann ich bestimmt eine Menge lernen. Praktische Erfahrung schadet nichts, schon gar nicht auf dem College. Es macht sich immer gut, wenn man Beispiele aus der Praxis in seine Arbeiten einbauen kann. Die meisten Seminararbeiten lesen sich viel zu trocken. Und wenn ich Glück habe, bekomme ich dann sogar eine bessere Note.«

»Willst du wirklich Tierärztin werden?« Ihr Vater hatte sich einigermaßen von seiner Überraschung erholt und seine Stimme hatte wieder einen ruhigen Klang. Vom Essen ließ er sich nicht abhalten. Er sprach mit vollem Mund, etwas, was er sonst strikt ablehnte. »Dafür musst du bestimmt viel pauken.«

»Ich pauke gern, wenn es mir im Beruf hilft.«

»Das weiß ich.« Ihr Vater schien ihr mit seinem Kaffeebecher zuzuprosten. »Auf der Highschool warst du eine der Besten. Eine gute Note war dir immer wichtiger als dieser ganze Cheerleader-Hype. Ich bin sicher, für einige warst du sogar eine Streberin.« Er lächelte jetzt sogar. »Und du magst Huskys. Wenn du im Norden bleibst, was ich doch annehme, wirst du hauptsächlich mit Huskys zu tun haben, auch wenn kaum noch jemand mit dem Hundeschlitten fährt. Aber wie verlässlich Snowmobile sind, sehen wir ja an den Dingern, die jeden Winter schlappmachen. Wenn ich unser Snowmobil nicht alle paar Monate zur Inspektion bringen würde, könnten wir einpacken.«

Cheryl hütete sich, ihm zu sagen, dass sie auch daran dachte, in eine Großstadt wie Vancouver oder Victoria zu ziehen, und es dann mit ebenso vielen Schäferhunden, Dackeln und Schoßhündchen zu tun haben würde. Dafür war noch genug Zeit, wenn sie auf dem College war. »Ihr habt doch nichts dagegen, wenn ich den Schlitten und die Huskys mit nach Dawson City nehme?«

»Natürlich nicht.«

Sie trank von ihrem inzwischen lauwarmen Tee. »Wer weiß? Vielleicht werde ich ja Tierärztin und Huskyzüchterin. Wenn ich's nicht zum Yukon Quest oder Iditarod schaffe, könnte ich wenigstens die Siegerhunde züchten. Einer wie Snowball würde nicht nur bei den Mushern viel Geld bringen.«

»Snowball ist unverkäuflich.«

Sie lächelte. »Das weiß ich doch. Die besten Hunde würde ich sowieso selbst behalten oder nur an wirklich gute Freunde verkaufen. Snowball soll bei euch alt werden. Er hat sich sein Rentnerdasein redlich verdient. Zum Glück dauert es noch ein paar Jahre, bis er sich aufs Altenteil zurückzieht.«

»Und du willst wirklich den ganzen Winter da oben bleiben?«, fragte ihre Mutter. Sie hatte bisher schweigend zugehört und wirkte nachdenklich. »Übermorgen schon? Du hättest uns ruhig etwas eher Bescheid geben können.«

»Ich weiß, Mom. Tut mir leid.«

Ihre Mutter hatte das halbe Essen stehen lassen. »Schon gut. Du weißt, dass ich nicht zu den Müttern gehöre, die sich an ihre Kinder klammern und sie am liebsten ihr ganzes Leben im Haus hätten. Nun ja, vielleicht ein bisschen. Aber ich sehe natürlich ein, dass du unser Nest irgendwann verlassen und etwas Eigenes auf die Beine stellen musst. Es wird allerdings etwas dauern, bis ich mich daran gewöhnt habe, dass wir nur noch zu zweit sind.« Sie hielt den Kaffeebecher in beiden Händen, die Ellbogen auf den Tisch gestützt. »Willst du denn über Weihnachten auch in Dawson bleiben? Dein Bruder und seine Freundin wollen doch kommen.« Bobby und Sophie wohnten in Whitehorse.

»Ich fürchte, ich komme weder an Weihnachten noch an Neujahr dort weg. Da soll immer am meisten los sein.« Sie legte ihrer Mutter eine Hand auf die Schulter. »Warum fliegt ihr nicht nach Hawaii? Da wolltet ihr doch schon seit Jahren hin und genug Geld dürftet ihr auch angespart haben.«

»Wir können den Laden doch nicht zumachen.«

»Wegen der paar Kunden, die sich im Winter zu euch verirren?«

»Cheryl hat recht«, mischte sich ihr Vater ein, »wenn wir bis zur goldenen Hochzeit warten wollen, kommen wir vielleicht nie hin. Was steht auf manchen Wohnmobilen, die bei uns halten? Wir verprassen das Erbe unserer Kinder. Cheryl hat bestimmt nichts dagegen, wenn wir uns mal etwas gönnen.«

»Ich komme auch allein zurecht.«

»Und der Laden? Willst du den auch nicht übernehmen?«

Cheryl schüttelte den Kopf. »Daran verschwende ich keinen Gedanken, Mom. Ihr seid gesund und munter, und bis ihr euch ins Altersheim einliefern lasst, bin ich selbst alt und grau. Ich hab lange genug hier gearbeitet. Jetzt muss ich mir den Wind um die Nase wehen lassen. Wie eine junge Löwin in Afrika. Die muss auch allein zurechtkommen, wenn sie zu jagen gelernt hat.«

»Und das hat nichts mit Andy zu tun?«

Sie wischte sich den Mund ab und knüllte die Papierserviette zusammen. »Ich würde auch nach Dawson gehen, wenn wir uns nie getroffen hätten. Klar bin ich froh, diesen Kerl nicht mehr sehen zu müssen, aber ich laufe nicht vor ihm davon. Mit so jemandem kann ich es jederzeit aufnehmen.«

»Oder hast du etwa jemand aus Dawson kennengelernt?«

»Meinen neuen Chef«, räumte sie ein. »Er ist ein paar Jahre älter als ich und genauso von sich eingenommen wie Andy. Aber er ist mein Chef. Von Männern hab ich sowieso erst mal die Nase voll. Wenn ich was erreichen will, kann ich mir keine Ablenkung erlauben, jedenfalls nicht mit einem Nervtöter wie Andy. Dass ich nach Dawson gehe, hat nur was mit dem Job zu tun.«

Ihre Mutter nickte zaghaft. »Vielleicht hast du recht. Hawaii wäre wirklich mal schön, und so teuer, wie ich dachte, ist es gar nicht. Wir könnten uns sogar eine kleine Kreuzfahrt leisten.« Sie dachte eine Weile darüber nach und begann, das Geschirr abzuräumen. »Hast du denn schon eine Wohnung da oben?«

»Die stellt die Firma. Der Chef besitzt einige Blockhäuser.«

»Und du kannst da kochen und waschen?«

»Ist alles drin. Küche, Waschmaschine und was man sonst noch so braucht.«

Ihre Mutter war noch immer nicht zufrieden. »Bist du dir denn vollkommen sicher, dass diese Arbeit das Richtige für dich ist? Soweit ich mich erinnere, waren wir erst einmal in Dawson City, und das ist drei Jahre her. Musst du denn die Gegend nicht genau kennen, wenn du mit Urlaubern durch die Wildnis fährst?«

»Keine Angst, Mom. Die Trails sind alle markiert, und die ersten paarmal ist entweder der Chef oder einer der anderen Musher dabei.« Sie half ihrer Mutter beim Abräumen. Ihr Vater braute inzwischen neuen Kaffee. »Außerdem kenne ich schon ein paar von den Trails, zumindest die Etappen des Yukon Quest. Dad und ich sind sie damals abgefahren, weißt du noch?«

Ihr Vater drehte sich zu ihnen um. »Und ob. Die Etappe vor Dawson ist eine der schwierigsten auf dem ganzen Trail. Hätte ich die beiden Male, als ich beim Yukon Quest mitfuhr, nicht so einen guten Leithund gehabt, wäre ich wohl kaum unter die ersten zwanzig gekommen.« Seine Miene entspannte sich, als er daran dachte. »Ich habe dir einige Trails in Dawson oben gezeigt.«

»Während ich im Hotel versauert bin«, beklagte sich ihre Mutter.

»Während du mit deinen Freundinnen in der Buchhandlung über Krimis diskutiert und englische Kekse geknabbert hast«, stellte ihr Vater grinsend richtig.

»Und danach wart ihr im Gold Dust Café und hattet schon ordentlich einen in der Krone, als Cheryl und ich von unserem Ausflug zurückkamen.«

Auch ihre Mutter grinste. »Da verwechselst du wohl was.«

»Ich komme schon zurecht«, beruhigte Cheryl ihre Eltern.

»Hast du denn genug gespart?«, fragte ihr Vater, während Cheryl und ihre Mutter die Essensreste in einer Schüssel in den Kühlschrank und das schmutzige Geschirr in die Spülmaschine stellten. »Einen kleinen Betrag können wir beisteuern, aber das Leben ist teuer, und du bekommst noch keinen Lohn.«

»Ich hab genug gespart, Dad. Ich bin schon zufrieden, wenn ich den Pick-up, die Hunde und den Schlitten mitnehmen darf. Wenn ich erst mal meinen Lohn habe, brauche ich kaum was. Der Lohn kann sich sehen lassen.«

»Kein Problem«, erwiderte ihr Vater. »Das kommt zwar alles etwas überraschend, aber wir wollen dir keine Steine in den Weg legen. Lass uns morgen ein paar Elchsteaks braten und deinen neuen Job feiern. Ich glaube, wir haben sogar noch eine Flasche Champagner in der Vorratskammer.«

»Mir reicht schon ein Glas Limonade«, erwiderte Cheryl lachend.

An diesem Abend ging sie früh zu Bett. Die Fahrt über die Telegraph Creek Road war anstrengend gewesen und sie wollte nach dem intensiven Training der vergangenen Tage mal wieder richtig ausschlafen. Sogar zum Lesen war sie zu müde. Der neue Krimi von Tess Gerritsen, den sie vor einer Woche bestellt hatte, lag noch unberührt auf ihrem Nachttisch, neben ihrem mechanischen Mickey-Mouse-Wecker mit den schwarzen Ohren und der Flasche Wasser, die sie sich jeden Abend mit in ihr Zimmer nahm. Der Fernseher, den sie über ihrem Schreibtisch an der Wand hängen hatte, blieb dunkel. Für langweilige Serien, »Rizzoli & Isles« mal ausgenommen, lohnte es sich nicht aufzubleiben. Und für Reality- und Castingshows erst recht nicht.

Vor ihrem Fenster jaulten die Huskys. Sie waren so laut, dass man sie selbst durch das geschlossene Fenster hörte. Gleich darauf dröhnte der Motor eines Trucks durch die Dunkelheit. Sie sprang aus dem Bett und lief zum Fenster. Durch die angefrorenen Scheiben beobachtete sie, wie ein schwerer Sattelschlepper bremste und vor den Zapfsäulen hielt. Normalerweise waren der Laden und die Tankstelle ihrer Eltern bis zwanzig Uhr geöffnet, aber wenn der Fahrer etwas vergessen hatte oder Hilfe brauchte, machten ihre Eltern gern eine Ausnahme. In der Wildnis war einer auf den anderen angewiesen.

Sie schlüpfte rasch in ihren Trainingsanzug und die Hausschuhe und lief an einem der beiden Gästezimmer vorbei ins Haus. Falls ihre Eltern schon schliefen, würde sie den Kunden übernehmen. Doch als sie den Laden betrat, waren beide da, und ihr Vater griff bereits nach seinem Anorak, der hinter der Kasse an einem Haken hing. Wie Cheryl und ihre Mutter hatte er seinen Trainingsanzug angezogen. »Und ich dachte, ich könnte heute mal früh schlafen gehen«, schimpfte er leise. Er ging zur Tür. »Geht ruhig wieder schlafen. Wegen eines Truckers brauchen wir doch nicht in Regimentsstärke anzurücken.«

Dass beide blieben, lag an dem Truck Driver, der nur hielt, um einen jungen Mann aussteigen zu lassen, ihm etwas zurief, das sie nicht verstanden, und sofort weiterfuhr. Das Dröhnen des starken Motors erfüllte die Luft, als er seinen Sattelschlepper auf die Straße lenkte und weiter nach Norden fuhr.

»Träum ich, oder ist da gerade ein Anhalter ausgestiegen?«, fragte Cheryl erstaunt. Sie trat neben ihren Vater und blickte durch die verglaste Tür nach draußen. Vor den Zapfsäulen stand ein junger Mann. So viel ließ sich in dem trüben Licht erkennen. Er trug gefütterte Hosen, einen pelzbesetzten Anorak, eine Wollmütze und hatte einen Rucksack und eine Gitarre umhängen.

Obwohl sie seine Augen nicht erkennen konnte, spürte Cheryl, wie zurückhaltend der junge Mann war. Er überlegte anscheinend einige Zeit, ob er es wagen konnte, den Laden zu betreten, und fühlte sich wohl nur ermutigt, weil ihr Vater das Licht eingeschaltet hatte und bereits dabei war, die Tür zu öffnen.

»Entschuldigen Sie die Störung«, sagte er. »Ich wollte Sie nicht wecken. Joe ... dem Fahrer fiel leider jetzt erst ein, dass er auf dem nächsten Rastplatz übernachten würde, sonst wäre ich schon in der Stadt ausgestiegen. Ich nehme an, ihm sind die Muntermacher ausgegangen. Darf ich reinkommen?«

»Sicher«, sagte Cheryls Vater und hielt ihm die Tür auf.

Der junge Mann betrat den Laden und stellte seinen Rucksack und die Gitarre ab. »Rick Johnson«, stellte er sich vor. Er nickte Cheryl und ihrer Mutter zu. »Ma'am ... Miss.« Er sprach im breiten Dialekt der Texaner. »Ich komme aus Williams Lake, das heißt, eigentlich stamme ich aus Fort Worth in Texas, aber meine Mutter hat einen Kanadier geheiratet, und ich lebe schon seit einigen Jahren hier. Ich habe auf einer Guest Ranch gejobbt. Bis es im Mai wieder losgeht ...« Er schien nicht zu wissen, was er sagen sollte, und zögerte lange. »Ich fahre rum und sehe mir das Land an.«

»Paul Robinson«, erwiderte Cheryls Vater. »Meine Frau Maggie und meine Tochter Cheryl.« Er grinste. »Ich dachte, Trampen wäre längst aus der Mode. Die meisten jungen Männer, die bei uns haltmachen, kommen mit dem Bus oder fahren einen Pick-up.« Er blickte Rick forschend an. »Und Sie ziehen ziellos durchs Land, so wie wir früher? Sehen sich die Gegend an?« Er blickte seine Frau an. »Maggie und ich haben uns auf einem solchen Trip kennengelernt. Weißt du noch, Maggie? In einem kleinen Kaff am Trans-Canada-

Highway. Wir halfen beide bei einem Farmer aus und fuhren gemeinsam nach Regina zu einem Konzert der Eagles weiter. Waren tolle Zeiten.« Er schloss die Tür ab. »Ich nehme an, Sie suchen eine Bleibe. Wir hätten ein Gästezimmer für Sie. Nichts Besonderes, aber für eine Nacht ist es okay.«

»Ich bin nicht wählerisch, Sir. Und ich zahle natürlich dafür.«

»Das ist schon okay«, warf Cheryls Mutter ein. »Ziehen Sie erst mal Ihren Anorak und die Stiefel aus und kommen Sie mit ins Wohnzimmer. Sie haben doch sicher nichts gegen ein Sandwich und einen heißen Tee einzuwenden. Oder wie wär's mit Kaffee oder Kakao? Haben wir alles im Haus.«

»Kakao wäre toll.«

»Ich mach das schon«, erklärte Cheryl bereitwillig. Sie lächelte Rick zu und war froh, in die Küche zu entkommen, aus Angst, der junge Mann oder ihre Eltern könnten merken, wie sie rot wurde. »Es dauert ein paar Minuten. Wir haben Käse und Schinken für das Sandwich da. Und Gurken.«

»Was immer Sie haben«, erwiderte Rick dankbar.

In der Küche blieb Cheryl stehen und atmete erst mal tief durch. Der junge Mann hatte sie verwirrt. Ausgerechnet sie, die vor wenigen Stunden noch geschworen hatte, sich von keinem Mann mehr anquatschen zu lassen, zumindest für die nächsten Wochen. Oder Monate. Warum ausgerechnet dieser Tramper sie so aus der Ruhe brachte, wusste sie nicht. Sportlich war er wohl, und wenn seine zurückhaltende Art keine Masche war, traf er bei ihr damit genau ins Schwarze. Er war keiner dieser Hollywood-Schönlinge, trug weder angesagte Kleidung noch sein Haar nach der letzten Mode frisiert. Ein Durchschnittstyp, sollte man meinen, aber als sie seinen Blick erwidert und in seine Augen gesehen hatte, war sie für einen Moment wie gebannt gewesen, als hätte der junge Mann sie mit einem Zauberstab berührt.

Während das Wasser für den Kakao kochte, belegte sie das Sandwich. Den Kakao garnierte sie mit Marshmallows, die hatten ihr früher auch geschmeckt. Inzwischen trank sie lieber Tee. Sie trug beides ins Wohnzimmer und erntete einen dankbaren Blick. »Ich dachte, so schmeckt er noch besser.«

»Marshmallows … wie an Weihnachten«, freute er sich.

Rick aß mit großem Appetit, wirkte aber seltsam nachdenklich, wenn er sich unbeobachtet glaubte. Cheryl merkte, dass er länger als nötig auf einem Bissen kaute und gedanklich woanders zu sein schien. »So guten Kakao hab ich schon lange nicht mehr getrunken«, sagte er wohl auch, um nicht trübsinnig zu wirken. »Genau das Richtige nach einer langen Fahrt.« Er hielt in der Bewegung inne. »Ich störe Sie doch nicht?«

»Nein, nein … das ist schon okay«, sagte Paul Robinson.

Cheryl setzte sich dem jungen Mann schräg gegenüber und gab sich große Mühe, kein zu großes Interesse an ihm zu zeigen. Es lohnte sich nicht. Nach dem Frühstück am nächsten Morgen würde er weiterziehen und für immer aus ihrem Leben verschwinden. Die zufällige Begegnung zweier Menschen, die sich vielleicht sympathisch fanden, aber kaum Zeit hatten, einander kennenzulernen.

»Wollen Sie in den Yukon hoch?«, fragte Maggie Robinson.

»Vielleicht«, antwortete Rick, ohne sie direkt anzublicken. Es klang beinahe so, als versuchte er, ihrer Frage auszuweichen. »Ich lasse es einfach auf mich zukommen.« Er blickte gedankenverloren in seinen Becher und schwieg eine Weile. »Vielleicht werde ich dort auf einer Ranch oder Lodge anheuern.«

»Und die Gitarre?«

»Die gehört zum Inventar.« Seine nachdenkliche Stimmung schwand und er bemühte sich sichtlich um gute Laune. »Auf einer Guest Ranch erwarten die Besucher, dass die Cowboys am Lagerfeuer singen.« Er zog die Gitarre aus der Hülle und schlug ein paar Akkorde. »Die Leute sagen, ich singe wie Ian Tyson, als er noch jung war. Kennen Sie Ian Tyson? Er war Rancher …«

»Ob wir Ian Tyson kennen?« Cheryls Vater war plötzlich hellwach. »Er war eines unserer Idole. Ein toller Sänger, den wir beide sehr verehren. Schade, dass er im Alter seine Stimme verloren hat.« Er blickte Rick hoffnungsvoll an. »Sind Sie noch munter? Ich meine ... könnten Sie uns einen seiner Songs singen? ›Navajo Rug‹, ›Alberta Rain‹... ach was, suchen Sie sich einen aus!«

Rick brauchte nicht lange nachzudenken, um einen Song zu finden. Keinen der schmissigen Countrysongs, eher eine nachdenkliche Ballade über das Ende eines Rodeos. »So burn all the blankets and dry all the tears, we can always go further out west and I'll meet you out there in the vastness somewhere. I swear it but first I must rest. Also verbrennt alle Decken und trocknet die Tränen, wir können immer noch weiter nach Westen gehen und uns irgendwo in der Weite treffen. Das schwöre ich, aber zuerst muss ich mich ausruhen.«

Das traurige Lied verfolgte Cheryl bis in den Schlaf. Sie hatte Tränen in den Augen, als sie einschlief und von einem Rodeoreiter träumte, der seine Liebste im Stich ließ, um im fernen Norden nach neuen Abenteuern zu suchen.

3

Ungefähr eine Stunde vor Sonnenaufgang schreckte Cheryl aus dem Schlaf. Durch das Fenster konnte sie sehen, wie ein Sattelschlepper an der Tankstelle vorfuhr und mit quietschenden Bremsen zum Stehen kam. Die Fahrertür ging auf, und ein Mann rief: »Hey, Paul! Bist du schon wach? In Dease Lake war alles dunkel und ich brauche dringend Diesel. Tu mir den Gefallen, Paul!«

Cheryl erkannte die Stimme auf Anhieb. Es war Randy Wagner, ein Trucker aus Prince George, der alle paar Tage in Dease Lake vorbeikam und schon öfter bei ihnen getankt hatte. Weil sie annahm, dass ihre Eltern noch schliefen, schlüpfte sie rasch in ihren Trainingsanzug und öffnete die Tür, aber ihr Vater war bereits angezogen und schon in den Laden unterwegs. »Randy!«, begrüßte er den Fahrer, einen bulligen Mann in seinem Alter. »Seit wann hast du's denn so eilig? Komm doch erst mal rein! Wie wär's mit einem Kaffee? Wenn du willst, hau ich noch zwei Eier und ein Hacksteak für dich in die Pfanne.«

»Klingt verlockend, aber ich hab leider keine Zeit.« Er deutete auf seinen Truck. »Terminfracht für Watson

Lake. Wenn ich zu spät komme, geben sie den nächsten Auftrag einem anderen. Aber du könntest mir den Kaffee in meine Thermoskanne füllen.« Er reichte ihm die Kanne und zog seine Tankkarte aus der Brusttasche. »Ich hoffe, du hast noch genug Diesel für mich.«

»Für dich immer«, antwortete Cheryls Vater. Er entsperrte die Tanksäule und verschwand in der Küche, um die Thermoskanne zu füllen. Als er in den Wohnraum zurückkehrte, sah er Cheryl in der offenen Tür stehen. »Cheryl, haben wir dich geweckt? Leg dich wieder hin. Ich komme schon klar hier.«

Cheryl lächelte. »Du stehst als Erster auf und gehst als Letzter schlafen. Manchmal glaube ich, du schläfst überhaupt nicht mehr. Ich helfe dir, Dad.«

Sie schlüpfte in ihren Anorak und nahm ihrem Vater die Kanne ab. Fest entschlossen, ihm nicht die ganze Arbeit aufzubürden, brachte sie Randy die Thermoskanne nach draußen. »Hi, Randy«, begrüßte sie den Fahrer, der gerade um seinen Truck herumlief und vor allem die Reifen checkte. Manchmal verfingen sich Eisbrocken in den Profilen. »Ich hab gehört, du hast es eilig.« Sie kletterte ins Fahrerhaus und verstaute die Thermoskanne in der Halterung.

»Terminfracht«, sagte er nur.

Cheryl war bereits auf dem Rückweg in den Laden, als Rick mit Rucksack und Gitarre ins Freie kam. Er machte nicht den frischsten Eindruck und seine Haare standen nach allen Seiten ab. Anscheinend war er erst vor wenigen Minuten aus dem Bett gekrochen. »Tut mir leid, wenn ich Sie überfalle«, sagte er zu Randy, »aber ich habe mitbekommen, dass Sie nach Watson Lake fahren. Da will ich auch hin. Würden Sie mich mitnehmen?«

»Er mag Ian Tyson. Er ist ein guter Junge«, rief Paul Robinson.

»Na, meinetwegen«, ließ sich der Trucker breitschlagen. »Aber ich werde nirgendwo anhalten, nicht mal zum Pinkeln. Kommst du damit klar, Junge?«

»Sicher«, erwiderte Rick.

Cheryl lächelte dem jungen Mann schüchtern zu. Sie schämte sich für ihr schlampiges Aussehen, ihren Jogging-Anzug und ihre Haare, die sie lediglich mit einem Gummi zusammengebunden hatte. Obwohl ihr klar war, dass sie Rick niemals wiedersehen würde, hätte sie sich gern hübscher zurechtgemacht, warum auch immer. Dass er noch viel schlampiger und unausgeschlafener aussah, kam ihr gar nicht in den Sinn. »Ziemlich frostig heute Morgen, nicht wahr?«, sagte sie unsinnigerweise, als er in ihre Richtung blickte.

Ihr fiel ein, dass er sicher Hunger hatte, und sie wollte schon ins Haus laufen und etwas Proviant holen, als ihre Mutter mit einer Tüte und einem verschließbaren Pappbecher aus dem Laden trat. »Damit Sie unterwegs nicht verhungern«, sagte sie und reichte ihm den Proviant. »Alles Gute für Sie, okay?«

»Danke, Ma'am«, erwiderte er höflich.

Gleich darauf bemerkte sie, wie er sich wieder ihr zuwandte. Sie hatte das Gefühl, dass er ihr irgendetwas sagen wollte, etwas Nettes, wenn sie sein Lächeln richtig deutete, und auch sie verspürte plötzlich den Drang, sich herzlich von ihm zu verabschieden und ihm Glück zu wünschen. Doch als sie seinen Blick fühlte, fiel ihr nichts ein, und sie sagte nur: »Gute Fahrt, Rick!«

Sie blickte dem Truck nach, bis er in der Ferne verschwunden war, und kehrte nachdenklich ins Haus zurück. Sie wurde aus sich selbst nicht schlau. Gestern noch, nach ihrer Begegnung mit Andy, hatte sie sich geschworen, so lange wie möglich keinen Mann mehr anzusehen, und nur einen Tag später kreuzte ein junger Kerl ihren Weg, wechselte ein paar belanglose Worte mit ihr, und sie benahm sich plötzlich wie ein Schulmädchen, das zum ersten Mal für einen Jungen schwärmte. Ach was, rief sie sich zur Ordnung, das bilde ich mir doch alles nur ein. Ich sollte mich lieber auf meinen Job konzentrieren.

Doch ihr Vater war ihr bereits auf die Spur gekommen. »Der junge Mann gefällt dir, was?«, sagte er, als sie beim Frühstück zusammensaßen. Es gab Rührei mit Schinken und Toast mit Marmelade, dazu heißen Tee mit Honig.

»Rick? Er ist ein guter Sänger.«

»Aber das ist nicht alles, oder?«

»Nun ja«, wich sie aus, »er ist netter als Andy und sieht auch besser aus, aber das heißt nichts. So ziemlich jeder Junge, der hier vorbeikommt, ist netter als Andy. Als ich mit ihm ausgegangen bin, muss ich blind gewesen sein.«

Ihrem Vater schien die Unterhaltung zu gefallen. Anscheinend fühlte er sich an seine eigene Schulzeit erinnert. »Typen wie Andy gab es zu allen Zeiten. Wir hatten damals auch einen, er hieß Billy-Bob und war Captain unseres Football-Teams. Der größte Angeber und Macho, der mir jemals über den Weg gelaufen ist, aber die Cheerleaderinnen standen Schlange bei ihm und flippten schon aus, wenn er sie nur anlächelte. Er war ein guter Quarterback, das musste man ihm lassen. Er war so gut, dass die Scouts der großen Vereine auf ihn aufmerksam wurden und dafür sorgten, dass er ein Stipendium fürs College bekam. Doch dort gab es bessere Spieler als ihn und er wurde drei Monate später nur noch unter ›ferner liefen‹ geführt. Die Cheerleaderinnen interessierten sich nicht mehr für ihn und er landete als Verkäufer bei Walmart.«

»Nichts gegen Walmart, aber so wird Andy auch mal enden.« Cheryl trank einen Schluck und wischte sich den Mund ab. »Was soll's? Das Thema hab ich längst abgeschlossen, und bevor ich auf den nächsten Jungen reinfalle, muss schon einiges passieren. Keine Angst, Dad. Ich hab erst mal nur meinen Job im Sinn und schlage einen großen Bogen um alle jungen Männer. Selbst wenn sie so nett sind wie Rick. Für so was hab ich im Moment keine Zeit.«

Ihre Mutter hatte lächelnd zugehört. »Mit einem jungen Mann wie Rick wäre Dad sicher sehr einverstanden. Er war selbst ein bisschen wie er, als wir uns kennenlernten. Ein Unruhegeist, ständig unterwegs und nicht bereit, sich irgendwo auf Dauer niederzulassen. Ölarbeiter, Cowboy, Farmhelfer ... alles nur Gelegenheitsjobs. Ich wette, er wäre heute noch unterwegs, wenn ich ihn nicht eingefangen hätte. Der Laden am Highway gefiel uns beiden. Weit genug von der Zivilisation entfernt, um nicht zur Routine zu werden, und abwechslungsreich, weil wir hier ständig interessante Leute treffen.« Sie schenkte sich Tee nach. »Als Tierärztin müsstest du dich auch niederlassen.«

»Das ist noch eine ganze Weile hin, Mom. Wer weiß, was bis dahin alles passiert? Zuerst muss ich mal die Prüfung schaffen, bevor ich über alles andere nachdenke. Vielleicht züchte ich auch Huskys. Oder beides.«

»Hauptsache, du lässt dich nicht von deinem Weg abbringen, Cheryl«, sagte ihr Vater. »Selbst wenn ein netter Kerl wie dieser Rick auftaucht, musst du in der Spur bleiben. Sei klüger als ich. Ich hatte damals Glück, weil ich Mom traf und sie mich sofort an die Kandare nahm. Freiheit heißt nicht, in den Tag hineinzuleben. Man muss immer ein Ziel vor Augen haben, wenn man es zu etwas bringen will.« Er kicherte leise in sich hinein. »Jetzt klinge ich schon wie ein verdammter Besserwisser.«

»Hilfst du mir heute Mittag mit dem Pick-up?«,

wechselte Cheryl das Thema. »Ich will vorher noch zum General Store und mir ein paar Tafeln Schokolade holen. In Dawson haben sie bestimmt keine Zartbitter mit Orange. Ich gönne mir einen Salat im Drugstore. Nicht, dass ich heute Abend keinen Appetit mehr habe. Die Einladung zum Steak-Essen steht hoffentlich noch.«

»Die besten Elchsteaks, die ich vorrätig habe«, versprach ihre Mutter.

Cheryl beschloss, für ihren kurzen Ausflug in die Stadt den Hundeschlitten zu nehmen, auch um den Huskys vor der langen Fahrt nach Norden noch etwas Auslauf zu gönnen. »Stellt euch vor, Mom und Dad haben nichts dagegen, dass ihr mit nach Norden kommt. Morgen früh geht's los! Wir fahren mit dem Pick-up nach Dawson und bleiben den ganzen Winter dort. Wir kutschieren Urlauber durch den Schnee. Das ist unser neuer Job. Okay, einige dieser Leute werden sich ganz schön dumm anstellen, aber seht es von der Seite: Ihr könnt fast jeden Tag auf Tour gehen und im Schnee rumtollen. Ist das was?«

Snowball ließ nicht erkennen, ob er sie verstanden hatte. Wenn Cheryl das Futter brachte, hatte er kaum etwas anderes im Sinn, und wenn es warmen Reis mit fetten Lachsstücken gab, nahm er ohnehin nur die leckere Mahlzeit wahr. Er machte sich heißhungrig darüber her. Auch die anderen Huskys konnten gar nicht schnell genug ihre Schnauze in das Futter stecken.

Nachdem sie auch den letzten Napf gefüllt hatte, sah sie ihnen zufrieden beim Fressen zu.

Sie war stolz auf ihre Huskys. Ein erstklassiges Team, wie sie fand, stark genug, um auch beim Iditarod oder Yukon Quest auf einem der vorderen Plätze zu landen. Wenn sie sah, wie viel Aufmerksamkeit den Mushern der legendären Rennen zuteilwurde, träumte sie davon, eines Tages selbst im Rampenlicht zu stehen und vielleicht sogar auf dem Siegertreppchen zu landen. Die Rennen waren in Alaska nur noch mit dem Super Bowl vergleichbar, dem Endspiel der Football-Meisterschaft, und die Stars wurden ebenso gefeiert wie die Spieler der großen amerikanischen Mannschaften.

Um mit den besten Mushern konkurrieren zu können, musste man jedoch lange trainieren, länger als sie, und über mindestens vierzehn erstklassige Huskys verfügen. Sie besaßen gerade mal neun: Snowball, den umsichtigen Leithund. Lobo, seinen wilden Stellvertreter. Den ruhigen Candy und den starken Kodiak, den raubeinigen Rufus und den bulligen Woody. Benny und Lucky waren noch zu jung für den Schlitten, und Shadow hatte seine besten Zeiten hinter sich und bekam bereits sein Gnadenbrot. Sie mochte sie alle und würde auch nicht verzweifeln, wenn für ein großes Rennen keine Zeit blieb.

Über die Reaktion ihrer Eltern freute sie sich. Einige ihrer Highschool-Freundinnen hatten ständig im Clinch mit ihren Eltern gelegen, hauptsächlich wegen ihrer Wochenendausflüge nach Whitehorse, wo es einige Clubs gab, in denen man tanzen und seinen Spaß haben konnte. Sie war zwei- oder dreimal mitgefahren und hatte weder den Jungen noch dem Alkohol etwas abgewinnen können. Das Leben war keine Fernsehshow, in der man bis in den frühen Morgen zu den Songs seiner Lieblingsband tanzte und mit einem Goldjungen auf dem Rücksitz knutschte. Und am frühen Morgen aus einem Club zu kommen und in ein eiskaltes Auto zu steigen, war nicht gerade ein Vergnügen.

Sie fand es wesentlich aufregender, mit dem Hundeschlitten durch die Wildnis zu fahren und die Einsamkeit und die Stille zu genießen, auch wenn manche Mitschüler sie als Langweilerin oder Eigenbrötlerin verspottet hatten. Allerdings nur so lange, bis sie selbst auf eine solche Fahrt mitgekommen waren. Sie hatte niemals versucht, sich abzuschotten. Beim Softball im Sommer und beim Eislaufen im Winter war sie mitten im Getümmel gewesen, und wenn eine bekannte Band nach Whitehorse gekommen war, hatte sie in einer der ersten Reihen gestanden. Nur weil sie sich gerne in der Wildnis aufhielt, hieß das noch lange nicht, dass sie alles uncool fand, was die anderen Schüler so trieben. Auch sie nahm auf manche Schlittenfahrten ihren iPod mit und ließ sich durch die Kopfhörer beschallen. Auf den langen Etappen des Iditarod oder Yukon Quest gehörte der iPod zur Grundausstattung der Musher.

In Dease Lake hielt sie vor dem General Store. Der

Besitzer freute sich, sie zu sehen, und griff schon nach der Schokolade, bevor sie etwas sagte. »Geben Sie mir alle drei«, sagte sie, als sie erkannte, dass drei Tafeln Zartbitter Orange im Regal lagen. »Mein Wintervorrat.« Sie erzählte dem Besitzer von ihren Plänen und freute sich über den Sonderpreis, den er ihr einräumte. »In Dawson haben sie bestimmt nur Massenware und die gängigen Schokoriegel.«

Zwei kichernde Mädchen betraten den Laden. Suze, die neue Freundin von Andy, und eine andere Cheerleaderin, die sie nur vom Sehen kannte. Ruby oder so. Suze sah gut aus, das musste man ihr lassen. Lange blonde Haare und leuchtende blaue Augen, Kussmund und ellenlange Beine. Genau der Typ, auf den die meisten Männer flogen. Jung und Alt. Und entsprechend eingebildet benahm sie sich auch. »Also, ich würde so was nie essen«, tönte sie, »davon würde ich viel zu dick. Kein Wunder, dass du keinen Freund hast.«

Cheryl hatte keine Lust, sich auf eine längere Auseinandersetzung mit der Cheerleaderin einzulassen, wollte aber auch nicht klein beigeben. »Bevor ich mich wieder mit einem Macho wie Andy einlasse, bleibe ich lieber Single.«

»Das sagst du doch nur, weil er mit dir Schluss gemacht hat.«

»Ich hab mit ihm Schluss gemacht«, stellte Cheryl richtig.

»Da hab ich aber was anderes gehört.« Suze ging zu

einem der Kühlschränke und holte eine Diet Coke heraus. »Soweit ich weiß, hat er dich stehen lassen. Er hätte mich schon viel früher um ein Date gebeten, wenn du nicht wie eine Klette an ihm gehangen hättest. Inzwischen weiß er, was er versäumt hat. Ich gebe ihm alles, was man sich von einer Frau erträumen kann.« Ihr schnippisches Grinsen ging Cheryl auf die Nerven. »Er will eine Freundin, die was hermacht, und keine Sportskanone mit Hundeschlitten.«

»Ach ja? Ist er mir deshalb gestern nachgefahren?« An Suzes erstaunter Miene erkannte sie, dass sie nichts von seinem Ausflug wusste. »Das hat er dir wohl nicht verraten. Er wollte wieder etwas mit mir anfangen. Da staunst du, was?«

Suzes Miene verfinsterte sich. »Du lügst.«

»Frag ihn doch. Aber keine Angst, ich hab ihm einen Korb gegeben. Und ab morgen früh bin ich sowieso über alle Berge, dann hast du freie Bahn.« Sie wusste, dass sie gemein zu dem Mädchen war, konnte aber nicht anders. »Ich wünsch dir alles Gute, Suze. Und glaub nicht alles, was Andy dir sagt.«

Bevor Suze etwas erwidern konnte, verließ Cheryl den Laden. Sie bedankte sich mit einem Lächeln bei dem Ladenbesitzer, schon ein wenig traurig darüber, sich so blamiert zu haben, und war froh, als sie wieder auf den Kufen ihres Schlittens stand. Warum hatte sie sich von Suze provozieren lassen? Ihr Auftritt war mehr als peinlich gewesen. Warum beherrschte sie sich nicht?

Weil sie erst gestern erkannt hatte, wie verloren die Zeit mit Andy gewesen war. Sie hatte sich von Äußerlichkeiten blenden lassen, von seinem guten Aussehen, seiner lockeren Art, seiner Erfahrung mit Mädchen, die ihn zwei, drei Jahre älter wirken ließ. Sie war auf ihn hereingefallen, so wie viele andere Mädchen und sogar ältere Frauen. Alles, was sie Suze ankreidete, hatte sie selbst getan. Und erst, als Rick spätnachts bei ihnen aufgetaucht war und ihr auf angenehm zurückhaltende und nachdenkliche Art klargemacht hatte, was bei einem jungen Mann wirklich zählte, war sie endgültig aus ihrem Traum aufgewacht und zur Vernunft gekommen. »Keine Ahnung, wie ich auf Andy hereinfallen konnte«, rief sie ihren Hunden zu.

Im Drugstore bestellte sie einen Caesar Salad und einen heißen Tee und wechselte ein paar Worte mit der Besitzerin, die wie immer selbst bediente und vor allem für den Imbiss verantwortlich war. Sie wusste bereits, dass Cheryl den Winter in Dawson City verbringen und dort für Dog sledding Adventures arbeiten würde, eine gute Entscheidung, wie sie meinte. »Wenn ich so jung wäre wie du, würde ich mir auch woanders Arbeit suchen.« Sie schenkte ihr heißes Wasser nach und reichte ihr einen weiteren Teebeutel. »Ich wäre auch beinahe mal in Dawson gelandet. Ist schon eine ganze Weile her, das war ein paar Jahre bevor ich Willie geheiratet habe. Damals war ich mit einem Goldsucher liiert, der glaubte, eine weitere Goldader am Klondike gefunden zu haben, bis sich herausstellte, dass der Goldstaub nicht mal für ein anständiges Dach über dem Kopf reichte.« Sie griff nach einem Lappen und begann den Tresen zu putzen. »Der Goldsucher, er hieß Theo, drehte vollkommen durch und schlug den halben Saloon zusammen, und wer weiß, vielleicht hätte er auch mich zusammengeschlagen. Er war ein ziemlich hitziger Typ, weißt du. Also fuhr ich zurück nach Dease Lake und las unterwegs Willie auf, den kühnsten Fallensteller am Polarkreis. Er musste dort leben, wo es die meisten Pelztiere gab, und da gehörte Dawson bestimmt nicht dazu. Aber ich vermisse die Stadt noch immer. In Dawson ist ordentlich was los, selbst heute noch. Da leben mehr Urlauber als Einheimische und bringen reichlich Geld.«

»Und dich zieht es überhaupt nicht mehr zurück?«

»Willie ist schon seit ein paar Jahren tot, Cheryl. Und ich habe mich inzwischen so an Dease Lake gewöhnt, dass ich gar nicht mehr wegwill. Aber du, du wirst es schaffen. Du bist anders als all die Kids, die hier rumhängen.«

»Meinst du wirklich?«, fragte Cheryl.

4

Am Horizont wurde es bereits hell, als Cheryl nach Norden aufbrach. Ihr Vater hatte ihr geholfen, den hölzernen Aufsatz mit den Hundezwingern auf die Ladefläche zu montieren und den Schlitten auf dem Dach festzuzurren. Die Huskys wären wohl lieber gelaufen, schienen sich aber auch im Stroh ihrer provisorischen Zwinger wohlzufühlen und ahnten sicher, dass in Dawson City ein neues Abenteuer auf sie wartete.

Schon während des Steakessens am vergangenen Abend hatte Cheryl feuchte Augen bekommen. Erst als sie mit Sekt angestoßen und ihre Eltern ihr Glück auf dem weiteren Lebensweg gewünscht hatten, war ihr klar geworden, wie tief der Einschnitt, den sie vorgenommen hatte, tatsächlich war. Sie verließ das elterliche Nest, und obwohl ihre Mutter versprochen hatte, ihr Zimmer bis nach dem College unangetastet zu lassen, ging sie doch für immer. Eine junge Wölfin, die sich ein eigenes Rudel suchen und künftig allein auf die Jagd gehen würde. Sie lächelte. So hatte es ihr Vater ausgedrückt, während sich ihre Mom verstohlen die Tränen aus den Augen gerieben hatte.

Ihr Abschied war kurz und schmerzhaft gewesen. Sie hatte ihre Eltern liebevoll umarmt und war rasch in ihren Pick-up gestiegen, froh darüber, dass die Huskys ungeduldig bellten und sie aus ihrer Verlegenheit retteten. »Pass gut auf dich auf!«, hatte ihre Mutter gerufen, als sie losgefahren war. Ohne noch einmal in den Rückspiegel zu blicken, war sie in Richtung Norden gefahren.

Sie kannte die Straße nach Watson Lake von unzähligen Fahrten. Westlich vom Highway erstreckte sich der vereiste Dease Lake, eine riesige Eisfläche, die matt im schwachen Morgenlicht glänzte. Die Zweige der Schwarzfichten, die sich zu beiden Seiten der Straße erhoben, bogen sich unter dem Schnee, der während der vergangenen Tage gefallen war. Am Himmel hingen dunkle Wolken und trieben mit dem schwachen Wind über den Highway. Am Seeufer ließen sich zwei Elche blicken und suchten im Gestrüpp nach Nahrung.

Sie befand sich allein auf der Straße. Das einzige Geräusch in der winterlichen Stille war das Brummen des Motors. Sie war eine gute Fahrerin und schlechte Straßenverhältnisse gewohnt. Den Stewart-Cassiar Highway kannte sie noch aus der Zeit, als größere Abschnitte mit Schotter bedeckt waren. Ihr Pick-up hatte Allradantrieb, die Reifen waren in tadellosem Zustand. Auf der Ladefläche unter dem Aufsatz für die Hunde hatte ihr Vater zwei Ersatzreifen und einen Kanister mit Benzin verstaut, für alle Fälle. Auch wenn der Stewart-Cassiar und der Alaska Highway inzwischen asphaltiert waren, musste man mit allem rechnen. Hier draußen begann die grenzenlose Wildnis, und Lokale, Läden und vor allem Werkstätten und Tankstellen waren dünn gesät.

Mit jedem Kilometer, den sie sich weiter von ihren Eltern entfernte, wuchs ihre Zuversicht. Der Wunsch, zum ersten Mal auf eigenen Beinen zu stehen und Geld zu verdienen, war so groß, dass sie es kaum erwarten konnte, ihre Zelte in Dawson aufzuschlagen. Die Bande zu ihren Eltern würden deshalb nicht abreißen. Sie liebte ihren Vater und ihre Mutter, hatte ihnen unendlich viel zu verdanken und es wesentlich besser getroffen als einige ihrer Mitschüler, die nur mit einem Elternteil aufgewachsen waren. Auch sie waren keine Bilderbuchfamilie, dazu waren ihre Charaktere zu verschieden, aber es war ihnen immer gelungen, auch nach einem Streit einen Kompromiss zu finden. Auch als erwachsene Frau würde sie ihre Eltern gerne besuchen.

Noch immer zog sich der riesige Dease Lake westlich des Highways entlang, für manche Städter, die von Vancouver heraufkamen, war dies ein beängstigender Anblick, weil er das Land noch abgeschiedener aussehen ließ. Auf sie wirkte es eher beruhigend. Der See, ob mit oder ohne Eis, bildete eine friedvolle Oase inmitten der Berge und Wälder, die sich bis zum fernen Horizont dahinzuziehen schienen. Mehr noch als an der

Meeresküste fühlte sich Cheryl am Seeufer zu Hause. Ohne Seen war dieses Land nicht vorstellbar. Auf dem Weg nach Dawson warteten noch zwei weitere große Seen auf sie.

Sie schaltete das Radio ein. Der einzige Sender, den man zwischen Dease Lake und Watson Lake hören konnte, brachte uralte Hits und ab und zu einen Klassiker von den Eagles oder Madonna. Nichts, was sie vom Hocker riss, von den Eagles vielleicht mal abgesehen, aber erträglich, wenn man die Musik leise laufen ließ. Wenn sie im Auto unterwegs war, hörte sie lieber Radio als Musik von ihrem iPod, schon wegen der Wetter- und Verkehrsdurchsagen. Damit waren sie im Radio schneller als alle Online-Dienste zusammen.

Am nördlichen Ufer des Dease Lake fuhr sie langsamer. In einer Ausbuchtung auf der anderen Straßenseite parkte Randy Wagner mit seinem Truck. Anscheinend war er schon auf dem Rückweg. Sie parkte neben ihm und stieg aus. Ihre Huskys quittierten den plötzlichen Stopp mit nervösem Gebell. »Hey, Randy«, rief sie, als er das Fenster herunterließ. Er hielt ein üppig belegtes Sandwich und den Becher seiner Thermosflasche in den Händen.

»Cheryl! Wo willst du denn hin?«

Sie erzählte es ihm und deutete auf ihre vierbeinigen Reisegefährten. »In Dawson können sie sich mal richtig austoben. Und du? Bist du auf dem Rückweg?«

»Gestern war ich in Fort Nelson. Heute geht's zum

Yellowhead Highway. Eine Terminfracht nach der anderen. ›Zeit ist Geld‹, sagt der Chef. Solange das Wetter hält und die Kohle einigermaßen stimmt, hab ich nichts dagegen.«

»Ein anstrengender Job.«

»Besser, als in einem Büro zu sitzen und Akten abzulegen.«

Sie ließ einige Sekunden verstreichen, bis sie betont beiläufig fragte: »Und Rick hast du abgesetzt? Den Jungen mit der Gitarre? In Watson Lake, oder?«

»Vor BeeJay's Cafe, dem Imbissladen gleich neben der Autowerkstatt. Er kannte den Laden wohl von einem früheren Trip. Es sah beinahe so aus, als wollte er dort jemand treffen. Oder er wollte da ein paar Dollar mit seiner Gitarre verdienen. Was weiß ich? Ich bin nicht neugierig und hab ihn nicht gefragt. Ehrlich gesagt, haben wir auch unterwegs kaum miteinander gesprochen. Er war ziemlich in Gedanken. Ein Träumer, dieser Rick.« Er biss in sein Sandwich und grinste verstohlen. »Und wenn er gesprochen hat, dann nur von dir.«

Sie errötete gegen ihren Willen. »Ach ja?«

»Er meinte, du wärst eine heiße Braut.« Er grinste immer noch. »Nun ja, er hat sich irgendwie anders ausgedrückt, aber es lief auf dasselbe hinaus. Er wäre wohl gern länger bei euch geblieben. Du wärst anders als die meisten Mädchen, die er bisher kannte, hat er gesagt. Ich glaube, er wäre am liebsten ausgestiegen und nach

Dease Lake zurückgelaufen. Sieht so aus, als hättest du einen Verehrer, Cheryl.«

Sie fühlte sich geschmeichelt, lächelte aber nur kurz. »Ich habe erst mal die Nase voll von Jungs, Randy. Ich muss mich auf meinen neuen Job konzentrieren, sonst wird das nichts.« Sie hatte keine Lust, mit ihm über Andy zu sprechen, und verschwieg ihren Ex-Freund. »Wo wollte Rick denn hin?«

»Keine Ahnung«, erwiderte der Fahrer. »Dawson würde ihm sicher gefallen, sagte er, weil dort so viele Touristen hinkämen und er mit seiner Gitarre ganz gut verdienen könnte. Der Junge kam mir vor wie einer dieser Rucksack-Touristen, die man hier vor allem im Sommer trifft. Die erst mal kreuz und quer durch die Welt trampen, bevor sie aufs College gehen oder zu arbeiten anfangen. Nur nachdenklicher war er. Wie ein Künstler eben, ein Songschreiber.«

Hinter Cheryl jaulten ihre Hunde. Sie schienen gar nicht damit einverstanden zu sein, dass sie sich so lange mit Randy unterhielt, und wollten so schnell wie möglich weiter. Ihre Zwinger waren zwar bequem, aber kein ideales Quartier.

»Ich muss weiter«, entschuldigte sie sich, »meine Hunde werden langsam unruhig. Grüßen Sie meine Eltern und arbeiten Sie nicht zu viel, Randy.«

»Und wie soll ich dann meine Kredite abzahlen?«

Cheryl stieg in ihren Pick-up und fuhr weiter nach Norden. Vor ihr leuchteten die schroffen Hänge der

Cassiar Mountains im schwachen Tageslicht. Das Wetter hielt, nur der Wind hatte etwas aufgefrischt und wehte lockeren Schnee über den Highway. Außer Randy begegnete sie noch drei anderen Truckern, die mit aufgeblendeten Scheinwerfern an ihr vorbeibrausten und sie mit ihren Drucklufthupen grüßten. Für ungefähr zwanzig Kilometer folgte sie einem Jeep der Parkverwaltung. Es war ein Ranger auf einer Inspektionstour, der am Boya Lake vom Highway abfuhr und vor dem Verwaltungsgebäude hielt.

Sie schaltete das Radio aus. In Gedanken summte sie »The Rodeo's Over«, den Song, den Rick im Wohnzimmer ihrer Eltern gesungen hatte. Der Trucker hatte recht, er war ein nachdenklicher Künstler, ganz anders als die Jungs, die mit ihr auf die Highschool gegangen waren und die meiste Zeit mit sich selbst beschäftigt waren. Die sich am liebsten selbst im Spiegel betrachtet und damit geprahlt hatten, wer mehr Mädchen aufreißen konnte. Wie hieß es immer? Mädchen wären den Jungs zwei Jahre voraus, waren schon halb erwachsen, wenn Jungs sich noch wie halbe Kinder benahmen. Ein Satz, den Jungen überhaupt nicht lustig fanden. Rick war nie so gewesen und von seinen Schulfreunden sicher gehänselt worden, weil er gefühlvoller war als sie, nicht den ganzen Tag über Football oder Autos quatschte und sich einem Mädchen nur näherte, wenn er es wirklich interessant fand. Oder machte sie sich da etwas vor? Schrieb sie ihm Eigenschaften zu, die er gar nicht besaß?

Sie schaltete erneut das Radio ein und vertrieb die Gedanken mit einem älteren Hit von Cher. Bombastischer Rock, der weder zu ihren Gedanken über den Jungen noch zu der melancholischen Landschaft passte. Gegen den Wind fuhr sie am Boya Lake vorbei, einem Provincial Park, der während der Sommermonate zahlreiche Urlauber anzog, und erreichte die Kreuzung mit dem Alaska Highway um die Mittagszeit. Doch anstatt nach Westen in Richtung Whitehorse abzubiegen, wandte sie sich nach Osten und fuhr nach Watson Lake hinein. Sie hielt vor dem BeeJay's Cafe, einem unscheinbaren Gebäude, das eher an eine Baracke erinnerte, aber bei Reisenden sehr beliebt war, und wandte sich an ihren Leithund, bevor sie das Lokal betrat. »Sei mir nicht böse, Snowball«, sagte sie, »aber ich brauche eine kleine Pause. Wenn ich wiederkomme, bringe ich euch frisches Wasser und ein paar Leckerli mit, okay?«

Auch wenn die Touristensaison schon vorüber war, ging es in dem Lokal hoch her. Etliche Trucker, aber auch Einheimische verbrachten dort ihre Mittagspause und ließen sich den Eintopf oder einen Cheeseburger schmecken. An einem Ecktisch saß ein junges Paar und wirkte sichtlich genervt. Anscheinend hatten die beiden gerade heftig gestritten. Beide sahen wie Städter aus, trugen neue Anoraks und neue Stiefel, was nur heißen konnte, dass sie sich zum ersten Mal so weit nördlich befanden und sich wahrscheinlich in einem der teuren

Outdoor-Shops am Alaska Highway eingekleidet hatten. Beide hatten rote Strickmützen und Handschuhe neben sich auf den Stühlen liegen.

Die Bedienung deutete auf den Zweiertisch neben dem Paar und Cheryl setzte sich. Ohne lange die Karte zu studieren, bestellte sie einen Cheeseburger mit Pommes frites und eine Diet Coke. Rick war nirgendwo zu sehen. Wahrscheinlich war er längst über alle Berge, dachte sie bekümmert.

»Darf ich Sie was fragen, Miss?«, wandte sie sich an die Bedienung.

»Wenn's schnell geht. Sie sehen ja, was hier los ist.«

»War vorgestern ein junger Mann hier? Mit Gitarre?«

Die Bedienung brauchte nicht lange zu überlegen. »Ja, der war hier. Vorgestern Mittag. Rick, nicht wahr? Die Chefin hat ihn sogar ein paar Songs spielen lassen. Gegen Abend wurde er von einem Mädchen abgeholt. Sie war vielleicht ein Jahr älter als sie und sehr attraktiv. Lange braune Haare, volle Lippen und eine Figur, wie ich sie mir immer erträumt habe. Sie hätten die Männer sehen sollen, als sie ins Lokal kam. Alle haben sich nach ihr umgedreht und sich wahrscheinlich gefragt, was eine Schönheit mit so einem unscheinbaren Typen wie diesem Rick will. Aber die beiden mochten sich anscheinend.«

»Er war ihr Lover?«

»Es sah ganz so aus. Warum fragen Sie?«

»Ach, nur so«, sagte Cheryl ausweichend. »Bringen Sie mir noch eine Coke?«

»Schon unterwegs«, erwiderte die Bedienung.

Cheryl beugte sich über ihren Cheeseburger. Obwohl sie plötzlich keinen Hunger mehr verspürte, biss sie hinein und kaute angestrengt. Aus den Augenwinkeln beobachtete sie, wie die Bedienung in der Küche verschwand und die Mahlzeiten für die anderen Gäste holte. Im Vorbeigehen stellte sie eine neue Diet Coke auf ihren Tisch. Anscheinend hatte sie ihre kurze Unterhaltung schon wieder vergessen. Als Bedienung musste man sich schließlich einiges anhören.

Was machst du hier eigentlich?, fragte sich Cheryl, während sie von ihrer Diet Coke trank. Ich dachte, du wolltest dich das nächste halbe Jahr nicht mehr um Jungs kümmern. Hat dir Andy denn nicht gereicht? Jetzt fährst du einem Sänger hinterher, den du kaum kennst, und wunderst dich, dass er mit einer Schönheit zusammen ist. Klar fand er dich sympathisch. Er sagte, du wärst anders als die Mädchen, die er bisher getroffen hatte, das erzählte er wahrscheinlich auch der unbekannten Schönen hier in Watson Lake. Bestimmt war er nur ihretwegen Richtung Norden gefahren. So waren sie eben, diese Cowboys. In jedem kleinen Ort, in dem ein Rodeo stattfand, wartete ein Mädchen auf sie.

Am Nebentisch unterhielt sich das zerstrittene Paar. Die ganze Zeit hatten die beiden schweigend ihren Eintopf gelöffelt, aber jetzt sagte die Frau mit der modernen Kurzhaarfrisur: »Also, wenn es in Dawson City genauso langweilig zugeht wie hier, drehe ich sofort wieder um.«

»Nun warte doch erst mal, bis wir dort sind«, redete der Mann auf sie ein. Er wirkte sportlicher als seine Frau und sah in den modischen Wintersachen nicht so verkleidet aus wie sie. »Du wolltest doch mal was Abenteuerliches erleben. Mit dem Snowmobil oder dem Hundeschlitten durch die Gegend brausen, mit dem Buschflugzeug in entlegene Gebiete fliegen, Elche und vielleicht sogar Wölfe beobachten … dieser Urlaub wird dir gefallen, ganz sicher.«

Sie stocherte in den Überresten ihres Salats herum. »Und die Hälfte der Zeit vergeuden wir auf diesem langweiligen Highway. Wir hätten nach Dawson City fliegen und ein Hotelzimmer statt dieses unbequemen Wohnmobils reservieren sollen. Glaube bloß nicht, dass ich den ganzen Tag in der Mini-Küche stehe und Betten mache und Wäsche wasche … nicht mit mir!«

»Das verlangt doch keiner von dir, Janice!«

»Und auf einen Hundeschlitten bringen mich keine zehn Pferde! Du weißt doch, wie viel Angst ich vor Hunden habe. Wenn sie einen beißen, dann mich. Das war schon so, als ich in den Kindergarten ging. ›Der will nur spielen‹, hieß es, als eine der Mütter ihren Sohn mit einem Husky abholte und der aufdringliche Köter an mir rumschnüffelte. Und dann musste ich in die Notaufnahme!«

»Das war Pech. Normalerweise tun sie einem nichts.«

Janices Stimme klang weinerlich. »Wir hätten nach San Diego fliegen sollen«, sagte sie, »dort ist es wärmer, und wir hätten segeln und schnorcheln können. Das ist auch abenteuerlich, und wir hätten nicht so viele Klamotten kaufen müssen. Sieh doch mal raus. So düster ist das Wetter bei uns nie.«

»San Diego läuft uns nicht weg.«

»Und der Yukon schon?« Sie schob die leere Salatschüssel von sich weg. »Du willst doch nur nicht nach Kalifornien, weil meine Eltern dort wohnen.«

»Ich hab nichts gegen deine Eltern.«

»Und warum stänkerst du dann dauernd gegen sie?«

»Weil du wie ein kleines Mädchen an ihnen klammerst. Wir sind jetzt drei Jahre verheiratet und du weinst immer noch deinen Eltern nach. Du hast doch lange genug bei ihnen gewohnt. Außerdem ist Kalifornien nicht aus der Welt, und ich hab dir versprochen, dass wir über Weihnachten ein paar Tage dorthin fliegen. Das muss reichen, meinst du nicht? Ich hab meine Eltern seit einem Jahr nicht mehr gesehen und jammere auch nicht rum. Ich bin mit dir verheiratet, oder?«

»Das ist was anderes, Jack. Deine Eltern sind geschieden.«

»Ich liebe meine Eltern, und sie lieben mich, aber das heißt noch lange nicht, dass wir uns alle zwei Wochen sehen müssen. Am besten funktioniert es, wenn Berge, Täler und Flüsse zwischen Eltern und Kindern liegen, sagt meine Mutter. Damit sind wir immer gut gefahren. Also stell dich nicht so an.«

»Ihr seid eben keine richtige Familie.«

Er legte eine Hand auf ihren linken Unterarm und bemühte sich um einen versöhnlichen Ton, auch weil inzwischen mehrere Gäste in ihre Richtung blickten. »Beruhige dich doch, Janice. Du wirst sehen, in Dawson sieht die Welt wieder ganz anders aus. Und wenn es dir im Wohnmobil nicht gefällt, können wir immer noch ins Hotel gehen. Wie wär's mit Apfelkuchen?«

»Aber nur ein kleines Stück.«

Cheryl hätte Janice und ihren Mann am liebsten zum Ende ihres Streits beglückwünscht, zahlte aber stattdessen lieber und schlüpfte in ihren Anorak. Der Gedanke, dass die beiden Streithähne vielleicht eine Hundeschlittentour bei Dog sledding Adventures buchen und auf ihrem Schlitten landen würden, erschreckte sie etwas, aber mit so etwas musste man umgehen können, wenn man für ein Touristik-Unternehmen arbeitete. Sie hatte schon öfter festgestellt, dass die meisten Städter eine falsche Vorstellung von Huskys hatten, sie entweder für exotische Haushunde oder für gefährliche Wolfshunde hielten und ihnen entweder zu unbedarft oder zu ängstlich begegneten.

Vor dem Lokal blieb sie erschrocken stehen. Neben dem Wohnmobil der Streithähne hielt ein Geländewagen und Rick und seine Freundin mit den langen Haaren stiegen aus. Er ging um den Wagen herum und schloss sie in die Arme, zog behutsam ihren Kopf zu sich heran und streichelte sie zärtlich.

Cheryl lief rasch hinter das Wohnmobil, wo sie vor den Blicken des Jungen sicher war, und stieg in ihren Pick-up. Mit Tränen in den Augen und ohne in den Rückspiegel zu blicken, fuhr sie vom Parkplatz und auf den Highway.

5

Erst außerhalb der Stadt beruhigte sie sich wieder. Sie wischte sich mit dem Ärmel die Tränen vom Gesicht und hieb ein paarmal mit der Faust auf das Lenkrad, wütend auf sich selbst, weil sie sich schlimmer als manche Mädchen auf der Highschool benahm und einem Jungen hinterherweinte, mit dem sie lediglich ein paar unverfängliche Worte gewechselt hatte. Was war bloß in sie gefahren? Rick war ein netter Junge, der zufällig ihren Weg gekreuzt hatte, weiter nichts. Und sein Liebesleben ging sie überhaupt nichts an. Wahrscheinlich hatte er sie längst vergessen. »Megapeinlich!«, schimpfte sie leise.

Sie schaltete das Radio ein und drehte einen Sommerhit aus den Achtzigern auf. Genau der Sound, den sie verabscheute, und deshalb am besten geeignet, um den Jungen aus ihren Gedanken zu vertreiben. »Mach jetzt bloß keinen Scheiß!«, rief sie sich zur Ordnung. »Wenn du jedem Jungen hinterherläufst, der dir ein Kompliment macht, bringst du es nie zu was. Denk daran, was du dir vorgenommen hast, und konzentriere dich auf deinen verdammten Job!«

Doch das war einfacher gesagt als getan. Auch wenn sie die Musik bis zum Anschlag aufdrehte und laut schimpfte, verschwand Rick nicht vollkommen. Seine sanfte Stimme klang immer noch in ihr nach, und sein Lächeln ließ den verschneiten Highway vor ihren Augen verschwimmen und brachte sie so manches Mal aus der Spur. Als hätte der Junge sie tatsächlich verzaubert und durch eine flüchtige Berührung dazu gebracht, nicht mehr von ihm lassen zu können. »Ach was«, wehrte sie sich, »das ist doch Unsinn!«

Sie schaltete das Radio aus und konzentrierte sich auf die Straße. Es hatte leicht zu schneien begonnen und der Wind wirbelte dicke Flocken gegen ihre Windschutzscheibe. Die Scheibenwischer bewegten sich knarrend. Düstere Wolken hingen über dem Highway, der sich in zahlreichen Windungen und einem stetigen Auf und Ab durch die Berge zog. Einer der landschaftlich interessantesten Teile der legendären Straße, der allerdings häufig von schlechtem Wetter heimgesucht wurde und den Autofahrern das Leben schwermachte, selbst wenn man wie Cheryl die Bedingungen gewohnt war.

Am Horizont kündigte sich bereits der Abend an, als sie die Berge hinter sich ließ und über eine lange Stahlbrücke nach Teslin fuhr. Die Nisutlin Bay Bridge überspannte die gleichnamige Bucht vor der kleinen Siedlung, die während des Klondike-Goldrauschs ein beliebter Stopp für die Goldsucher aus Kanada war.

Den Handelsposten gab es immer noch, auch ein Motel mit angrenzendem Campground, einem Restaurant und einem Souvenirshop.

Obwohl das Schneetreiben außerhalb der Berge wieder etwas nachgelassen hatte, entschloss sich Cheryl, die Nacht in dem Motel zu verbringen. Zwei Übernachtungen auf dem Weg nach Dawson City hatte sie eingeplant, schon wegen der Huskys, die nach einer anstrengenden Fahrt unbedingt Auslauf brauchten. »Ihr habt euch wacker gehalten«, sagte sie zu ihren Hunden, als sie aus dem Wagen stieg. »Was meint ihr? Wollen wir noch ein paar Runden drehen?« Das aufgeregte Jaulen und Winseln brachte sie zum Lachen. »Okay, lasst mich nur schnell das Zimmer klarmachen, dann können wir gleich los.«

Sie betrat das Büro und entschied sich für eines der preiswerten Zimmer, bekam die Erlaubnis, ihre Huskys auf dem benachbarten Campground unterzubringen, und kehrte zu ihnen zurück. Einen nach dem anderen ließ sie aus den Zwingern springen. »Schön in der Nähe bleiben!«, ermahnte sie Snowball, der sich vor Freude im Kreis drehte. »Ihr wollt euch doch nicht blamieren?«

Wenige Minuten später hatte sie den Schlitten vom Dach des Aufbaus gewuchtet, den Huskys ihre Geschirre übergestreift und sie an die Führungsleine gebunden. »Okay«, rief sie ihnen zu. »Seht ihr den Trail, der über den Campground und am See entlangführt? Der führt an der Siedlung vorbei nach Johnson's Crossing. Gerade weit genug, um euch ein wenig lockerer zu machen. Ich weiß, wie ihr euch fühlt. Die Zwinger sind nicht gerade bequem und ihr braucht euren Auslauf. Aber glaubt mir, im Auto ist es auch nicht bequemer. Auch wenn ich todmüde bin, der kleine Ausflug muss sein, oder?«

Die Huskys waren ihrer Meinung und rannten sofort los, als sie »Vorwärts! Go! Go!« rief und sie auf den Trail trieb. Unter den Kufen staubte der Schnee, als sie über den Campground raste und am Ufer des lang gestreckten Sees auf die fernen Berge im Nordwesten zuhielt. Die Huskys hatten ihren Spaß, flogen beinahe über den teilweise festgestampften Schnee und reckten ihre Schnauzen in den kühlen Fahrtwind. Sie brauchten keine zehn Minuten, um die Müdigkeit aus ihren Beinen zu schütteln und so locker und entschlossen über den Trail zu laufen wie auf den heimatlichen Pisten in der Umgebung von Dease Lake. Sie waren perfekt aufeinander eingespielt und genossen jede Bewegung in der endlosen Wildnis. In dieser Verfassung wären sie tatsächlich imstande, mit den besten Gespannen auf dem Iditarod oder Yukon Quest mitzuhalten, nur brauchte man mehrere Hunde, um diese weiten Entfernungen zu bewältigen.

Cheryl ging es wie ihren Huskys. Nach der langen Fahrt brauchte sie Bewegung und frische Luft. Für eine Fahrt mit dem Hundeschlitten war sie selten zu müde, dafür machte ihr die Arbeit viel zu großen Spaß. Ihre Mutter hatte recht. Auch als Husky-Züchterin wäre sie sicher erfolgreich. Sie hatte ihr ganzes Leben mit Huskys zu tun gehabt und war immer gut mit ihnen zurechtgekommen, wusste um ihre Bedürfnisse und Launen und war so oft mit ihrem Gespann unterwegs gewesen, dass ihr selbst ein erfahrener Iditarod-Gewinner, der bei einem lokalen Rennen als Ehrengast dabei gewesen war, ein Lob ausgesprochen hatte. Sie würde auch in Zukunft mit Hunden arbeiten, als Tierärztin, Züchterin, vielleicht sogar bei einem der großen Rennen.

Nachdem sie eine Stunde am zugefrorenen Teslin Lake entlanggebraust waren, ließ sie die Hunde für ein paar Minuten verschnaufen. Am dunklen Himmel zeigten sich bereits die ersten Sterne und brachten den Schnee und das Eis zum Glitzern. In der Ferne waren die Lichter einer winzigen Siedlung zu erkennen. In der Umgebung von Teslin wohnten zahlreiche Tlingit-Indianer, ein traditionsreicher Stamm, der sich im 19. Jahrhundert erbittert gegen die weißen Eindringlinge gewehrt hatte und inzwischen sogar ein kleines Museum betrieb. Auch das Motel und das Restaurant in Teslin gehörte ihnen.

Auf dem Rückweg ließ es Cheryl etwas langsamer angehen. Sie winkte einem jungen Indianer zu, der mit seinem Snowmobil über den gefrorenen See raste und sie anscheinend beeindrucken wollte, und blickte zum nahen Highway hinüber, als ein Truck mit aufgeblendeten Scheinwerfern über die verlassene Piste fuhr. Ob Rick auf dem Beifahrersitz saß? Oder war er bei seiner Freundin in Watson Lake geblieben? Sie sah wirklich gut aus, das musste man ihr lassen, genau der Typ, auf den die meisten Männer standen. Lange Haare, lange Beine, volle Lippen und selbst im stärksten Schneetreiben noch dezent geschminkt, das hatte sie auch im trüben Licht bemerkt.

Vor lauter Wut, weil sie schon wieder an Rick dachte, trieb sie die Huskys zu einer schnelleren Gangart an. »Vorwärts, Snowball! Zeigt mal, was ihr könnt! Schneller! Schneller! So ist es gut.« Die Hunde legten sich noch mal kräftig in die Geschirre und rasten über den Schnee, der in der Abendkälte harsch geworden war und unter den Kufen ihres Schlittens knirschte. Sie verharrte in der Hocke, beide Hände an der Haltestange, und verlagerte geschickt ihr Gewicht, wenn sie in eine Kurve ging oder einem Hindernis auswich. Der eisige Fahrtwind blies ihr ins Gesicht und vertrieb alle Gedanken, ließ sie sogar zufrieden lächeln, als sie das Motel erreichte und das Gespann bremste.

»Euer Dinner habt ihr euch heute redlich verdient«, sagte sie, während sie die Huskys ausspannte und an Holzpflöcke band. »Gebt mir ein paar Minuten. Ich bin gleich wieder mit eurem Futter zurück.« Sie lehnte den Schlitten an die Hauswand, hängte die Leinen darüber und fragte im Restaurant nach Hundefutter. Sie hatte

Glück. Der Koch mochte Hunde und überließ ihr für wenige Dollar einen Eimer mit lauwarmem Reis und Lachsstücken. Die Leibspeise ihrer Huskys und besser als das Trockenfutter, das sie dabeihatte.

Snowball bekam wie immer die erste Portion und schmatzte bereits zufrieden, als Lobo sich über sein Futter hermachte. Es war eine Freude, ihnen beim Fressen zuzusehen, wenn sie solchen Hunger hatten. »Übermorgen habt ihr es überstanden«, tröstete sie die Huskys, »dann sind wir in Dawson, und ihr habt erst mal Ruhe. Ich kann mir vorstellen, wie unbequem die Fahrt in euren Zwingern ist, aber es geht leider nicht anders. Haltet durch, okay? Sobald wir in Dawson sind, wird alles gut. Dort gehen wir fast jeden Tag auf den Trail.«

Sie verabschiedete sich von den Huskys und war schon unterwegs zum Motel, als ein Geländewagen vom Highway abfuhr und vor dem Eingang hielt. Im trüben Licht erkannte sie Rick und seine Freundin. Sie versteckte sich rasch hinter einem Lieferwagen und beobachtete mit angehaltenem Atem, wie die beiden ausstiegen. Rick hängte sich seinen Rucksack um und lehnte seine Gitarre gegen den Wagen, als er das Mädchen liebevoll umarmte und sanft streichelte. Der frostige Wind trug ihre Worte zu Cheryl herüber.

»Ich lasse dich ungern allein, Amy«, sagte er. »Ich hab alle Zeit der Welt und könnte bei dir bleiben. Wenn du willst, den ganzen Winter. Vorher muss ich sowieso nicht auf die Ranch zurück. Du musst das nicht allein durchstehen. Wenn's sein muss, suche ich mir einen neuen Job in Watson Lake. Da gibt's vielleicht keine Ranches, aber ich könnte als Verkäufer in einem Laden arbeiten. Ich habe kein Problem damit, so einen Job anzunehmen. Wer weiß, vielleicht kann ich jeden Monat ein paar Abende im Cafe auftreten.«

Amy lächelte dankbar. »Das ist lieb von dir, Rick, aber das muss ich allein durchstehen. Wenn ich alles hinter mir habe, können wir uns noch genug sehen. Fahr nach Dawson weiter und heuere in einem der Saloons an, deshalb bist du doch unterwegs. Am Klondike werden Entertainer gebraucht, und du bist besser als die meisten singenden Cowboys, die ich kenne. Ian Tyson mal ausgenommen, aber der singt sowieso in einer anderen Liga. Such dir einen Job und lass es ordentlich krachen. Einer wie du braucht das Abenteuer. Ich melde mich bei dir, wenn ich mehr weiß.« Sie drückte ihn fest an sich und schien plötzlich mit den Tränen zu kämpfen. »Es wird alles gut«, fuhr sie mit heiserer Stimme fort. »Wir müssen nur fest genug daran glauben, hörst du?«

»Und du rufst mich sofort an?«

»Großes Ehrenwort«, antwortete sie.

Es dauerte eine ganze Weile, bis sie sich voneinander lösten und Amy in ihren Geländewagen stieg. Sie winkte ihm lächelnd zu, und es dauerte noch einmal, bis sie sich endlich aufraffte und auf den Highway nach Osten fuhr. Rick blickte ihr nach, bis die Rücklichter ihres Wagens in der Dunkelheit verschwunden waren, erst dann griff er nach seiner Gitarre und ging ins Motel.

Cheryl kam sich schäbig vor. Es war nicht ihre Art, andere Menschen zu belauschen, und noch viel weniger war sie darauf aus, ein Liebespaar beim Austausch von Zärtlichkeiten zu beobachten. Dennoch machte sie sich Gedanken. Es sah ganz so aus, als hätte Amy mit einem Problem zu kämpfen, das sie unbedingt allein lösen wollte, bevor sie sich näher mit Rick einließ. Hatte sie ihm irgendetwas verschwiegen? Gab es einen festen Freund, von dem sie sich trennen musste? Wollte sie sich von ihrem Ehemann scheiden lassen? Sie war ein paar Jahre älter als Rick, und es konnte ja sein, dass sie verheiratet war, vielleicht sogar ein Kind hatte. Alles war möglich. Hatte sie sich Hals über Kopf in ihn verliebt und ihm einiges verschwiegen? Wollte sie erst reinen Tisch machen, bevor sie sich mit ihm einließ? Sie liebte ihn, das war offensichtlich. Und er liebte sie. Um das zu erkennen, musste man kein Hellseher sein.

Doch das war nicht ihr Problem, redete sie sich ein. Sie hatte kein Anrecht auf Rick, auch wenn er bei Randy von ihr geschwärmt hatte. »Cheryl ist eine Nette«, hatte er wahrscheinlich gesagt, irgendwas in der Art. Unverbindlich, beiläufig, so, wie man eben über eine flüchtige Bekannte sprach. Es wäre vollkommen bescheuert, davon abzuleiten, er wäre ernsthaft an ihr interessiert. Sie hatte auch schon öfter über einen Jungen gesprochen, der bei ihnen eingekauft hatte, und nicht im

Traum daran gedacht, er könnte sich auf ihre freundlichen Worte oder ihr Lächeln etwas einbilden. Das waren zufällige Begegnungen, die wenig später wieder vergessen waren. Rick war es sicher nicht anders ergangen, und sie täte gut daran, ihn ebenfalls aus ihren Gedanken zu streichen. Schlimm genug, dass sie ihn und seine Freundin belauscht hatte.

Um ihm in der Eingangshalle des Motels nicht über den Weg zu laufen, beschloss Cheryl, im angrenzenden Restaurant zu Abend zu essen. Zwei ältere Männer, die Kaffee tranken und sie neugierig musterten, und ein Ehepaar, das wohl auf der Durchreise war und gerade Cheeseburger bestellte, waren die einzigen Gäste in dem rustikal eingerichteten Lokal. Die Bedienung, eine betagte Dame mit schlecht sitzender Perücke, deutete mit einer weit ausholenden Handbewegung an, dass sie sich ihren Platz selbst aussuchen durfte, und tauchte wenig später mit ihrem Notizblock bei ihr auf. »Was darf's sein?«

Cheryl bestellte ebenfalls einen Cheeseburger, allerdings ohne Pommes frites, und dazu einen heißen Tee mit Milch und Zucker. Der Ausflug mit den Huskys hatte sie hungrig gemacht. Nur um sich von unsinnigen Gedanken abzulenken, blätterte sie in einer alten Zeitung, die neben ihr auf einem Stuhl lag, und las einen Bericht über eine fliegende Ärztin, die mit ihrer Cessna selbst in entlegene Dörfer flog und sich dort um ihre Patienten kümmerte.

Der Tee schmeckte nicht besonders und war nur mäßig warm, und sie hatte auch schon bessere Cheeseburger gegessen. Aber in Teslin gab es nur dieses eine Restaurant. Sie aß ohne große Begeisterung und nickte nur, als die Bedienung ihr einen weiteren Teebeutel brachte und heißes Wasser nachschenkte. Sie rührte die Milch und den Zucker hinein, trank einen Schluck und zog ihr Smartphone heraus. Teslin war einer der wenigen Orte am Alaska Highway, in denen man ein Netz bekam. Sie wählte die Nummer ihrer Eltern.

Ihre Mutter meldete sich. »Cheryl! Ist alles in Ordnung?«

»Ich bin in Teslin«, antwortete sie. Sie hatte nicht die Absicht, ihren Eltern von Rick und Amy zu erzählen. »Ja, alles okay. Ich hab mir gerade einen Cheeseburger gegönnt, der war aber lange nicht so gut wie unserer, Mom. Vorhin war ich mit den Hunden unterwegs. Ich bin am Ufer des Teslin Lake entlanggefahren, der ist noch größer als der Dease Lake. Ich übernachte im Motel. Nichts Besonderes, aber einigermaßen preiswert. Gibt es was Neues bei euch, Mom?«

»Alles wie immer. Randy war hier.«

»Randy? Der Trucker?«

»Er hat gesagt, dass ihr euch unterwegs begegnet seid. Der Junge mit der Gitarre hätte von dir geschwärmt. Wusstest du das? Er hat ihn in Watson Lake abgesetzt, vielleicht hättest du dort irgendwo einkehren sollen. Dein Dad und ich, wir mochten Rick wirklich sehr. So ähnlich stelle ich mir meinen Schwiegersohn vor.« Sie kicherte. »Du warst nicht in Watson Lake, oder?«

»Nein«, log sie. »Ich fahre doch keinem wildfremden Jungen hinterher.«

»Vielleicht begegnest du ihm ja in Dawson City.«

»Ich hab keine Zeit für Beziehungen«, erwiderte sie. »Ich muss mich in meinen neuen Job reinknien, sonst wird das nie was. Ist Dad in der Nähe?«

»Im Augenblick nicht. Er wollte in der Stadt was besorgen.«

»Dann richte ihm einen schönen Gruß aus. Ich rufe wieder an, sobald ich in Dawson bin. Wenn das Wetter hält, bin ich übermorgen dort. Bis dann!«

»Bis bald, mein Schatz. Benimm dich, hörst du?«

»Du kannst dich auf mich verlassen, Mom, das weißt du doch.« Sie brach das Gespräch ab und schob lächelnd ihr Smartphone in die Anoraktasche.

»Deine Eltern?«

Sie blickte erschrocken auf und sah Rick neben ihrem Tisch stehen, diesmal ohne Rucksack und Gitarre. Er lächelte verschmitzt. »Meine Mutter.«

»Ich wusste gar nicht, dass man hier ein Netz bekommt.«

»Reine Glückssache«, antwortete sie.

Er zögerte eine Weile. »Darf ich mich zu dir setzen?«

»Natürlich.« Sie deutete auf den Stuhl gegenüber.

»Die Cheeseburger schmecken einigermaßen. Bei den anderen Gerichten wäre ich vorsichtig.«

Er bestellte einen Cheeseburger, Pommes frites und eine Cola. Seine Augen leuchteten, als er die Speisekarte aus der Hand legte und sie ansah. Hätte sie nicht erlebt, wie besorgt er um seine Freundin gewesen war, hätte sie ihm die Freude, sie wiederzusehen, sicher abgenommen. »Dass wir uns ausgerechnet in diesem Nest treffen, kann doch kein Zufall sein«, sagte er.

»Übernachtest du hier?« Sie teilte seine Freude nicht.

»Im Motel. Und du?«

»Ich auch. Immer noch per Anhalter unterwegs?«

Er nickte. »Meinen Pick-up hab ich vor einem Jahr verkauft. Auf der Ranch brauche ich keinen Wagen. Wir Cowboys teilen uns einen Pick-up der Besitzer.« Er bedankte sich bei der Bedienung, als sie den Cheeseburger und die Cola brachte, und trank einen Schluck. »Per Anhalter zu fahren ist nicht das Schlechteste. Man lernt Leute kennen und ist während der Fahrt nicht allein.«

»Als Frau nehme ich lieber den eigenen Wagen.«

Ihre teilnahmslose Miene und ihre nüchternen Antworten schienen ihn zu verwirren. »Die letzten beiden Tage war ich in Watson Lake«, sagte er wohl nur, um kein peinliches Schweigen aufkommen zu lassen, »da hab ich mir mein Essen selbst verdient. Die Inhaber des BeeJay Cafe haben mich singen lassen. Anschließend durfte ich meinen Hut rumreichen.« Mit »Hut«

meinte er seine Baseballkappe mit dem Logo der Dallas Cowboys. »Eine Lady hat mich nach Teslin mitgenommen. Sie wohnt in der Nähe.«

Seine Worte taten ihr weh. Eine Lady? In Gedanken schüttelte sie den Kopf. Du meinst wohl deine Freundin. Warum sagst du mir nicht die Wahrheit, Rick? Weil du dich an mich ranmachen willst und ich nichts von dieser Amy erfahren soll? Warum solltest du? Du liebst dieses Mädchen doch. Wieso willst du dann mit mir flirten?

»Ich bin froh, dass wir uns wiedergetroffen haben«, sagte er.

»Ich …« Sie hatte Angst, zu heftig zu reagieren, und legte rasch ein paar Dollar auf den Tisch. »Tut mir leid, Rick, aber ich hab einen anstrengenden Tag hinter mir und brauche jetzt dringend Schlaf. Du bist mir doch nicht böse?«

»Nein … natürlich nicht«, antwortete er verwirrt.

»Vielleicht sehen wir uns ja zum Frühstück.« Das war der verzweifelte Versuch, die unangenehme Situation wenigstens teilweise zu retten. »Gute Nacht, Rick.«

6

Obwohl sie hundemüde war, tat Cheryl in dieser Nacht kaum ein Auge zu. Die Begegnung mit Rick hatte sie stärker aus dem Gleichgewicht gebracht, als sie zugeben wollte. Beim Abendessen war er so nett und liebevoll gewesen. Als hätte er sich wirklich darüber gefreut, sie schon nach wenigen Tagen wiederzusehen. Nicht mal ihre schnippischen Antworten hatten ihn davon abgehalten, sie anzulächeln und ihr Komplimente zu machen.

Als würde sich Cheryl die Freundin nur einbilden. Wie ein Highschool-Girl, das zum ersten Mal verliebt war und in jedem Mädchen, das sich ihrem Schwarm näherte, eine mögliche Rivalin sah. Sie wälzte sich unruhig von einer Seite auf die andere. So wie Rick seine Freundin umarmt hatte, näherte man sich nur jemand, den man wirklich liebte. Amy war kein »One-Night-Stand«, keine flüchtige Bekanntschaft, mit der Rick ein, zwei Abende herumgeschmust hatte. Und die Worte, die sie nach ihrer Ankunft vor dem Motel gewechselt hatten, ließen darauf schließen, dass sie nach der Lösung eines ernsthaften Problems suchten und eine gemeinsame Zukunft planten. War Rick einer dieser sorglosen Typen, die gar nicht anders konnten, als jedem Mädchen hinterherzulaufen, und ihre Freundin bereits vergessen hatten, wenn sie eine andere sahen? Die sich hinter einer Maske versteckten und lediglich eine Rolle spielten, wenn sie sich ihrer »Beute« näherten? Brauchte Rick seine Gitarre nur, um ein Mädchen zu beeindrucken, ihr etwas vorzumachen?

Cheryl verstand sich selbst nicht. Wie konnte sie sich über einen Jungen ärgern, der ihr auf den ersten Blick sympathisch gewesen war, aber schon wenige Stunden später ein anderes Mädchen umarmt und wahrscheinlich sogar bei Amy übernachtet hatte? Wie kam sie dazu, auch nur einen Gedanken an ihn zu verschwenden? Warum drehte sie sich nicht um und schlief? Aber das war leichter gesagt als getan, und es war bereits weit nach Mitternacht, als es ihr endlich gelang, die Gedanken zu vertreiben und einzuschlafen.

Wenige Stunden später wurde sie vom lauten Jaulkonzert ihrer Huskys geweckt. Eine heiße Dusche weckte ihre Lebensgeister, und sie brauchte keine halbe Stunde, um sich fertig zu machen und ihnen das morgendliche Futter zu bringen. Leichtes Schneetreiben empfing sie. Frischer Wind trieb ihr die Flocken ins Gesicht, eine willkommene Aufmunterung nach den Problemen, die sie während der Nacht gewälzt hatte. »Ihr könnt es wohl nicht erwarten«, rief sie den Huskys zu. »Ihr heult ja lauter als ein Rudel Wölfe! Passt bloß auf, dass sich die Gäste nicht beschweren.« Sie begrüßte Snowball, indem sie ihn liebevoll zwischen den Ohren kraulte, füllte seinen Futternapf und sah ihm eine Weile beim Fressen zu, bevor sie die anderen Hunde bediente. »Nein, ich lasse euch nicht zu kurz kommen. Ihr bekommt genau so viel wie Snowball.« Sie stellte den Eimer zur Seite. »Heute müsst ihr noch mal in die Zwinger. Ich weiß, in den Kästen ist es reichlich unbequem, aber anders geht es leider nicht. Ruht euch ein wenig aus. Ich hab noch nicht gefrühstückt, und ihr wisst ja, wie schlecht ich ohne Essen drauf bin.«

Sie betrat das Restaurant und sah Rick an einem der Fenstertische sitzen. Er lächelte unsicher, als er sie hereinkommen sah. Anscheinend wusste er nicht, ob sie ihm noch wohlgesinnt war. Sie beruhigte ihn, indem sie auf ihn zuging und ihn lächelnd begrüßte. Alles andere wäre albern gewesen. Die paar Minuten, die sie noch zusammen waren, konnte sie auch freundlich sein.

»Ich hatte schon Angst, du wärst weitergefahren«, sagte er. Seine Gitarre und sein Rucksack lehnten neben ihm auf einem freien Stuhl. »Gestern Abend war ich nicht besonders gut drauf. Tut mir leid, wenn ich irgendwie schräg rüberkam. Ich hab zurzeit einiges um die Ohren.« Er hatte Pfannkuchen mit Sirup bestellt und leckte sich die Lippen. »Die Pfannkuchen solltest du probieren.«

»Lieber nicht«, erwiderte Cheryl. Obwohl sie viel Sport trieb und fast jeden zweiten Tag mit den Hunden unterwegs war, achtete sie zumindest manchmal auf die

Kalorien. Sie beschränkte sich auf Toast und Spiegelei und nickte dankbar, als die Bedienung ihr heißes Wasser und einen Teebeutel brachte. Dosenmilch und Zucker standen auf dem Tisch. »Hast du gut geschlafen?«

»Nicht besonders. Mir geht so einiges im Kopf herum.«

Deine Freundin und ihr Problem, vermutete sie. »Hast du irgendwelchen Ärger?«

»Nein …« Er lächelte wieder. »Ist wahrscheinlich der Vollmond. Da kriege ich manchmal kein Auge zu. Das liegt wohl daran, dass wir Texaner bei Vollmond immer nervös werden. Wir nennen ihn Comanchen-Mond.«

»Comanchen-Mond? Nach den Indianern?«

Er spießte ein Stück Pfannkuchen auf und tauchte es in den Ahornsirup. »Bei Vollmond gingen die Comanchen auf den Kriegspfad. Sie kamen aus dem Norden, überfielen Ranches und Farmen, raubten und brandschatzten und verkauften die entführten Frauen und Kinder an mexikanische Händler.«

»Und die Armee hat nichts dagegen unternommen?«

»Die Armee hatte andere Sorgen. Der Bürgerkrieg, die Feldzüge gegen die Sioux und Cheyenne in den Bergen, in denen man Gold und Silber gefunden hatte. In Texas blieb die Arbeit an den Rangers hängen. Die Texas Rangers waren jahrelang hinter den Comanchen her, bis sie sich endlich ergaben.«

Sie hatte das Gefühl, er wollte sie von seinen Problemen ablenken, hütete sich aber, ihm bohrende Fragen zu stellen. Er würde ihr bestimmt nicht verraten, dass er eine Freundin hatte. Welcher Junge erwähnte schon seine Freundin, wenn er Eindruck auf ein Mädchen machen wollte? Und das wollte Rick offensichtlich. Trotz seiner Verlegenheit flirtete er mit ihr und strahlte sie so liebevoll an, als gäbe es weit und breit kein anderes Mädchen für ihn. Ein Talent, das nur sehr wenige Jungen und Männer besaßen. Den meisten sah man schon an der Nasenspitze an, ob sie verheiratet waren oder in einer festen Beziehung lebten.

»Und seit wann bist du schon aus Texas weg?«, fragte sie.

Er schob den letzten Bissen in sich hinein und kaute genüsslich, bevor er antwortete: »Seit fünf Jahren. Mein Vater war vor acht Jahren gestorben, und meine Mutter, mein älterer Bruder und ich schafften die Arbeit auf unserer Ranch nicht mehr allein. Für zusätzliche Cowboys hatten wir kein Geld, und als mein Bruder einen Bürojob in Amarillo angeboten bekam, wollte ihm Mom keine Steine in den Weg legen und ließ ihn ziehen. Also blieb alle Arbeit an ihr und mir hängen. Leider brachte der Verkauf der Kälber jedes Jahr weniger ein. Obwohl meine Mom an dem Land hing, waren wir gezwungen, die Ranch zu verkaufen und uns anderweitig Arbeit zu suchen. Meine Mutter fing als Verkäuferin in einem Western Store an, und ich zog eine Weile als Rodeoreiter durch die Lande, nichts Besonderes, meine Gewinne reichten nicht mal für die Miete, aber dann lernte Mom meinen neuen Dad kennen, und alles wendete sich plötzlich zum Guten. Er ist Kanadier und besitzt eine Guest Ranch südlich von Williams Lake. Seitdem wohnen wir hier oben.«

Cheryl fand es erstaunlich, mit welcher Offenheit er über die vergangenen Jahre erzählte. Für einen Jungen, der nur an flüchtigen Bekanntschaften interessiert war, gab er eine Menge von sich preis. So benahm sich keiner, der in Gedanken bei seiner Freundin und ihren Problemen war und ihre Abwesenheit nur nutzte, um ein fremdes Mädchen zu beeindrucken. Hätte sie nicht mit eigenen Augen gesehen, wie er seine Freundin umarmt und gestreichelt hatte, wäre sie niemals darauf gekommen, dass er an einer anderen interessiert war.

In dem Wissen, dass sich ihre Wege in Kürze trennen würden, wollte sie ihn nicht in Verlegenheit bringen und auf seine Freundin ansprechen, forderte ihn aber mit einem leicht spöttischen Lächeln heraus und fragte: »Stimmt es eigentlich, dass Rodeoreiter in jeder Stadt ein anderes Mädchen haben?«

»Du meinst, ob ich mit jeder Rodeo Queen in meinem Camper verschwinde?« Er grinste sie über den Rand seines Kaffeebechers an. »Da kennst du die Eltern aber schlecht. Die passen wie Schießhunde auf. Und auf die Groupies, die in den Bars rumhängen, bin ich nicht scharf. Für die hatte ich gar keine Zeit. Ich war froh, wenn ich frühzeitig nach Hause kam und meiner Mutter auf der Ranch helfen konnte.«

Sie glaubte ihm nur halb. »Hast du denn gar keine dunkle Seite?«

»Und ob«, antwortete er freimütig. »Seit wir bei meinem neuen Dad auf der Ranch wohnen, gehe ich das Leben vielleicht zu locker an. Im Sommer arbeite ich hart, aber im Winter mache ich mich auf und davon und versuche, mir ein zweites Standbein als Musiker zu schaffen. Das ist gar nicht so einfach.«

»Ian Tyson hat auch lange gebraucht.«

»Auch der hat jahrelang in Bars und auf Familienfesten gespielt, bis eine Plattenfirma auf ihn aufmerksam wurde. Ich weiß nicht, ob ich jemals so weit komme, aber ich will's wenigstens versuchen. Ich hab schon ein paar Songs zusammen, die gut bei den Leuten ankommen.« Er trank seinen Kaffee aus und wischte sich den Mund ab. »Und du willst das Yukon Quest gewinnen?«

»Mal sehen«, erwiderte sie. »Auf jeden Fall werden Huskys eine wichtige Rolle in meinem Leben spielen.« Sie erzählte ihm von ihren Plänen. »Der Job in Dawson kommt genau richtig für mich. Da kann ich jeden Tag mit Huskys arbeiten und reichlich Erfahrungen sammeln. Das Angebot kam genau im richtigen Moment. Nächstes Jahr will ich aufs College in Prince George gehen. Veterinärmedizin, Biologie … etwas in der Art. Das wird anstrengend genug.«

»Du willst nach Dawson City?«, fragte er hoffnungsvoll.

»Da wartet der Job auf mich.«

»Ich will auch nach Dawson. Ich hab zwar noch keinen Job, hoffe aber, dass ich in einem der Saloons singen kann. Zur Not schlage ich mich als Straßensänger durch. Meinst du, … ich könnte bei dir mitfahren?«

Auf die Frage war sie nicht vorbereitet. Erst als er errötete und schon im Begriff war, einen Rückzieher zu machen, sagte sie: »Klar, warum nicht?« Cheryl klang nicht gerade begeistert, aber was hätte sie sonst sagen sollen?

»Bist du sicher?«

»Meinst du vielleicht, ich lasse dich hier sitzen?« Sie versuchte, nicht an seine innige Umarmung mit der Freundin zu denken, sondern ihn als flüchtigen Bekannten zu sehen, dem man einen Gefallen erwies. »Wer weiß, wann wieder jemand vorbeikommt? Aber ich muss unterwegs noch einmal übernachten.«

»Kein Problem. Ich hab genug Geld dabei.«

»Schon wegen der Huskys. Die brauchen Bewegung.«

Er kramte sein Geld hervor und legte ein paar Scheine für sein Frühstück auf den Tisch. Die leichte Röte war aus seinem Gesicht verschwunden. »Ich könnte dir beim Füttern helfen. Ich hab zwar mehr Ahnung von Pferden, aber deine Huskys werden mich schon nicht beißen. Ich kann gut mit Tieren umgehen.«

»Ich muss nur noch auschecken und hole dann meine Sachen. Wir treffen uns beim Wagen. Es ist der Pickup mit dem Aufsatz für die Huskys. Vor dem Motel.«

Sie lief in ihr Zimmer. Vor lauter Wut, sich in diese seltsame Lage gebracht zu haben, hätte sie ihre Tasche am liebsten in eine Ecke geschleudert, stattdessen setzte sie sich für einen Augenblick auf den Bettrand und blickte nachdenklich ins Leere. Sie mochte Rick, sogar sehr, und wenn er nicht diese geheimnisvolle Freundin hätte, wäre sie wahrscheinlich begeistert darüber gewesen, ihn auf der langen Fahrt nach Dawson City bei sich zu haben. Doch so wurde die Fahrt vielleicht zur Qual. Je sympathischer sie den Jungen fand, desto schmerzhafter war die Aussicht, sich für immer von ihm verabschieden zu müssen. Sie stand auf und ging langsam zur Rezeption.

Wenn sie nur wüsste, was in seinem Kopf vor sich ging. Auch er mochte sie, oder er war ein guter Schauspieler und machte ihr nur etwas vor. Hatte er Spaß daran, trotz Freundin auch andere Mädchen anzubaggern? Er war nicht der Typ dafür, kein Angeber wie Andy, aber es sollte Jungs und sogar Männer geben, die genau auf dieser Masche ritten. Die den einfühlsamen und manchmal auch etwas schüchternen Kavalier spielten und einer Frau jeden Wunsch von den Lippen ablasen, bis sie sie endlich ins Bett bekamen.

Rick lächelte munter, als sie den Wagen erreichte und sie beide ihr Gepäck auf der Rückbank verstauten. »Jetzt kannst du gleich mal zeigen, wie gut du mit Hunden umgehen kannst«, sagte sie. »Sperr schon mal die Zwinger auf.«

Sie holte die Huskys und redete beruhigend auf sie ein. »Es hilft nichts, ihr Lieben. Ihr müsst wieder in eure Käfige. Aber keine Angst, wir halten unterwegs öfter mal an, und dann lasse ich euch am Schnee schnuppern.« Sie hob Snowball als Erstes hoch und schob ihn in den Zwinger. Sie kraulte ihm noch mal den Hals, bevor sie die Tür verriegelte. »Ihr schafft das schon, stimmt's?«

Rick versuchte sich ausgerechnet an dem wilden Lobo. Cheryl wollte ihn warnen und ihm empfehlen, lieber die brave Candy hochzuheben, aber er wollte natürlich nicht zurückstehen und wie ein Weichei dastehen. Wer mit störrischen Kälbern zurechtkam, sollte auch mit einem kräftigen Husky fertigwerden, dachte er wohl. Woher sollte er auch wissen, dass Lobo besonders empfindlich war und sich nicht von jedem anfassen ließ? Der Husky schnappte wütend nach ihm und wäre wahrscheinlich auf ihn losgegangen, hätte Cheryl ihn nicht blitzschnell am Geschirr gepackt und zurückgerissen.

»Lobo!«, fuhr sie ihn an. »Benimm dich! Rick ist ein guter Freund, den darfst du nicht beißen!« Sie packte ihn und schob ihn neben Snowball in den Zwinger, aber auch dort beruhigte er sich nur ganz allmählich und bellte und jaulte noch minutenlang. »Du sollst ruhig sein, hab ich gesagt.« Sie legte dem erschrockenen Jungen tröstend eine Hand auf die Schultern. »Tut mir leid, Rick. Ich hätte dir sagen sollen, dass Lobo sich nicht gern von Fremden anfassen lässt. Ich hab ihn aus dem Tierheim. Sein Besitzer hat ihn wohl gequält und irgendwo am Highway ausgesetzt. Ich hab lange gebraucht, um ihn wieder in die Spur zu bringen. Er vertraut nur meinen Eltern und mir.«

»Ich hätte dich erst fragen sollen«, erwiderte Rick.

Cheryl war erleichtert, dass ihn der Husky nicht erwischt hatte. »Warum versuchst du's nicht mit Candy?« Sie deutete auf den Husky mit der weißen Schnauze, das ruhigste, aber auch eines der ausdauerndsten Mitglieder ihres Gespanns. »Sprich ein paar Takte mit ihm, dann fasst er Vertrauen zu dir.«

»Was soll ich denn sagen?«

»Was sagst du denn zu deinen Pferden oder Kälbern?«

Er beugte sich zu der Hündin hinunter und legte vorsichtig eine Hand auf ihr weiches Fell. »Hey, Candy.« Seine Stimme klang noch tiefer als sonst. »Ich bin Rick. Ich hoffe, du verstehst meinen texanischen Slang. Auf unserer Ranch hab ich nur mit einem Hund zu tun. Er heißt Ranger und hilft uns manchmal beim Zusammentreiben der Rinder. Sonst liegt er die meiste Zeit an seinem Lieblingsplatz neben der Scheune und springt nur auf, wenn ihm die Hühner zu nahe kommen. Da bist du ganz anders, was? Ein Husky wie du ist stark und ausdauernd und schläft selbst bei vierzig Grad unter null draußen im Schnee. Ich freue mich schon darauf, euch vor dem Schlitten zu sehen, aber jetzt müsst ihr leider noch mal in eure Zwinger.«

Candy protestierte kaum, als er sie vorsichtig aufhob und in ihren Zwinger verfrachtete. »So ist es brav, Candy! Wir haben es vorn auch nicht besser.«

»Ich gratuliere«, lobte ihn Cheryl. »Das war schon sehr gut.«

»Für einen Cowboy, meinst du.«

»Du wirst es schon noch lernen.«

Sie verfrachteten die anderen Huskys, überprüften noch einmal, ob alle Zwinger fest verschlossen waren, und fuhren auf den Highway. Eine leichte Schneedecke lag über dem Asphalt. Der Wind fegte ungehindert über den weiten Teslin Lake und trieb aufgewirbelten Neuschnee vor sich her. Ein Wetter, wie es auf den Wildnis-Highways im Norden schon fast normal war.

Cheryl hatte sich mit ihrer misslichen Lage arrangiert. Sie hatte beschlossen, nicht länger über den wahren Charakter und die Motive des Jungen nachzudenken und ihn so zu akzeptieren, wie er sich gab. Als umgänglicher und freundlicher Zeitgenosse, mit dem man sich gut unterhalten konnte, der ideale Reisebegleiter auf einer sonst sehr eintönigen Fahrt nach Norden. Sie würde ihm zuhören, wenn er von seinem Leben als Cowboy erzählte, ihm zeigen, wie man am besten mit den Hunden zurechtkam, mit ihm scherzen und lachen, aber sofort auf Abstand gehen, wenn er zu persönlich wurde oder ihr zu nahe kam. Er war ein Anhalter, mehr nicht. Ein netter Anhalter – zugegeben.

»Na, dann wollen wir mal«, sagte sie.

7

Die Straße führte durch leeres Land. Hinter Johnson's Crossing waren sie mit der Wildnis allein, und nur die Trucks, die ihnen aus Whitehorse entgegenkamen, verrieten ihnen, dass es noch andere Menschen in dieser Einöde gab. Ihre Scheinwerfer blendeten in dem ständig dichter werdenden Schneetreiben.

Die Bäume zu beiden Seiten des Highways waren nur noch schemenhaft zu erkennen. Lediglich die Begrenzungspfähle zeigten ihnen, wo die Straße begann und zu Ende war. Die Scheibenwischer knarrten leise. Ein plötzlicher Wetterwechsel, wie man ihn öfter im hohen Norden erlebte, und der Aufregung nicht wert. Cheryl war es gewohnt, bei solchen Bedingungen zu fahren, und ließ sich auch durch Trucks nicht aus der Ruhe bringen. Sie wusste um die Gefahr und ging sofort vom Gas, wenn sich einer der Sattelschlepper näherte.

Rick hatte sein Smartphone aus der Tasche gezogen und versuchte wohl, eine Nachricht zu verschicken. Nach dem dritten Versuch gab er auf. Er verstaute das Handy in seiner Hosentasche und mied Cheryls neugierigen Blick.

»Hier bekommst du kein Netz«, klärte sie ihn auf. »In Whitehorse wieder.« Sie ließ einen Augenblick verstreichen. »Gehörst du auch zu denen, die ohne so ein Ding nicht leben können? Ich dachte, Cowboys kommen ohne aus.«

Er bemühte sich um ein Lächeln. »Normalerweise schon. Ich wollte nur meinen ... meinen Eltern mailen, wie es mir geht. Aber du hast recht, das kann ich heute Mittag auch noch. Wie lange brauchen wir denn bis Whitehorse?«

»Ungefähr zwei Stunden. So lange hältst du es doch aus, oder?«

»Ich will ihnen nur sagen, dass ich nach Dawson fahre. Sie haben doch keine Ahnung, wohin ich will. Nach Norden, hab ich gesagt, aber ich hab so oft von Alaska geschwärmt, dass sie bestimmt denken, ich wollte nach Fairbanks oder in eine der Siedlungen am Richardson Highway. Das mache ich nächstes Jahr.«

»Du willst nächsten Winter wieder los?«

»So steht's in meinem Kalender.« Zum ersten Mal, seit sie eingestiegen waren, blickte er sie direkt an. »Als Rodeoreiter hab ich mich ans Herumreisen gewöhnt. Ich ziehe gerne von einem Ort zum anderen. Wenn ich als Musiker den Durchbruch schaffen würde, wäre ich auch viel auf Achse. Als Ian Tyson noch in den Charts stand, war er manchmal vier Monate lang auf Tournee.«

»Du könntest ohne Zuhause leben?«, fragte Cheryl verwundert. Auch sie war gerne unterwegs, konnte sich aber nicht vorstellen, monatelang ohne einen festen Wohnsitz zu sein. Für die Dauer eines Hundeschlittenrennens vielleicht, für zwei, drei Wochen, aber länger? Immer in Hotels leben?

Rick blickte in die wirbelnden Schneeflocken. »Nein, ein gemütliches Nest bräuchte ich schon. Eine kleine Ranch oder eine Lodge wäre schön, aber so was kostet viel Geld. Auf das Erbe meiner Eltern will ich mich nicht verlassen. Ich will selbst was aufbauen. Außerdem wünsche ich mir, dass sie noch viele Jahre leben.« Er schien irgendetwas in der Ferne zu sehen, was ihr verborgen blieb. »Eine kleine Ranch und einen Song in den Charts, das wäre es.«

»So wie Ian Tyson.«

Er grinste. »Der besitzt eine große Ranch. Und hatte mehrere Hits.«

Cheryl trat auf die Bremse und fuhr rechts ran, bis ein schwer beladener Truck an ihnen vorbeigefahren war. Der aufgewirbelte Schnee ließ sie sekundenlang in einer Schneewolke verschwinden. Sie drehte die Scheibenwischer auf und fuhr langsam weiter, bis sie wieder klar sehen konnte. Das Wetter machte ihr nichts aus, aber an die Trucks würde sie sich wohl nie gewöhnen.

Rick zog sein Smartphone hervor und versuchte noch einmal die Nachricht an seine Eltern zu verschicken. Als es wieder nicht klappte, fluchte er leise. Es musste sich um eine ganz wichtige Nachricht handeln, wenn er so ungeduldig war. Oder war die Nachricht gar nicht für seine Eltern gedacht? Versuchte er stattdessen, seine Freundin anzurufen? Wollte er, obwohl er eine Freundin hatte, auch noch sie anbaggern? Sie wollte ihm nichts unterstellen, aber es sah ganz so aus. Oder warum machte er sonst ein solches Geheimnis um Amy? Wenn er nichts von ihr wollte, konnte er doch zugeben, dass er eine Freundin in Watson Lake hatte. Was kümmert es mich?, dachte sie. Wenn er versucht mich anzumachen, reagiere ich einfach nicht darauf. Soll er sie doch anrufen und mit Nachrichten zukleistern, sobald er ein Netz hat.

»Ist es so dringend?«, fragte sie dennoch.

»Ich bin's nicht gewohnt, dass das Ding nicht funktioniert.«

»Also doch süchtig.«

»Unsinn!« Er ließ sein Smartphone verschwinden.

Sie beschloss, ihn nicht weiter in die Enge zu treiben, und wechselte das Thema. »Und wie sehen deine Rodeopläne aus? Bist du in Williams Lake dabei?« Dort fand eines der größten Rodeos von Westkanada statt. »Vor zwei Jahren war ich mit meinen Eltern unten. Ein Riesenfest.«

»Für Kanada vielleicht«, erwiderte er mit spöttischem Unterton. »Du solltest mal nach Texas kommen, nach Amarillo oder Fort Worth. Dagegen ist das Rodeo in Williams Lake eine bessere Dorfkirmes.« Die Erinnerung an Texas ließ ihn strahlen. »Vielleicht mache ich beim Calf Roping mit. Ein Kalb mit dem Lasso einzufangen und zu fesseln, schaffe ich gerade noch. Von wilden Stieren und Pferden habe ich genug. Ich saß nur einmal auf einem Bullen und hab mir gleich mehrere Rippen gebrochen. Ich lag einige Wochen im Krankenhaus. Später erfuhr ich, dass ich einen der wildesten Bullen von ganz Texas erwischt hatte. ›Rockin' Thunder‹ hieß das Biest. Und mit den Wildpferden lief es nicht besser. Ich hab ein paarmal die acht Sekunden durchgestanden, aber besonders gut war ich nie. Um beim Rodeo vorn mitzureiten, musst du jeden Tag trainieren, dazu hab ich keine Zeit. Auf einer Guest Ranch gibt es viel zu tun. Ich bin ein guter Reiter, und beim Round-up macht mir keiner was vor, aber Rodeo ist Leistungssport. Bist du jetzt enttäuscht?«

»Weil du keinen Pokal beim Bullenreiten geholt hast?« Sie blickte kurz zu ihm hinüber und erkannte in seinen Augen, dass ihm tatsächlich an ihrer Meinung gelegen war. »Nein, wie könnte ich? Ich nehme an, du würdest dich viel mehr über einen Grammy oder so was freuen. Für den Folksong des Jahres.«

Er grinste. »Vielleicht schreibe ich einen über dich.«

»Ach ja?« Sie vermutete, dass der Satz zu seinem Anmach-Repertoire gehörte und er damit auch andere Mädchen beeindrucken wollte. Dennoch fühlte sie sich geschmeichelt. »Muss man einen Menschen nicht gut kennen, bevor man einen Song über ihn schreibt? Wir kennen uns doch gerade mal ein paar Tage.«

»Lange genug für die erste Strophe.«

»Du hast bereits die erste Strophe fertig?«

»In der Rohfassung, aber die bekommt keiner zu sehen. Nicht mal du.« Er wirkte wieder so schüchtern wie bei ihrem ersten Zusammentreffen, als ihr Vater ihn gebeten hatte, einen Song von Ian Tyson zu spielen. »Nur der Titel steht schon fest, beinahe jedenfalls. Was hältst du von ›Snowflake Kisses‹?«

Sie errötete. »Küsse wie Schneeflocken? Wie kommst du denn darauf?«

»Ist mir unterwegs eingefallen.« Er erschrak anscheinend vor seiner eigenen Antwort und wurde knallrot im Gesicht. »Schneeflocken … es klingt … irgendwie romantisch …« Er winkte verlegen ab. »Ach, was soll's? Warte, bis der Song fertig ist. Vorher kann man sowieso nichts sagen. Es dauert eine ganze Weile, bis ein Song steht.« Er deutete auf ein Hinweisschild, das in dem Schneetreiben erst zu sehen war, als sie direkt daran vorbeifuhren. »He, wir sind gleich in Whitehorse. Meinst du, wir haben Zeit für einen Kaffee?«

»Mittagspause«, erwiderte sie, froh darüber, dass er das Thema gewechselt hatte. »Mein Bruder und seine Freundin wohnen hier. Sie sind Steuerberater. Wenn du nichts dagegen hast, schaue ich kurz bei ihnen vorbei. Meinetwegen kannst du mitkommen. Sie sind nett und freuen sich bestimmt.«

»Nein, ihr habt sicher einiges zu bereden«, lehnte er ab, »da würde ich nur stören. Setz mich in einem Coffeeshop ab und sag mir Bescheid, wenn es weitergeht.

Meinen Rucksack und die Gitarre lasse ich im Wagen, okay?«

»Ich passe gut darauf auf«, versprach sie.

Cheryl brachte ihn zu einem Coffeeshop, nur zwei Häuserblocks von der Wohnung ihres Bruders entfernt, und versprach, ihn in spätestens einer Stunde wieder abzuholen. Dann blieb genug Zeit, um noch bei Tageslicht bis Carmacks zu kommen, einer kleinen Siedlung zwischen Whitehorse und Dawson City.

Bobby und Sophie lebten in einer modernen Wohnanlage mit ungefähr zwanzig doppelstöckigen Häusern, die sich lediglich durch die großen Nummern neben den Eingangstüren unterschieden. Cheryl hatte sich beim Sicherheitsbeamten an der Einfahrt melden müssen und ihr Bruder wartete bereits.

»Cheryl«, begrüßte er sie, »ich hab schon gehört, dass du nach Norden unterwegs bist.« Er war fünf Jahre älter als sie, ein sportlicher Mann, der beinahe ebenso gut mit einem Husky-Team umgehen konnte wie sie, sich aber noch besser mit Zahlen auskannte und sich nach dem College als Steuerberater selbstständig gemacht hatte. »Sophie ist gerade bei einem Kunden. Warum hast du denn nicht angerufen? Wir hätten zusammen essen gehen können.«

»Mir reicht ein Sandwich«, erwiderte sie. »Ich hab wenig Zeit und muss heute noch nach Carmacks weiter. Morgen geht es nach Dawson City und übermorgen fange ich bei Dog sledding Adventures an.« Die Wahrheit war, dass sie und ihr Bruder sich fremd geworden waren und nur noch selten miteinander telefonierten. Er lebte in seiner Welt und sie in ihrer, und sie hatte sich erst unterwegs entschieden, ihn zu besuchen. Sie drehte sich zu den jaulenden Huskys in ihren Zwingern um. »Hier könnt ihr leider nicht raus, aber ich bleibe nicht lange. In spätestens einer Stunde geht es weiter. Benehmt euch, okay?«

Wenn sie ehrlich war, besuchte sie ihren Bruder auch, um etwas Abstand von Rick zu gewinnen, zumindest für die Dauer einer Mittagspause. Sie mochte den Jungen, sogar sehr, und hatte während der letzten Stunden ständig das Gefühl gehabt, ganz von ihm eingenommen zu sein. Seine gefühlvolle Begegnung mit Amy schien sie kaum noch zu stören. Der Besuch bei ihrem Bruder, so hoffte sie, würde sie zur Vernunft bringen und ihr helfen, die nächsten beiden Tage zu überstehen, ohne auf Rick hereinzufallen. Auch wenn sie ihn mochte: Auf einen One-Night-Stand konnte sie gut verzichten.

Mit ihrem Bruder wollte sie eigentlich nur über andere Themen sprechen, über ihre Eltern, ihren neuen Job, ihre Zukunftspläne, doch gegen ihren Willen kam die Sprache auf Rick. Ihre Mutter hatte Bobby in den höchsten Tönen von ihm vorgeschwärmt, und ihr rutschte heraus, dass er als Anhalter mit ihr fuhr und im Coffeeshop auf sie wartete. Kaum hatte sie es gesagt, bereute sie ihre Worte auch schon wieder. »Ich hab ihn zufällig getroffen.«

Bobby grinste anzüglich. »Ganz zufällig?«

»Wenn du glaubst, mir läge was an ihm, täuschst du dich«, brauste sie ein wenig zu heftig auf. »Ich hab keine Zeit für Männer und für einen, der sich stundenlang von seiner Freundin verabschiedet, schon gar nicht. Du hättest ihn sehen sollen. Und mir spielt er den gefühlvollen Künstler vor und tut so, als habe er echtes Interesse an mir.« Sie erinnerte sich daran, dass er sogar begonnen hatte, einen Song über sie zu schreiben, und hatte plötzlich Tränen in den Augen. »Ich hätte ihn gar nicht mitnehmen sollen, aber was blieb mir übrig?«

»Anscheinend magst du ihn doch.«

»Und was ändert das?«

»Du hast recht«, erwiderte er. »Wenn einer schon so anfängt, lässt man sich am besten gar nicht auf ihn ein. Das gäbe nur Probleme. Entweder spannst du ihn seiner Freundin aus und kriegst Ärger mit ihr oder du erhältst eine Abfuhr. Ist mir auch passiert, bevor ich Sophie kennenlernte. Auf dem College.«

»Und? Was hast du getan?«

»Ich hab eine Nacht mit ihr verbracht und Ärger mit ihrem Freund bekommen, und danach wollte sie nichts mehr von mir wissen. Zum Glück wechselte sie drei Monate später das College. Dafür kam Sophie zu uns, und es war Liebe auf den ersten Blick. Sie ist eine tolle Frau.«

Er hatte recht, mit Sophie hatte er tatsächlich die Richtige erwischt. Cheryl fand sie ein wenig spröde, und sonderlich humorvoll war sie auch nicht, aber zu Bobby, der einen ganz ähnlichen Charakter hatte, passte sie perfekt. »Keine Angst«, sagte sie. »Ich fange bestimmt nichts mit ihm an. Solche Probleme kann ich nicht brauchen, wenn ich in meinem Job erfolgreich sein will. Ich setze ihn in Dawson ab und damit hat es sich. Und wenn er noch so nett ist.«

Es klang eher so, als wollte sie sich mit ihren Worten Mut machen, und als sie sich von ihrem Bruder verabschiedete, war sie noch entschlossener als zuvor. Sie versprach ihm, sich öfter als bisher bei ihm zu melden, richtete einen Gruß an Sophie aus und kehrte dann zu ihrem Pick-up zurück. »Na, seht ihr?«, rief sie ihren Hunden zu. »Hat doch gar nicht lange gedauert. Ich bin sicher, in Carmacks haben wir noch Zeit für einen Ausflug.« Sie öffnete die Wagentür und winkte ihrem Bruder zu. »Vielleicht sehen wir uns ja an Weihnachten.«

Als sie vor dem Coffeeshop hielt, beobachtete sie durchs Fenster, wie Rick sein Smartphone in die Tasche schob. Er freute sich anscheinend, sie zu sehen, und nur ein rücksichtsloser Kunde, der ihn auf dem Weg zur Toilette anrempelte, hinderte ihn daran, sie an den Oberarmen zu berühren. So kam es ihr zumindest vor. Sie musste zugeben, dass sie sich wahrscheinlich kaum dagegen gewehrt hätte. Rick schien eine magische Kraft zu besitzen, die ihn befähigte, alle Vorurteile mit einem offenen Lächeln zu zerstreuen.

»Alles klar bei deinem Bruder?«, fragte er höflich.

»Ihm geht's gut«, antwortete sie. Einen kurzen Augenblick dachte sie daran, dass er genauso gut vermuten könnte, sie hätte heimlich einen Freund getroffen. »Leider war Sophie gerade unterwegs. Wir sehen uns nicht so oft.«

Lachend stieg er in den Pick-up. »Ich sehe meinen Bruder noch viel weniger. Er arbeitet bei einer Versicherung in Amarillo. Pferde und Rinder haben ihn nie interessiert. Er hatte sogar mal vor, nach New York zu gehen.«

»Dein Vater war sicher entsetzt.«

»Nicht nur mein Vater. Meine Mutter und alle anderen Verwandten, seine Freunde und Bekannten, sogar unsere Nachbarn. Als Texaner geht man nicht nach New York. Wenn er noch jünger gewesen wäre, hätte ihm mein Vater wahrscheinlich den Hintern versohlt, aber so blieb es bei einer Standpauke, und er entschied sich für Amarillo. Billy, das schwarze Schaf der Familie.«

»Und gegen Kanada hatte niemand was einzuwenden?«

Rick lächelte schwach. »Wo die Liebe hinfällt. Aber es dauerte eine ganze Weile, bis mein Stiefvater uns überredet hatte. In Texas hatten wir kein Glück mehr, nachdem mein Dad gestorben war. In Williams Lake fühlen wir uns wohl. Eine Cowboystadt, in der mich vieles an Texas erinnert.« Er grinste. »Nur das Rodeo, das ist natürlich viel kleiner, und die Bullen sind lange nicht so wild wie in Texas. Du solltest mal die Bullen in Fort Worth sehen.«

»Ich habe schon genug mit meinen Huskys zu tun«, erwiderte sie. »Wenn die sich an ihre wilden Vorfahren erinnern, können sie auch ganz schön ausrasten.«

Sie waren längst wieder unterwegs, auf dem Klondike Highway nach Dawson City, dem Ziel unzähliger Goldgräber, die um 1900 alles stehen und liegen ließen, um am Klondike ihr großes Glück zu machen. Die Straße verlief parallel zum Lake Laberge und dem Yukon River, über den damals die meisten Goldsucher in ihren Booten fuhren. Ein gefährliches Unterfangen im Frühling, wenn das Schmelzwasser den Fluss noch wilder und unberechenbarer machte. Die Five Finger Rapids, gefährliche Stromschnellen, bedeuteten für zahlreiche Goldsucher den Verlust ihrer Ausrüstung oder sogar den Tod.

Einer Eingebung folgend, verließ Cheryl den Highway über eine Seitenstraße und fuhr im Geländegang zum Ufer des Lake Laberge. »Über den See geht es manchmal schneller«, sagte sie. »Um diese Zeit ist das Eis so fest, dass es völlig ungefährlich ist. Am liebsten würde ich mit den Huskys übers Eis brausen, aber das würde uns zu lange aufhalten.« Sie blieb am Ufer stehen und blickte auf den See hinaus. »Na, was sagst du jetzt? Ist das ein Anblick?«

»Wow!«, staunte er. »Beinahe wie in West-Texas. Weißt du, was sie über die Gegend um San Angelo sagen? Da ist es so flach, dass man die Erdkrümmung am Horizont sehen kann. Aber das hier ist noch eindrucksvoller.«

Cheryl mochte den Lake Laberge. Er war größer als alle anderen Seen, die sie kannte, und lag so einsam, dass man sich wie auf einem anderen Planeten fühlte. Inzwischen hatte das Schneetreiben nachgelassen, und die Eisfläche glänzte in den wenigen Sonnenstrahlen, die einen Weg durch die Wolken gefunden hatten und den See in ein geheimnisvolles Licht hüllten. Der Wind trieb durchsichtige Schleier über das Eis und gegen die flachen Ufer.

Sie lenkte den Pick-up auf das Eis und folgte den Spuren, die andere Wagen und Snowmobile auf dem Eis hinterlassen hatten. Es machte Spaß, über die scheinbar endlose Fläche zu rasen, ohne irgendwelche Verkehrsregeln beachten zu müssen, und war fast so schön, wie mit einem Hundeschlitten über das Eis zu fahren. Vielleicht hatten sogar die Huskys ihren Spaß an der wilden Fahrt. Für ein paar Minuten vergaß Cheryl alle Probleme und freute sich wie ein Kind, sich so unbeschwert und nach Herzenslust austoben zu können.

»Na, was sagst du jetzt?«, rief sie Rick zu.

»Cool«, antwortete er, aber man sah ihm an, dass er lieber auf einem wilden Pferd oder sogar einem Bullen geritten wäre. Als Texaner hatte er sich wohl immer noch nicht an den hohen Norden gewöhnt. Selbst in Williams Lake war die Wildnis nicht so einsam und urwüchsig. Die wahre Wildnis beginnt erst am Yukon River, sagten sie im Yukon-Territorium und in Alaska.

Einige Kilometer weiter nördlich fuhr Cheryl vom Eis und kämpfte sich durch eine kaum geräumte Zufahrtsstraße zum Highway zurück. Der kleine Umweg hatte ihr Spaß gemacht. Auch Rick taute langsam wieder auf, war jedoch erleichtert, als sie wieder festen Asphalt unter den Rädern hatten.

»In einer Stunde sind wir in Carmacks«, sagte Cheryl.

8

Cheryl fuhr unwillkürlich langsamer, als sie die Hügelkuppe erreichten und Carmacks vor ihnen auftauchte. Die Stadt bestand nur aus wenigen Häusern, die sich am südlichen Ufer des Yukon River entlangzogen, war während des kurzen Sommers aber ein beliebter Treffpunkt für Abenteuerurlauber, die im Kanu über den Yukon fahren wollten, und im Winter ein wichtiger Versorgungspunkt für die Musher des Yukon Quest, das jeden Februar stattfand.

Von der Helligkeit des Tages war lediglich ein dunkelroter Streifen am westlichen Horizont übrig geblieben und brachte das feste Eis des Flusses zum Glühen. Ein erhebender Anblick, selbst für Cheryl, die auf ihren Ausflügen in die Wildnis das Nordlicht in allen Farben erlebt hatte. »Wow!«, hörte sie Rick sagen, als sie jenseits der Yukon Bridge vor einem einfachen Motel hielten.

Um diese Jahreszeit lebten fast nur Einheimische in der Siedlung. Lediglich ein alter Indianer, der vor der Blockhütte schräg gegenüber sein Boot reparierte, war zu sehen. Sie checkten ein, ernteten einen neugierigen Blick des Angestellten, als sie getrennte Zimmer buchten, und verstauten ihr Gepäck, bevor Cheryl im Restaurant nebenan frisches Hundefutter besorgte und sich um ihre Huskys kümmerte. Das Motel war während des Yukon Quest ein Stützpunkt der Musher, und man hatte nichts dagegen, dass sie ihre Hunde neben dem Haus anband. Der Angestellte, ein Indianer und selbst ein erfahrener Musher, empfahl ihr sogar einen Trail, der quer über den Yukon und am anderen Ufer des Flusses durch den lichten Mischwald führte. »Bis zur Biegung und zurück sind es ungefähr sechs Kilometer. Genau richtig für einen kurzen Ausflug.«

Snowball und seine Artgenossen konnten es gar nicht erwarten, wieder auf Tour zu gehen. Kaum waren sie satt, zerrten sie bereits ungeduldig an ihren Ketten, in der Hoffnung, dass auch an diesem Abend eine Tour auf dem Programm stand. »Hilfst du mir, die Hunde anzuspannen?«, fragte sie Rick, der vor dem Eingang stand und auf sein Smartphone starrte.

Er fühlte sich wohl ertappt und ließ es rasch verschwinden. »Sicher«, antwortete er, mit seinen Gedanken anscheinend ganz woanders. Zusammen mit Cheryl hob er den Schlitten vom Pick-up und legte die Führungsleine aus. Er stellte sich wesentlich geschickter an als am Vorabend und ging nur Lobo aus dem Weg, der bereits wieder in seine Richtung knurrte. »Was hast du nur gegen mich?«, rief er dem streitlustigen Husky zu. »Ich hab dir doch nichts getan. Sieh her, Candy hat nichts dagegen, dass ich ihr das Geschirr anlege.«

Cheryl kümmerte sich vor allem um ihren Leithund. Auch er wirkte ein wenig gereizt, kein Wunder bei dem engen Zwinger, in dem er den ganzen Tag eingesperrt war. »Reg dich nicht auf«, beruhigte sie ihn, »morgen noch drei Stunden, dann sind wir am Ziel. Und dann ist erst mal Schluss mit den langweiligen Autofahrten. Na, wollen wir jetzt auf Tour gehen?«

Sie überprüfte noch einmal die Führungsleine und wandte sich an Rick, der eher unentschlossen und beinahe so nervös wie die Huskys wirkte. »Willst du mitkommen? Einen Passagier könnten wir locker verkraften. Schnapp dir ein paar Decken und mach es dir auf der Ladefläche bequem.«

»Ich weiß nicht«, sagte er ausweichend. »Ich bin ziemlich erledigt von der langen Fahrt. Bist du mir böse, wenn ich zu Hause bleibe und mich in meinem Zimmer ausruhe? Wir könnten uns später zum Abendessen treffen, dann bin ich bestimmt wieder fit.« Er deutete auf das Hamburger-Lokal neben dem Motel.

Cheryl kam seine Antwort eher wie eine Ausrede vor. Es schien ihr beinahe so, als hätte er auf seinem Smartphone eine verstörende Nachricht erhalten. Gab es vielleicht Probleme mit seiner Freundin in Watson Lake? War Amy sauer, weil er nicht länger geblieben war? Sie wagte es allerdings nicht, darauf einzugehen. »Na schön. Dann bis in ungefähr einer Stunde. Ich werde an deine Zimmertür klopfen.«

Energischer als sonst, weil ihr das Hin und Her mit

Rick gehörig auf die Nerven ging, feuerte sie die Huskys an. Ohne sich nach dem Jungen umzudrehen, lenkte sie ihr Gespann über eine steile Zufahrt auf den Fluss. Die Spuren zahlreicher anderer Schlitten und Snowmobile markierten den Trail über das feste Eis des ungewöhnlich breiten Flusses. Nicht nur in den Legenden der Indianer und Goldsucher galt der Yukon River als mächtigster Strom des hohen Nordens. Bis auf den heutigen Tag war er die Lebensader zahlreicher Menschen, die sich an seinen Ufern niedergelassen hatten und von der Jagd, vom Fischfang und vom Tourismus lebten. In der Mitte des Flusses spürten selbst Einheimische die magische Ausstrahlung des Yukon River.

Die Huskys freuten sich vor allem über den ebenen Trail. Auf dem Eis konnten sie sich nach Herzenslust austoben und ihr wahres Können zeigen. Cheryl machte es Spaß, ihren Bewegungen und dem Spiel ihrer Muskeln zuzusehen. Sie stand mit beiden Beinen auf den Kufen, brauchte kaum etwas zu tun und war lediglich einmal gezwungen, in die Hocke zu gehen. Mit einem eleganten Schlenker lenkte sie den Schlitten um einen Eisbrocken herum. Die Kufen scharrten über das Eis, ein vertrauter Laut in ihren Ohren, so vertraut wie das Rauschen des Windes, der eiskalt über den gefrorenen Fluss wehte.

Am jenseitigen Ufer sprang sie von den Kufen und half ihren Huskys, die steile Böschung zu erklimmen. Sie landeten auf einem schmalen Trail, der sich parallel zum Ufer durch den lichten Mischwald zog, und folgten dem Yukon nach Osten. Die Bäume, darunter zahlreiche Schwarzfichten, hielten den Wind ab. Inzwischen war auch der rote Streifen am Horizont verschwunden und die Nacht kündigte sich bereits jetzt mit dunklen Schatten an. Noch lag arktisches Zwielicht über dem Land, das seltsame Halbdunkel zwischen Tag und Nacht, wie es typisch für diese Breiten war. Der Schnee auf dem Trail und den Bäumen reflektierte das wenige Licht, das vom Himmel kam.

Obwohl sie beinahe krampfhaft versuchte, nicht an Rick zu denken, verfolgten sie die Gedanken an den Jungen bis über den Fluss. Ziemlich erledigt von der langen Fahrt? Das konnte sie ihm nicht abnehmen. Für seinen Rückzieher war sicher seine Freundin verantwortlich. Oder bildete sie sich das alles nur ein? Benahm sie sich schon wie eine eifersüchtige Zicke, die hinter jedem männlichen Wesen eine Rivalin vermutete? Bei einem Jungen, mit dem sie niemals etwas gehabt hatte? Der ihr nichts schuldig war?

Auf dem Rückweg begleitete sie flackerndes Nordlicht über den Fluss. Grüne Lichtflecken tanzten über das Eis und brachten es zum Leuchten. Ein erhebender Anblick, der Cheryl jedes Mal das Herz aufgehen ließ. Von dieser farbenprächtigen Seite präsentierte sich die Natur nur am Polarkreis. Sie lenkte den Schlitten mit lauten Anfeuerungsrufen zum Ufer und bremste neben dem Motel. Jeden Husky verwöhnte sie mit einem aufmunternden Klaps, bevor sie ihn ausspannte und an seinen Schlafplatz führte. Der Angestellte hatte frisches Stroh für die Hunde bereitgelegt. »So schläft es sich doch gleich viel besser, oder?«, sagte sie zu ihnen und legte die Geschirre auf den Schlitten.

Eigentlich hatte sie vorgehabt, erst vor dem Schlafengehen ausgiebig zu duschen und es zunächst bei einer flüchtigen Katzenwäsche zu belassen, doch sie wollte in der Gegenwart des Jungen wenigstens einigermaßen attraktiv aussehen, wusch sich gründlich und legte sogar etwas Make-up auf. Noch während sie es tat, verfluchte sie sich innerlich. Wie kam sie nur dazu, sich für einen Jungen schön zu machen, der ein ganz anderes Mädchen im Kopf hatte? Sie tat es trotzdem, schlüpfte in ihren Trainingsanzug und band ihre Haare zu einem lockeren Knoten. »Nun stell dich nicht so an«, sagte sie zu ihrem Spiegelbild, »das hier ist schließlich kein Date. Du gehst mit einem Anhalter essen, weiter nichts.«

Sie klopfte an die Tür des Nachbarzimmers und war verwundert, wie schnell Rick die Tür öffnete. Auch er trug einen Trainingsanzug und hatte sich sogar die Haare gewaschen. »Hey, du siehst cool aus«, begrüßte er sie, anscheinend überrascht darüber, dass sie ihre Kleidung gewechselt und sich für das Abendessen zurechtgemacht hatte. »Wie war die Fahrt über den Fluss?«

So beiläufig wie diese Frage war auch ihre weitere Unterhaltung, während sie das Lokal betraten und sich an einen Ecktisch setzten. Als wären sie beide zu schüchtern, um näher auf den anderen einzugehen, oder zu sehr mit ihren eigenen Gedanken beschäftigt. Da es kaum etwas anderes gab, bestellten sie Cheeseburger mit Pommes frites und heißen Tee bei der älteren Bedienung.

Rick wirkte immer noch so verstört wie vor ihrem Ausflug, als er auf sein Smartphone geblickt hatte. Auch wenn er sich redlich bemühte, freundlich zu ihr zu sein und sich mit ihr zu unterhalten, schien er sich mit seinen Gedanken ganz woanders zu befinden. Sie sprach ihn nicht darauf an, wollte sich keine dumme Ausrede anhören. Was regst du dich auf?, sagte sie sich zum wiederholten Male. Wenn er Zoff mit seiner Freundin hat, ist das seine Sache.

Die Cheeseburger schmeckten wider Erwarten köstlich. Ihre Laune besserte sich rapide, doch Rick hielt seine vorgetäuschte Fröhlichkeit nicht länger durch. Er wirkte müde und niedergeschlagen, als wäre die Fahrt tatsächlich zu viel für ihn gewesen. Aber er war doch ein Cowboy, der stundenlang im Sattel sitzen konnte! Nein, da steckte etwas anderes dahinter. »Ist irgendwas?«, fragte sie jetzt doch. »Du wirkst so … traurig.«

Er zwang sich zu einem Lächeln. »Nein, das kommt dir nur so vor. Lange Autofahrten haben mich schon immer ziemlich angestrengt. Im Sattel kann ich stundenlang sitzen, die Reiterei macht mir nichts aus, aber in einer Kiste durch die Gegend zu fahren, ist nichts für mich. Als wir damals von Texas nach Kanada fuhren, war ich eine Woche krank.« Sein Lächeln wirkte vorgetäuscht. »Halb so wild. Nach dem Cheeseburger geht's mir wieder besser.«

»Denk an die Huskys«, tröstete sie ihn, »die haben es noch viel unbequemer. Morgen fahren wir noch drei, vier Stunden, dann sind wir in Dawson.«

»Das werde ich wohl auch noch schaffen.«

Nach dem Essen verschwanden beide in ihren Zimmern. Sie waren nur durch eine dünne Wand und eine Verbindungstür getrennt. Cheryl bekam mit, wie Rick unruhig auf und ab ging, den Fernseher einschaltete und eine dieser Realityshows einschaltete, die ihn bestimmt nicht interessierte. Über eine Familie mit neunzehn Kindern, die auf Schritt und Tritt mit der Kamera verfolgt wurde. Einmal hörte sie ihn laut fluchen. Anscheinend dachte er gar nicht daran, dass sie ihn hören konnte. Seine Matratze ächzte, und er stand erneut auf, ging ins Bad und kehrte wenige Minuten später zurück. Er ließ sich aufs Bett fallen und schaltete den Fernseher aus, versuchte wohl zu schlafen und schaltete ihn dann wenig später wieder ein. Eine andere Realityshow über abtrünnige Mormonen.

Sie selbst ließ irgendeine Sendung laufen, an die sie sich schon nach dem Ausschalten nicht mehr erinnern konnte, so selten hatte sie hingesehen. Wie unter einem inneren Zwang hörte sie auf jedes Geräusch, das aus Ricks Zimmer kam. Seine Nervosität verstörte sie, aber auch seine Nähe, die Tatsache, dass sie nur wenige

Meter von ihm getrennt war. Auch dass er sich so merkwürdig benahm und sich durch einen Anruf oder eine Nachricht aus der Ruhe bringen ließ. Hatte ihn vielleicht jemand anders so nervös gemacht? War etwa gar nicht seine Freundin an seinem seltsamen Verhalten schuld? Auch wenn es sie nichts anging, musste sie unweigerlich darüber nachdenken. Erst als ein leises Schnarchen zu ihr herüberdrang, beruhigte sie sich etwas und schlief nach einer Weile auch ein.

In ihren Träumen sah sie wirre Bilder, wie so oft, wenn sie angestrengt über etwas nachgedacht hatte. Verstörende Szenen, an die sie sich später nicht mehr erinnern konnte. In die Träume mischte sich das Motorengeräusch mehrerer Trucks, die vor der Brücke abbremsten und im niedrigen Gang den Yukon River überquerten. Jenseits des Flusses lag ein Truck Stop, vor dem schon bei ihrer Ankunft einige Sattelzüge geparkt hatten. Wenn der Wind wie in dieser Nacht von den Bergen kam, drang jedes Geräusch zu ihnen herüber.

Am nächsten Morgen wurde sie vom Geheul ihrer Huskys geweckt. Sie blickte aus dem Fenster und sah sie ungeduldig auf ihr Futter warten. Sie wusch sich, zog sich an und ging nach draußen. Es war kurz vor sieben Uhr und noch dunkel. Nur in der Stadt brannten etliche Lichter und auf dem Parkplatz des Truck Stops drangen die Scheinwerfer einiger abfahrender Trucks durch den frühen Morgen. Der Wind war kalt und frisch. »Keine Sorge, ich bin schon unterwegs!«, begrüßte sie ihre Huskys und kraulte Snowball zwischen den Ohren. »Ich weiß, ihr seid hungrig wie die Löwen.« Sie füllte ihre Fressnäpfe mit Trockenfutter und lauwarmem Wasser und beobachtete zufrieden, wie sie sich über ihr Futter hermachten.

Auch sie hatte inzwischen Hunger und ging ins Motel zurück. Sie klopfte an Ricks Tür. »Rick? Ich bin's, Cheryl. Bist du schon auf? Ich hab Hunger.«

Niemand antwortete ihr. Kein Schnarchen, kein Geräusch ... nichts war zu hören.

Sie klopfte erneut, diesmal fester und lauter. Als wieder keine Antwort kam, legte sie ihren Kopf an die Tür und lauschte angestrengt. »Rick! Bist du da?« Sie versuchte es noch einmal, rief mehrmals seinen Namen, ohne jedoch eine Antwort zu bekommen, und hob dann resigniert die Schultern. »Sag bloß, der ist schon im Lokal«, schimpfte sie vor sich hin. »Er hätte ruhig auf mich warten können.«

An der Rezeption hielt ein Angestellter sie auf. »Miss Robinson? Miss Cheryl Robinson?«, fragte er. Und als sie erstaunt stehen blieb, sagte er: »Ich habe eine Nachricht von einem Rick Johnson für Sie.« Er reichte ihr einen Umschlag.

Sie öffnete ihn und zog einen Zettel heraus. Die Nachricht war kurz und klang mehr als unpersönlich: »Tut mir leid, Cheryl. Ich musste dringend zurück.«

»Wann hat er Ihnen das gegeben?«, fragte sie den Angestellten.

»Vor ungefähr zwei Stunden.«

»Hat er irgendwas dazu gesagt?«

Der Angestellte schüttelte den Kopf. »Nein, er hat seine Rechnung bezahlt und mir den Umschlag gegeben. Aber er sah sehr ... mitgenommen aus.«

»Inwiefern?«

»Vollkommen erledigt, als hätte er die ganze Nacht nicht geschlafen. Ich hab ihn gefragt, ob er krank ist und ich einen Arzt rufen soll, aber er lachte nur und sagte, dass er nach manchen Nächten einfach so aussehe.« Die Miene des Angestellten ließ vermuten, dass er sich auf einer vollkommen falschen Spur befand. »Es geht mich ja nichts an, Miss«, fügte er beinahe verschwörerisch hinzu, »aber er sah nicht so aus, als wollte er sich mit Ihnen versöhnen.«

»Wieso mit mir?«, erwiderte sie giftig. »Wir sind gar nicht zusammen.«

Über alles andere ließ Cheryl den Angestellten im Ungewissen. Sie bezahlte ihre Rechnung, trug ihr Gepäck in den Wagen und lud die Huskys in ihre Zwinger. Nachdem sie den Schlitten auf den Pick-up gehoben hatte, fuhr sie ohne Frühstück zum Truck Stop auf der anderen Seite des Flusses.

Obwohl schon mehr als zwei Stunden vergangen waren, bestand immer noch die Chance, dass er im Lokal des Truck Stops saß und auf einen Trucker wartete, der ihn nach Watson Lake mitnahm. Sie hatte keine Ahnung, was sie ihm sagen sollte, wenn er wirklich noch in Carmacks war. Wollte sie ihn beschimpfen? Wie kommst du dazu, mich anzumachen, wenn du ständig an deine Amy in Watson Lake denkst? Was ist so besonders an ihr? Hat sie dir auf deine Mailbox gequatscht und dir den Himmel auf Erden versprochen?

Sie stieg in ihren Pick-up und schlug mit der flachen Hand aufs Lenkrad. »Oh verdammt!«, schimpfte sie lauthals. »Jetzt benimmst du dich wie ein eifersüchtiges kleines Mädchen. Er hat dich nicht angemacht. Er war freundlich zu dir, weiter nichts. Okay, er hat dir Komplimente gemacht und versprochen, einen Song über dich zu schreiben, aber das gibt dir noch lange nicht das Recht, ihn als dein Eigentum zu betrachten. Werde endlich mal erwachsen, Cheryl!«

Aber nach Norden weiterzufahren und ihn aus ihrem Gedächtnis zu streichen, brachte sie auch nicht fertig. Selbst wenn sie sich hundertmal sagte, dass sie gar keine Zeit für diesen Beziehungskram hatte, wollte sie herausfinden, ob und warum er wirklich in aller Herrgottsfrühe aus dem Motel geflohen war.

Sie fuhr über die Brücke und parkte auf dem Parkplatz des Truck Stops. Wegen der eisigen Kälte liefen alle Motoren und es stank nach Diesel und Öl. Sie betrat das barackenähnliche Gebäude, in dem das Büro des Managers, ein Laden und ein Lokal untergebracht waren, und kam sich reichlich komisch vor, als sie die Angestellte hinter der Ladentheke fragte: »Guten Morgen, Ma'am. Haben Sie zufällig einen jungen Mann mit einer Gitarre gesehen? Ich glaube, er wollte per Anhalter nach Watson Lake weiterfahren.«

»Einen Mann mit Gitarre?«, fragte sie verwundert. Sie schien um die vierzig zu sein und sah aus, als habe sie bereits viel Kummer erlebt. »Nicht dass ich wüsste. Warum fragen Sie? Ist er Ihr Freund? Ist er Ihnen weggelaufen? Hören Sie auf mich, Miss. Lassen Sie ihn laufen, wenn er nicht mehr will, sonst gibt's nur Ärger. Glauben Sie mir, ich weiß, wovon ich spreche.«

»Er ist nicht mein Freund. War er wirklich nicht hier?«

»Ein junger Bursche mit Gitarre?«, rief ein Trucker, der im Regal gerade nach einer neuen Mütze suchte und sie gehört hatte. »Vor ungefähr zwei Stunden war einer draußen auf dem Parkplatz. Der hatte eine Gitarre und eine Tasche dabei und suchte nach einem Fahrer, der ihn nach Watson Lake mitnimmt. Soweit ich weiß, ist er bei dem alten Johnny eingestiegen. Was ist mit ihm?«

»Nichts Wichtiges. Ich dachte, ich hätte ihn schon mal gesehen.«

»Solange Sie mit dem Burschen nicht näher bekannt sind.« Er grinste vieldeutig. »Wenn ich mich recht erinnere, fragte er Johnny, ob sie in Whitehorse an einem Blumenladen halten könnten. Blumen, mitten im Winter! Haben Sie so was schon mal gehört? Eisblumen vielleicht, aber Rosen und so ein Zeug? Die gibt's vielleicht in Vancouver oder Calgary, aber nicht hier oben.

Zur Not würde es auch ein Pralinenladen tun, sagte er. Ich sag Ihnen was: Der hatte entweder riesigen Zoff mit seiner Freundin und musste bei ihr etwas gutmachen, oder er wollte gewaltigen Eindruck schinden. Wollen Sie ihm nach? Ich fahr in einer halben Stunde weiter nach Osten und könnte Sie mitnehmen.«

»Nicht nötig, Mister, aber vielen Dank. Sie haben mir sehr geholfen.«

Sie verließ den Truck Stop, stieg in ihren Pick-up und blickte lange ins Leere, bevor sie den Motor startete. Mit Tränen in den Augen fuhr sie weiter.

9

»Du bist ein Feigling, Rick! Weißt du das? Ein verdammter Feigling!« Cheryl rieb sich die Tränen aus den Augen und ließ ihrer Enttäuschung freien Lauf. »Du hättest dich wenigstens verabschieden können! Wenn du mutig wärst, hättest du mir die Wahrheit gesagt. Was soll dieses ganze Theater?«

Das Brummen des Motors blieb die einzige Antwort. Rick hatte sich klammheimlich aus ihrem Leben geschlichen und würde »Snowflake Kisses« wohl nie zu Ende schreiben. Entweder war er ein Typ, der jedes Mädchen anmachte und sich hinter der Maske eines schüchternen Künstlers verbarg, oder ihm war gar nicht bewusst gewesen, dass er sie mit Blicken und Komplimenten umgarnte. Warum hatte sie sich nur auf ihn eingelassen? Warum hatte sie ihn nicht mit einer Ausrede abgespeist und war allein nach Dawson gefahren?

Die Antwort war klar und doch wehrte sie sich dagegen. »Reiß dich zusammen!«, rief sie nicht nur einmal während der Fahrt. »Mach kein Drama aus einer flüchtigen Begegnung und denke endlich mal an deinen Job! Der wird anstrengend genug. Eine Musherin, die ständig einem potenziellen Lover hinterherheult, kann eine angesehene Firma wie Dog sledding Adventures nicht brauchen. Auf den Trails ist höchste Aufmerksamkeit gefragt. Wer dort nicht voll bei der Sache ist, bringt nicht nur sich, sondern auch die mitfahrenden Touristen in Gefahr. Du hast Verantwortung, Cheryl!«

Als sich wenige Stunden später das erste Tageslicht am Himmel zeigte, hatte sie sich wieder einigermaßen im Griff. Die Straße war geräumt und in einem guten Zustand, das Wetter spielte mit, und da es während der vergangenen Stunden nicht geschneit hatte, war die Schneedecke verharscht und die Trucks waren kaum noch eine Gefahr. Sie ließ das einsame und wilde Land auf sich wirken, genoss die stoische Ruhe, die es ausstrahlte, und das schüchterne Tageslicht, das sie sogar zwang, die Sonnenblende herunterzuklappen.

Ungefähr vierzig Kilometer östlich von Dawson City zweigte der Dempster Highway ab, eine über siebenhundert Kilometer lange Schotterstraße, die durch die Tundra nach Norden führte, hinter Eagle Plains den Polarkreis überquerte und in der Inuit-Siedlung Inuvik endete. Auf der Website von Dog sledding Adventures hatte sie gelesen, dass der Highway einem alten Hundeschlitten-Trail folgte und das Ziel einer mehrtägigen Tour in die Vergangenheit des hohen Nordens war. »Folgen Sie den Spuren einer kleinen Einheit der Royal Canadian Mounted Police in die abgelegenen Richardson Mountains«, stand dort, »ein unvergleichliches Abenteuer auch für Anfänger.« Sie freute sich auf die Tour, hatte schon einige Male in einem Zelt in der Wildnis übernachtet, auch allein, und hatte keine Angst vor einer Nacht abseits der Zivilisation. Inzwischen war die Technik so weit fortgeschritten, dass man mit der nötigen Ausrüstung nirgendwo wirklich allein war. Mit einem Satellitentelefon konnte man auch am fernen Polarkreis telefonieren.

Vielleicht lag es an einem Hinweisschild wenige Kilometer vor Dawson, dass sie plötzlich Hunger verspürte. Der abgebildete Hamburger erinnerte sie daran, dass sie vor lauter Aufregung das Frühstück hatte ausfallen lassen, und überzeugte sie davon, sich wenigstens ein Mittagsmahl zu gönnen, bevor sie sich bei ihrer neuen Firma meldete. Sie fuhr am Klondike River entlang in die Stadt, die sich nördlich der Mündung des Flusses in den Yukon River ausbreitete und mit ihren bunten Häusern wie ein historischer Freizeitpark anmutete.

Cheryl war vor drei Jahren mit ihren Eltern in Dawson City gewesen und kannte sich noch einigermaßen aus. Die Straßen der kleinen Stadt waren sehr übersichtlich angeordnet. Die bunten Häuser der Innenstadt sollten an das historische Dawson zur Zeit des großen Goldrauschs erinnern und standen unter Denkmalschutz, täuschten teilweise zweite Stockwerke mit falschen Fronten vor und hätten auch als Kulisse für einen Western dienen können. Östlich der Stadt ragte der Midnight Dome empor, ein gewaltiger Tafelberg, der für seine grandiose Aussicht auf die Täler des Yukon und des Klondike bekannt war.

Sie hielt vor demselben Lokal an der King Street, in dem sie damals mit ihren Eltern eingekehrt war, und redete tröstend auf ihre jaulenden Huskys ein. »Ich weiß, ihr wollt endlich raus aus euren Käfigen, aber ich hab den ganzen Tag noch nichts gegessen und will mir schnell einen kleinen Imbiss gönnen. Es dauert nicht lange, okay? In einer halben Stunde dürft ihr raus.«

Ihre Hunde ließen sich widerwillig darauf ein, machten aber deutlich, was sie von ihrer Entscheidung hielten. Selbst die ruhige Candy und der ansonsten eher stille Kodiak fletschten die Zähne und knurrten wütend. Sie würden sich schnell wieder beruhigen, wenn sie erst einmal bei ihrer neuen Firma waren.

»Klondike Kitty« war für seine abwechslungsreiche Hausmannskost bekannt. Wie damals stand das »Special of the Day« auf einer Schultafel, herzhafter Gemüseeintopf mit Rindfleisch, und Kitty bediente ihre Kunden höchstpersönlich. Sie war eine stämmige Frau, die ständig zu lächeln schien und mit ihren Scherzen selbst missgelaunte Zeitgenossen aufheiterte. Ob sie tatsächlich Kitty hieß, wusste niemand, und ob ihre Urgroßmutter während des großen Goldrauschs wirklich ein Lokal eröffnet hatte, war ebenso zweifelhaft. Den meisten Kunden war es auch egal, solange ihre Mahlzeiten so lecker waren wie der Gemüseeintopf. Cheryl aß mit großem Appetit und freute sich sichtlich, als Kitty sie mit einem großzügigen Nachschlag verwöhnte.

Das Lokal war nicht besonders groß. Gerade mal sechs runde Tische verteilten sich auf den Raum, dessen Wände mit historischen Fotos aus der Goldrauschzeit geschmückt waren. Neben der Kasse auf dem kleinen Tresen lockten Apple und Cherry Pies mit viel Sahne in einer verglasten Kühlbox. Es war noch vor zwölf Uhr, die Mittagspause hatte noch nicht begonnen, und außer Cheryl saßen nur noch ein Pärchen und zwei ältere Männer an den Tischen.

»Sind Sie vom Weg abgekommen?«, begrüßte Kitty sie scherzhaft. »Oder mögen Sie das eisige Wetter bei uns? Die zwanzig Grad minus sind noch gar nichts, kann ich Ihnen sagen, das werden mindestens noch dreißig.«

»Kaltes Wetter bin ich gewohnt«, erwiderte Cheryl und verriet der Wirtin, warum sie in Dawson war. »Und meine Huskys freuen sich schon darauf, die Gegend unsicher zu machen. Haben Sie noch heißen Tee für mich?«

Kitty schenkte ihr heißes Wasser nach und brachte den beiden älteren Männern eine Kanne Kaffee. Sie teilten sich eine Zeitung, der eine las den Sportteil, der andere die Comic-Seite, und nahmen die anderen Gäste kaum wahr. Das Pärchen unterhielt sich flüsternd. So, wie sie gekleidet waren und sich benahmen, handelte es sich wohl ebenfalls um Einheimische, wahrscheinlich Kollegen. Der Mann erklärte der Frau etwas auf seinem Laptop.

Cheryl hatte gerade ausgetrunken, als ein junger Mann das Lokal betrat. Er trug eine karierte Holzfällerjacke und eine gefütterte Mütze mit heruntergeklappten Ohrenschützern. Sein wettergegerbtes Gesicht verriet, dass er sich viel in der Natur aufhielt. »Gib mir einen Kaffee zum Mitnehmen, Kitty«, sagte er zur Wirtin.

»Und wie heißt das Zauberwort?«, fragte Kitty grinsend.

Dem jungen Mann war anscheinend wenig nach Scherzen zumute. »Gib mir einfach nur den Kaffee. Ich hab schon genug Stress heute. Mein neuer Husky benimmt sich wie ein Kojote. Ich sollte ihn im Yukon ersäufen.«

»Da musst du bis zur Eisschmelze im Mai warten«, sagte Kitty.

Während sie den Kaffee einschenkte, lehnte der junge Mann am Tresen und sah zu Cheryl. Sein spöttischer Blick erinnerte sie an Andy, es war der gleiche Hochmut. »Gehören Ihnen die Huskys auf dem Pick-up?«

»Warum wollen Sie das wissen?«

Er ging nicht auf sie ein. »Sie sollten die Hunde nicht zu lange in ihren Zwingern lassen. Sie mögen keine Käfige. Kommen Sie aus Whitehorse?«

»Dease Lake«, antwortete sie, »und ich selbst weiß wohl am besten, was meinen Huskys guttut. Sie haben genug Auslauf, darauf können Sie sich verlassen. Ich hab ihnen gesagt, dass ich nur kurz zum Essen bei Kitty vorbeischaue.«

Er griff nach dem Pappbecher mit dem Kaffee, den Kitty ihm reichte, und schien es plötzlich gar nicht mehr eilig zu haben. »Gehören Sie auch zu den Frauen, die unbedingt das Yukon Quest oder Iditarod gewinnen wollen? Hier kreuzen alle paar Wochen junge Frauen auf, die ein paarmal mit ihren Hunden unterwegs waren und glauben, es mit den Profis aufnehmen zu können.«

»Ich kann mit Huskys umgehen, Mister.«

Er kam näher und blieb vor ihrem Tisch stehen. »Das sagen diese jungen Frauen alle und haben doch nicht die geringste Ahnung. Nur weil mal ein paar Mädels die großen Rennen gewonnen haben, heißt das noch lange nicht, dass jede hier gewinnen kann. Fahren Sie lieber wieder nach Hause, Miss!«

»Sie sind ziemlich unverschämt, Mister«, erwiderte sie. Der junge Mann ging ihr langsam auf die Nerven. »Haben Sie denn schon mal ein Rennen gewonnen?«

»Ich kenne mich mit Huskys aus.«

»Das ist keine Antwort auf meine Frage.«

»Ich brauche keinen Siegerpokal, um den Leuten zu zeigen, dass ich ein guter Musher bin.« Er nahm Platz und setzte ein Lächeln auf, das er wohl für unwiderstehlich hielt. »Und Sie sind doch viel zu hübsch, um sich täglich mit Huskys abzuplagen. Wie wär's, wenn wir beide eine kleine Spritztour unternehmen? Mit meinem

Schlitten natürlich. Dann zeige ich Ihnen, wie man einen Schlitten steuert, und wir kämen uns etwas näher.«

»Das ist keine gute Idee«, sagte sie entschieden. »Und ich kann mich nicht erinnern, Sie gebeten zu haben, sich an meinen Tisch zu setzen.«

Mit einer solchen Antwort hatte er wohl nicht gerechnet. Er errötete und wollte gerade lautstark etwas erwidern, als eine uniformierte Polizistin das Lokal betrat und sich dem jungen Mann zuwandte. »Hallo, Matt«, begrüßte sie ihn. Sie war hübsch und trug ihre blonden Haare hochgesteckt. »Wie ich sehe, machst du dich mal wieder unbeliebt.« Sie blickte Cheryl an. »Matt weiß manchmal nicht, wie man sich benimmt.« Und dann sagte sie zu dem jungen Mann: »Du stehst mit deinem Wagen im Halteverbot. An deiner Stelle würde ich weiterfahren, sonst muss ich dir einen Strafzettel verpassen.«

»Das wagst du nicht!«

»Vor dem Gesetz sind alle gleich, Matt. Sogar unverbesserliche Machos wie du.« Sie zog den Block mit den Strafzetteln hervor und klappte ihn auf.

»Okay, okay, ich verschwinde ja schon«, sagte er rasch. Er stand auf und ging zur Tür, drehte sich noch einmal um und funkelte die Polizistin an. »Das ist doch reine Schikane! Du willst mir eine reinwürgen, weil ich mit dir Schluss gemacht habe. Du kannst es nicht ertragen, dass ich mich für eine andere entschieden habe.«

Die Polizistin blieb cool. »Soweit ich mich erinnere, habe ich mit dir Schluss gemacht, und Karen hat sich doch auch längst von dir getrennt. Und wenn ich dir eine reinwürgen wollte, würde der Strafzettel bereits an deiner Windschutzscheibe kleben. Als Polizistin mache ich keinen Unterschied, Matt.«

Matt verließ wütend das Lokal.

»Constable Julia Doyle«, stellte sich die Polizistin bei Cheryl vor. Sie steckte den Block mit den Strafzetteln weg. »Tut mir leid, dass Ihnen ausgerechnet der größte Macho unserer Stadt über den Weg laufen musste. Am besten, Sie nehmen ihn nicht ernst. So, wie mit Ihnen, legt er sich mit allen an. Eine Nacht hinter Gittern würde ihm guttun, aber für großspurige Reden dürfen wir niemanden verhaften.« Sie winkte Kitty zu. »Hat mich gefreut, Sie kennenzulernen.«

»Ich hoffe, Sie kommen wieder«, sagte die Wirtin, als Cheryl bezahlte.

»Keine Sorge, ich habe gerade vor ein paar Wochen mit einem ähnlichen Angeber wie Matt Schluss gemacht. So jemand wirft mich nicht aus der Bahn. Und solange das Essen so gut schmeckt wie der Eintopf heute, bleibe ich Ihr Stammgast.«

Cheryl ging zu ihrem Pick-up und stieg ein. Seltsam, dachte sie, kaum beschließe ich, mich von Männern fernzuhalten und mich stattdessen auf meinen neuen Job zu konzentrieren, habe ich nur noch Ärger. Der Zoff mit Andy, die gemeinsame Fahrt mit Rick, und kaum war sie in Dawson City, lief ihr ein ortsbekannter Macho über den Weg und machte sich über sie lustig.

Als ob es im Leben nur noch um Männer ginge. Um junge Typen, denen man wie ein gehorsames kleines Mädchen hinterherlief, und beleidigte Machos, die es nicht ertragen konnten, wenn man sie abwies. Schwärmereien, vermeintliche Liebe und verletzte Gefühle. Und ich dachte, das wäre mit der Highschool vorbei.

Sie startete den Motor und fuhr zu Dog sledding Adventures. Das Grundstück der Firma lag in der Eighth Avenue, nur eine Querstraße von der Hütte des Schriftstellers Jack London entfernt. Er hatte während des Goldrauschs um 1900 in Dawson City gelebt und Bestseller wie »Wolfsblut« und »Ruf der Wildnis« geschrieben. Ein vielstimmiges Jaulkonzert, in das ihre Hunde sofort einfielen, erwartete sie vor dem zweistöckigen Blockhaus, in dem auch das Büro untergebracht war. Über zwanzig Huskys waren bei ihrem Erscheinen von ihren Lagern aufgesprungen. Zahlreiche kleinere Blockhütten erhoben sich am Waldrand und auf dem Hof parkten Schlitten und Snowmobile.

Sie stieg aus und betrat das Büro. Hinter einem Tresen saß eine junge Frau mit kurzen blonden Haaren und knallroter Brille vor einem Computer und setzte sofort ihr professionelles Lächeln auf, als sie die vermeintliche Kundin hereinkommen sah. »Willkommen bei Dog sledding Adventures«, grüßte sie scheinbar fröhlich. Eine einstudierte Redewendung. »Kann ich Ihnen helfen?«

»Cheryl Robinson«, stellte sich Cheryl vor. »John erwartet mich.«

»Oh, du bist die Neue!« Die junge Frau schüttelte Cheryl die Hand. »John hat mir schon gesagt, dass du wahrscheinlich heute kommst. Ich bin Lisa Carver, seine Assistentin. Das Mädchen für alles.« Sie blickte auf die Uhr. »John hat einen Termin in der Stadt, muss aber jeden Augenblick zurückkommen.«

Cheryl war die junge Frau sympathisch. »Dann kümmere ich mich erst mal um meine Huskys. Die können es gar nicht erwarten, endlich aus ihren Zwingern zu springen. Gibt's noch einen Platz für meine Hunde?«

»Vor unserer Hütte«, erwiderte Lisa. Sie kam hinter dem Tresen hervor und schlüpfte in ihren Anorak. »Wir teilen uns ein Quartier. Wir sind die einzigen Mitarbeiter, die auf dem Gelände wohnen. Die anderen wohnen in der Stadt, auch John. Er hat sich gerade ein neues Haus am Stadtrand gekauft.«

»Hat er Familie?«

Lisa lachte. »John Snyder? Nein, mit Kindern hat er's nicht so, und zur Heirat konnte ihn bisher auch noch keine überreden. Aber ich arbeite daran.«

»Ihr seid ein Paar?«, fragte Cheryl verwundert.

»So ungefähr, obwohl er das niemals zugeben würde. Er will seinen Ruf als großer Frauenheld verteidigen.« Sie öffnete lachend die Tür. »Aber wenn wir zusammen ausgehen, sieht das schon ganz anders aus. Dann ist er viel zahmer und haut nicht so auf den Putz. Einmal hat er mir sogar schon gesagt, dass er mich … nun ja, das erzähle ich dir mal, wenn wir uns besser kennen.«

Lisa war keine typische Büro-Lady, die am liebsten vor ihrem Computer saß und schon zusammenzuckte, wenn jemand auch nur die Tür öffnete und kalter Wind in den Raum blies. Sie hatte keine Angst vor körperlicher Arbeit und half ihr, den Schlitten vom Pick-up zu heben. Auch mit Huskys kannte sie sich aus, kein Wunder, wenn man täglich mit Hunden zu tun hatte. Sie wagte sich sogar an den nervösen Lobo heran und redete so lange auf ihn ein, bis er einigermaßen Ruhe gab und nur ein wenig knurrte, als sie ihn aus dem Zwinger hob. »Ihr seid ein gutes Team«, sagte sie anerkennend. »Du verstehst was von Hunden, stimmt's?«

Cheryl freute sich über das Lob. »Du aber auch.«

»Ich arbeite seit zwei Jahren hier und habe einiges gelernt. Vorher hatte ich nie etwas mit Huskys zu tun. John hat mich mal auf eine Tour mitgenommen und mich den Schlitten steuern lassen, aber das ging ziemlich schief. Gleich in der ersten Kurve fiel ich in den Schnee. Zur Musherin reicht es wohl nicht.« Doch das schien ihr nichts auszumachen. »Meine Eltern haben einen Andenkenladen. Die einzigen Huskys, die es dort gab, waren aus Plüsch.«

Sie banden die Huskys an die Pflöcke vor ihrer Hütte und lehnten den Schlitten an die Wand. Mit ihrer Reisetasche und ihrem Rucksack folgte Cheryl ihrer Mitbewohnerin in die Blockhütte und war angenehm überrascht. Ihr neues Zuhause war gemütlicher, als sie vermutet hatte. Es gab einen rustikal eingerichteten

Wohnraum mit winziger Küche, die durch eine Theke mit zwei Barhockern abgetrennt war, zwei Schlafzimmer, gerade groß genug für Bett, Nachttisch und Schrank, und ein gemeinsames Bad mit Dusche. Die breite Couch im Wohnraum sah bequem aus, der Fernseher war ein neueres Modell.

»Das sieht ja richtig nett hier aus«, staunte Cheryl, »und ich dachte, wir leben hier wie einst Jack London.« Sie stellte ihr Gepäck in ihr Zimmer und blickte sich um. »Ich hoffe, es stört dich nicht, dass du die Hütte nicht mehr für dich allein hast.«

»Im Gegenteil. Zu zweit ist es doch viel angenehmer.«

Durch eines der Fenster sahen sie, wie ein Geländewagen vor dem Verwaltungsgebäude hielt und zwei Männer ausstiegen. John Snyder, der Besitzer der Firma, ein sportlicher Mann im knallroten Anorak, und der Macho, den sie bei Klondike Kitty getroffen hatte. Die beiden schienen bester Laune zu sein. »Auch das noch!«, stöhnte Cheryl. »Der fehlte mir gerade noch!«

Lisa blickte sie erstaunt an. »Das ist John Snyder, unser Chef, den kennst du doch, oder? Und der andere ist Matt, sein Bruder. Der größte Macho, der mir je begegnet ist, aber bei mir kann der nicht landen.« Sie sahen, wie die Männer vor Cheryls Pick-up stehen blieben. »Hat er dich etwa angemacht?«

»Und ob!«, erwiderte Cheryl missgelaunt.

10

»Cheryl! Schön, dass Sie schon hier sind!«, begrüßte John Snyder sie wie eine alte Bekannte. Sein kantiges Gesicht wirkte sehr männlich und kam bei vielen Frauen sicher gut an, auf jeden Fall wirkte er deutlich attraktiver als sein Bruder. Nur in seinen Augen glaubte sie die Arroganz eines Mannes zu erkennen, der sich seines guten Aussehens bewusst ist und erwartet, von jeder Frau bewundert zu werden. »Wie ich sehe, hat Lisa Ihnen schon Ihre Unterkunft gezeigt. Ich bin sicher, Sie fühlen sich wohl in Ihrem neuen Zuhause.« Er schüttelte ihr die Hand und stellte seinen Bruder vor. »Das ist Matt, mein Bruder.«

Sie würdigte ihn nur eines flüchtigen Blickes. »Wir haben uns bereits kennengelernt. Bei Klondike Kitty während des Mittagessens. Er hielt mich wohl für eine Urlauberin, die einen Husky nicht von einem Wolf unterscheiden kann. Und ich war mir sicher, einen unverbesserlichen Macho vor mir zu haben.«

John musste lachen. »Da liegen Sie nicht ganz falsch, Cheryl. Das kommt wohl daher, dass ihn manche Urlauberinnen für unwiderstehlich halten und alles für ihn tun würden. Natürlich nur, wenn ich nicht in der Nähe bin.« Er blickte seinen Bruder an und amüsierte sich über dessen verstörte Miene. »Stimmt's?«

Matt riss sich zusammen und setzte sogar ein Grinsen auf. »Woher sollte ich auch wissen, dass ich unsere neue Musherin vor mir habe? Tut mir furchtbar leid, wenn ich Ihnen zu nahe getreten sein sollte.« In seiner Stimme schwang Spott mit, ein Beweis dafür, wie unaufrichtig seine Entschuldigung war. Aber ich wette ein gemeinsames Abendessen, dass ich Sie auf unserer Rennstrecke schlage, selbst wenn ich Ihnen einen Vorsprung gebe.«

»Auf welcher Rennstrecke?« Sie blickte ihren neuen Chef an.

»Dem Ridge Road Heritage Trail«, erklärte John, »den wollte ich Ihnen morgen früh sowieso zeigen. Er beginnt südöstlich von hier in einer Barackensiedlung und führt durch das Gebiet, in dem während des großen Goldrauschs am meisten los war. Eine der drei Strecken, die wir den Urlaubern anbieten, und sicher die anspruchsvollste. Manchmal werden dort Rennen ausgetragen. Matt und ich haben beide schon gewonnen, aber darum geht es bei unserem Job nicht. Wir wollen unseren Kunden etwas bieten.«

»Natürlich, und ich habe schon fleißig gebüffelt, um ihnen ein bisschen was erzählen zu können.« Sie bemerkte Matts freches Grinsen und dann sagte sie plötzlich: »Aber ich hätte auch nichts dagegen, ein Rennen gegen Matt auszutragen. Wenn er gewinnt, kann er sein gemeinsames Abendessen haben. Wenn ich schneller bin, geht er für Lisa und mich einkaufen und kocht Spaghetti mit Fleischklößchen für uns. Okay?«

»Kein Problem«, erwiderte Matt siegessicher. »Ich hab zwar nicht die geringste Ahnung vom Kochen, aber das wird auch nicht nötig sein. Wann soll's denn losgehen?«

John schien nicht zu wissen, was er von der Wette halten sollte. »Zuerst einmal sollte Cheryl unsere Trails kennenlernen. Sie muss topfit sein, wenn sie auf ihre erste Tour geht. Also halt dich zurück. Wenn ich mich recht erinnere, gehst du übermorgen mit den Finleys auf Tour, dann sehen wir weiter.«

»Die haben mir gerade noch gefehlt«, sagte Matt. »Du hättest die beiden sehen sollen, als sie hier waren und die Tour gebucht haben. Sie haben sich die ganze Zeit gestritten. Er schwärmte vom großen Abenteuer und sie faselte etwas von einem Wellnesshotel in San Diego. Das wird bestimmt anstrengend.«

»Jack und Janice?«, fragte Cheryl. »Sind das ihre Vornamen?«

»Jack und Janice Finley«, bestätigte er.

Sie grinste schadenfroh. »Dann bekommen Sie die gerechte Strafe für Ihre unverschämte Anmache schon übermorgen. Ich bin den beiden in einem Lokal in Watson Lake begegnet, da haben sie auch schon gestritten. Viel Vergnügen, kann ich nur sagen. Ich würde lieber mit einem Grizzly-Pärchen verreisen.«

»Hm«, grübelte John. »Sind die beiden wirklich so schlimm?«

»Schwierig«, bestätigte sie.

John rieb sich das bärtige Kinn. »Ich weiß, das kommt jetzt ein bisschen plötzlich, Cheryl, aber vielleicht sollten Sie auch mitfahren. Als Frau haben Sie sicher einen besseren Zugang zu dieser Janice, und wenn Sie Ihren eigenen Schlitten mitnehmen, können Sie auch mal einen Umweg fahren, falls die Luft zwischen den beiden Streithähnen zu dick wird. Was meinen Sie?«

»Ich?« Sie traute ihren Ohren nicht.

»Warum nicht? Auf die Weise lernen Sie gleich unsere zweite Paradestrecke kennen. ›Two Day Adventure‹ nennen wir die Tour. Zwei Tage Abenteuer. Über die Hunker Creek Road zum Bonanza Creek. Zur Stelle, wo ...«

»... der erste Goldklumpen am Klondike gefunden wurde«, ergänzte Cheryl. »Ich hab viel darüber gelesen und kann es selbst nicht erwarten, mich dort umzusehen. Ich war vor drei Jahren mit meinen Eltern in Dawson, aber das war im Sommer, und wir verbrachten die meiste Zeit in unseren Kanus.« Für einen Augenblick hatte sie vergessen, dass sie mit Matt und dem streitlustigen Ehepaar allein unterwegs sein würde, und erschrak, als ihr bewusst wurde, dass sie sogar zwei Nächte auf einsamen Campgrounds übernachten würden. »Aber sollte ich den Trail nicht erst mal ohne Kunden abfahren, John?«

»Ach was«, winkte er ab. »Sie sind mit Matt unterwegs, da kann gar nichts passieren. Und ich nehme doch stark an, Sie kommen gut mit meinem Bruder aus. Er ist nicht so schlimm, wie Sie denken.« Er grinste mit Matt um die Wette. »Sie wissen doch, wie streng die Gesetze sind. Ein schräger Blick, eine blöde Bemerkung, und schon wandern Sie wegen sexueller Belästigung hinter Gitter. Nehmen Sie ihm den Auftritt bei Klondike Kitty nicht krumm.«

Cheryl dachte selbst schon darüber nach, ob Sie mit ihrem Vorwurf nicht zu weit gegangen war. Gegen das, was Andy sich geleistet hatte, war Matts Auftritt eher harmlos gewesen. Die meisten Männer konnten es nur schwer ertragen, wenn eine Frau besser war als sie. Wenn er erst mal merkte, dass sie keine Anfängerin war und mit einem Husky-Gespann umgehen konnte, würde er sich schon benehmen.

Sie gab sich einen Ruck und reichte ihm die Hand. »Okay, dann lassen Sie uns noch mal von vorn beginnen. Ich bin Cheryl Robinson und nicht so empfindlich, wie es den Anschein hat. Und ich freue mich auf unser Rennen und das festliche Spaghetti-Dinner, zu dem Sie die ganze Firma einladen sollten.«

Er schlug grinsend ein. »Matt Snyder. Ich glaube eher, ich werde Sie nach meinem überlegenen Sieg zu einem festlichen Candle-Light-Dinner entführen. Nichts für ungut, Cheryl. Aber ich fahre die Strecke nicht zum ersten Mal und hab sogar schon mal einen

Yukon-Quest-Teilnehmer geschlagen. Ich bin ziemlich gut.«

»Vielleicht nicht gut genug«, konterte sie.

»Mir ist viel wichtiger, dass Sie mit den Finleys zurechtkommen«, sagte John. »Morgen fahren wir die Gegend mit dem Wagen ab und ich gebe Ihnen unsere Karte mit. Keine digitale, eine handfeste Landkarte aus Papier. In den Bergen werden Sie vergeblich nach einem Handy-Netz suchen.« Er wandte sich zur Tür. »Aber zuerst sollten wir die vertraglichen Dinge regeln, einverstanden? Über Ihren Lohn und die wichtigsten anderen Punkte hatten wir ja schon gesprochen. Ich nehme an, Lisa hat den Vertrag bereits ausgedruckt.«

Sie betraten das Büro und Lisa brachte den Vertrag. Nachdem Cheryl ihn aufmerksam durchgelesen hatte, unterschrieb sie ihn. Der Lohn war okay, die Arbeitszeit flexibel wie bei allen Unternehmen dieser Art, die freien Tage richteten sich nach Angebot und Nachfrage, und die Miete für ihre Unterkunft wurde jeden Monat vom Lohn abgezogen. Ein wenig teuer, fand sie, aber die Preise in Dawson waren allgemein höher als in einem Nest wie Dease Lake. Seit einigen Jahrzehnten florierte der Tourismus in der Stadt.

»Willkommen bei Dog sledding Adventures«, sagte John. Er reichte den Vertrag an Lisa weiter, die ein wenig mürrisch wirkte. War sie etwa eifersüchtig, weil John sich so eingehend mit ihr beschäftigte? John blickte auf seine Armbanduhr. »Es ist noch früh. Hätten Sie

Lust auf eine kleine Tour? Ich nehme an, Ihre Hunde brauchen sowieso etwas Auslauf, und ich würde sie gern noch mal in Aktion sehen, bevor sie mit ihrer eigentlichen Arbeit beginnen.«

»Eine gute Idee«, sagte Cheryl erfreut.

Als sie ihrem Chef nach draußen folgte, spürte sie Matts spöttisches Grinsen und Lisas betretenen Blick im Rücken, reagierte aber weder auf den einen noch auf den anderen. Kinderkram. Solange Matt ihr nicht zu dicht auf den Pelz rückte und Lisa ihr keine Vorwürfe machte, war doch alles okay. Sie war neu in der Firma, das brachte immer Probleme mit sich, und es dauerte sicher ein paar Tage, bis sich alle aneinander gewöhnt hatten. An ihr sollte es nicht liegen. Sie hatte weder vor, sich mit Matt anzulegen, noch Lisa den Mann auszuspannen. Bei dem letzten Gedanken hätte sie beinahe gelacht. Das fehlte noch. Nach ihrer Begegnung mit Rick wollte sie erst recht nichts mehr von Männern wissen.

Ihre Huskys ahnten bereits, dass es wieder auf Tour ging, und begrüßten sie aufgeregt. Sie tätschelte jeden Einzelnen und umarmte Snowball besonders innig. »Das ist Snowball, mein Leithund. Ich kenne kaum einen besseren. Wenn es das College zulässt, wollen wir nächstes oder übernächstes Jahr an einem der großen Rennen teilnehmen.« Sie küsste den Hund auf die Stirn. »Stimmt's, Snowball? Du bist ein ziemlich tapferer Kerl.«

Sie stand auf und stellte ihre anderen Hunde vor. »Ein besseres Team werden Sie nicht finden. Sie sind schon seit zwei Jahren zusammen und wir haben bereits einige Rennen gemeinsam bestritten. Bei einem waren Sie ja dabei.«

»Dann wollen wir mal sehen, wie sie in Form sind.«

Sie legte den Huskys die Geschirre an und spannte sie vor den Schlitten. John half ihr dabei. Aus den Augenwinkeln sah sie, dass Lisa sie vom Fenster aus neugierig beobachtete. Matt war nicht zu sehen. Die Huskys der anderen Gespanne jaulten beleidigt, weil sie zu Hause bleiben mussten, und einer von ihnen fletschte sogar die Zähne und hätte sich wohl liebend gerne auf die Widersacher gestürzt, wenn ihn seine Kette nicht daran gehindert hätte. Sie war lang genug, um ihm genügend Auslauf zu gewähren, aber dennoch so knapp, dass er anderen Hunden oder Kunden der Firma nicht gefährlich werden konnte.

»Ich mach's mir auf der Ladefläche gemütlich und zeige Ihnen den Weg«, sagte John. Er holte einige Decken aus dem Haus, wechselte ein paar Worte mit Lisa und setzte sich dann auf den Schlitten. »Zur Front Street runter. Bei der Anlegestelle der Fähre führt ein Trail zum Yukon hinab. Über den Fluss zum Top of the World Highway, da haben wir im Winter nur selten Gegenverkehr.«

Cheryl trieb die Hunde an und lenkte sie im gemächlichen Tempo zur Front Street hinab. Über einen breiten Trail, den andere Hundeschlitten und Snowmobile in den Schnee gegraben hatten, fuhr sie auf den zugefrorenen Yukon und jagte ihr Gespann zum anderen Ufer. Links und rechts vom Trail drohte Tiefschnee, in dem sie sofort versunken wäre, und John hielt sich vorsichtshalber mit beiden Händen fest, aber sie nahm den Schwung vom Fluss mit und traf die Auffahrt so genau, das ihr keine Gefahr drohte. Indem sie von den Kufen sprang und noch einmal kräftig anschob, erreichte sie die Straße.

Der Top of the World Highway hatte seinen Namen nicht von ungefähr. An den meist nackten Bergrücken entlang führte er über das Dach der Welt ins über hundert Kilometer entfernte Alaska. Sie hatte gelesen, dass die Grenze zwischen Kanada und den USA und der Highway im Winter geschlossen waren, lediglich Wanderer, möglichst auf Schneeschuhen, Snowmobiler und Musher durften die breite Piste benutzen. »Heya! Vorwärts!«, feuerte sie ihre Hunde an. »Hier dürft ihr mal zeigen, was ihr könnt! Vorwärts, Snowball!«

Auf der verschneiten Straße wäre selbst ein Anfänger zurechtgekommen, aber John ging es wohl vor allem darum, sich von der Qualität ihrer Huskys zu überzeugen. Und die war erstklassig. Obwohl es immer wieder steil bergauf oder bergab ging, bewegten sie sich energisch und kraftvoll, und man sah allein an ihrem Muskelspiel, wie wohl sie sich in ihrem Element fühlten. Snowball gab wie immer den Rhythmus vor, setzte in weiten Sprüngen durch den Schnee und ließ sich auch durch den böigen Wind nicht stören. Die Leinen waren gestrafft, und der Schlitten bewegte sich gleichmäßig und ohne das ständige Rucken, das besonders bei neu zusammengestellten Teams störte.

Die Aussicht vom Highway war großartig. Aus luftiger Höhe blickte man auf den Yukon River hinab, der sich in zahlreichen Windungen nach Nordwesten zog, und in der Ferne leuchteten die verschneiten Massive der Ogilvie Mountains. Nur wenige Bäume, zumeist schlanke Schwarzfichten, hoben sich dunkel gegen den Schnee ab. Der Tag verglühte bereits, und die ersten dunklen Schatten krochen über die Berghänge, die Vorboten einer weiteren eisigen Nacht. Zahlreiche Wolken am Himmel kündigten baldige Schneefälle an.

Nach ungefähr einer Stunde bremste sie den Schlitten und stützte sich zufrieden auf die Haltestange. Wie immer nach einer erfolgreichen Fahrt fühlte sie sich genauso befreit wie ihre Huskys. »Zufrieden mit meinem Gespann?«

»Mehr als das«, erwiderte ihr Chef. »Ich habe selten ein so gutes Team erlebt. Sie sollten tatsächlich an einem der großen Rennen teilnehmen. Mit diesen Hunden könnten Sie es unter die ersten zehn schaffen, da bin ich mir sicher.«

Sie freute sich über das Lob. »Habt ihr das gehört?«, fragte sie ihre Huskys. »Der Chef meint, ihr könntet beim Yukon Quest oder Iditarod mithalten. Was meint ihr? Wollen wir uns irgendwann den begehrten Pokal holen?«

»Matt schlagen Sie auf jeden Fall.« John rückte seine Wollmütze zurecht. »Aber verraten Sie ihm bloß nicht, dass ich das gesagt habe, sonst hab ich in nächster Zeit keine ruhige Minute mehr. Demütigen Sie den armen Kerl nicht. Er kann nicht verlieren, wissen Sie? Schon gar nicht gegen eine Frau.«

»Noch hab ich unser Rennen ja nicht gewonnen«, sagte sie. »Und wenn, liegt es bestimmt nicht an mir, sondern an meinen Huskys. Mit so einem tollen Gespann kann man gar nicht schlecht abschneiden. Geht's jetzt zurück nach Dawson?«

»Ja, aber lassen Sie sich etwas Zeit und genießen Sie die schöne Aussicht.«

In gemütlichem Tempo fuhren sie in die Stadt zurück. Mit der Aussicht war es auf den letzten Kilometern nicht weit her, es war bereits dunkel, und die ersten Nordlichter flackerten über den Himmel, aber auch der Anblick der vielen Lichter lohnte sich. Wie eine funkelnde Insel ragte Dawson City aus der Wildnis empor. Die verschneiten Berge und Täler leuchteten in den vielen Farben des Nordlichts, das in unruhigen Mustern am Himmel zu sehen war.

Das Büro war bereits geschlossen, als sie in den Hof fuhren. Das Heulen der anderen Huskys schwoll zu einem vielstimmigen Konzert an und beruhigte sich erst, nachdem auch ihre Hunde angekettet waren. John zeigte ihr den Schuppen, in dem das Hundefutter aufbewahrt wurde, und wollte ihr helfen, die Huskys zu füttern, aber sie lehnte ab. »Das mache ich lieber allein«, sagte sie, »sie sind daran gewöhnt, dass ich ihnen das Futter bringe und ein paar Worte zu ihnen sage, bevor ich mich von ihnen verabschiede.« Sie deutete auf die anderen Huskys, die immer noch nervös waren. »Was ist mit Ihren Hunden?«

»Die hat Matt gefüttert«, erklärte er. »Das ist sein Job.«

Cheryl wunderte sich, dass Lisa nicht aus der Hütte kam, und entdeckte ihren Schatten hinter dem Fenster, als sie den Kopf wandte. Seltsam, dachte sie, was hat sie bloß? Sie wird doch nicht eifersüchtig sein, weil John auf meinem Schlitten saß. So albern wird sie bestimmt nicht sein. Oder setzten sich die Spielchen, die sie in der Highschool erlebt hatte, im Erwachsenenleben fort? Sie war nahe daran, Lisa nach draußen zu rufen, ließ es dann aber sein. Sie hatte keine Lust, sich an diesem albernen Theater zu beteiligen. Oder bedrückte Lisa etwas ganz anderes? Warum mussten manche Menschen so kompliziert sein? Das Leben war doch viel einfacher, wenn man einander offen und ehrlich begegnete.

»Wie wär's, wenn wir einen Happen essen gehen?«, fragte John, nachdem sie die Hunde versorgt hatte. »Schräg gegenüber liegt ein nettes Steakhaus. Sehr passabel, aber einfach und rustikal. Sie brauchen sich nicht mal umzuziehen. Sie sind müde, ich weiß, aber die Steaks sind wirklich ausgezeichnet.«

Sie spürte Lisas Blick im Rücken. »Ich weiß nicht recht ...«

»Geben Sie sich einen Ruck. Sie haben gerade einen sehr begehrten Job ergattert und allen Grund, sich etwas Gutes zu gönnen. Ich lade Sie ein, okay?«

Cheryl überlegte immer noch. Sie wollte nichts von John und hätte sich überhaupt nichts dabei gedacht, mit ihm essen zu gehen, schon gar nicht ohne Make-up und in ihrer Musher-Kleidung. Ein Date sah nun wirklich anders aus. Sie wollte Lisa aber auch nicht vor den Kopf stoßen und sie auf dumme Gedanken bringen. Wenn sie tatsächlich hochgradig eifersüchtig war, litt sie wahrscheinlich tausend Qualen, wenn ihr Lover mit der neuen Angestellten zum Essen ging.

»Nun kommen Sie schon. Machen Sie's nicht so kompliziert.«

»Sie haben recht«, erwiderte sie, ohne noch mal zur Hütte hinaufzublicken, »es ist wirklich nichts dabei. Und wenn ich ehrlich bin, hab ich auch Hunger.«

Zumindest auf ein kleines Steak mit Salat. Das Fleisch war zart und saftig, genau richtig nach der Tour über den Top of the World Highway, und nach den ersten Bissen empfand sie keinerlei Gewissensbisse mehr. Sie stießen auf einen erfolgreichen Winter an – sie mit Diet Coke und er mit Rotwein –, und sie hörte aufmerksam zu, als er von aufregenden Touren und interessanten

Gästen berichtete. Er war ihr sympathisch, aber mehr auch nicht, und ausgerechnet, als er lächelnd nach ihren Händen griff, dachte sie an Rick und wie es wohl weitergegangen wäre, wenn er keiner Freundin hinterhergeweint hätte.

»Cheryl«, sagte John. »Ich bin wirklich froh, dass Sie bei uns sind.«

Sie zog ihre Hände zurück und blickte ihn verstört an.

»Entschuldigen Sie. Ich wollte Sie nicht erschrecken.«

»Tut mir leid«, erwiderte sie, »ich hab einen langen Tag hinter mir. Ich glaube, ich gehe jetzt besser nach Hause. Sie sind mir hoffentlich nicht böse.«

»Natürlich nicht, Cheryl.« Aber seine Augen sagten etwas anderes.

11

Cheryl verbrachte eine ruhige Nacht. Obwohl sie es nicht schaffte, alle Eindrücke der letzten Tage zu verdrängen, schlief sie sofort ein und blieb von lästigen Träumen verschont. Ihr Bett war bequemer, als sie befürchtet hatte, und ein Ölofen ersparte ihr, wie in anderen Hütten den Kamin anzuzünden.

Nach dem Aufwachen brauchte sie einen Augenblick, um sich ins Gedächtnis zu rufen, wo sie sich befand. Ihr Wecker zeigte sechs Uhr an. Sie blieb eine Weile liegen und blickte aus dem Fenster, sah den verschneiten Hof und die schlafenden Huskys. So friedlich würde es nicht lange bleiben. Sobald sich der erste Husky regte und zu jaulen begann, würden die anderen Hunde sich ihm anschließen. Wenn sie aufwachten, wollten sie sofort fressen.

Nach einer Weile stand sie auf und schlich ins Bad. Sie duschte ausgiebig, wusch ihre Haare und föhnte sie trocken, band sie zu einem Pferdeschwanz und rieb ihr Gesicht mit einer sanften Creme ein, die ihre Haut auch gegen die Kälte schützen sollte. In ihrem Zimmer zog sie sich an. Da sie mit John in einem beheizten Geländewagen unterwegs sein würde, reichten Jeans und Pullover. Inzwischen war auch Lisa aufgestanden und empfing sie im Wohnraum. Sie hatte sich noch nicht gewaschen und hantierte in ihrem Schlafanzug in der Küche herum. Es duftete nach Kaffee, Eiern und gebratenem Speck.

»Morgen«, grüßte sie verschlafen. Mit ihrer Laune stand es offensichtlich nicht zum Besten. »Das Frühstück geht auf mich, aber heute Abend sollten wir einkaufen gehen, am besten gleich für die ganze Woche. Zum Supermarkt ist es nicht weit.«

Cheryl deckte den Tisch. »Einverstanden. Ist irgendetwas nicht in Ordnung?«

»Wie kommst du darauf?«

»Du siehst so mürrisch aus.«

»Ich hab schlecht geträumt.«

Cheryl schenkte den Kaffee ein, obwohl sie viel lieber heißen Tee getrunken hätte, und kletterte auf einen der Barhocker. Jetzt galt es erst mal, sie wegen eines ganz anderen Problems zu besänftigen. »Hör zu«, begann sie vorsichtig, als sie beim Frühstück saßen, »wenn du wegen John sauer bist …«

»Ich bin doch gar nicht sauer.«

»Natürlich bist du sauer«, widersprach Cheryl, »dabei hast du gar keinen Grund dazu. Ich will nichts von ihm. Er ist mein Chef, und ich bin gestern Abend nur mit ihm essen gegangen, weil alles andere unhöflich gewesen wäre. Wir hatten kein Date, das Essen war rein geschäftlich. Und ich hab nicht mal einen Nachtisch bestellt und war froh, als ich endlich zu Hause war. Zwischen uns war gar nichts und wird auch niemals etwas sein. Er ist nicht mein Typ. Ich hab gemerkt, dass du sauer warst, und hätte dir am liebsten schon gestern alles erklärt, aber dein Licht war bereits aus, und ich wollte dich nicht stören.«

»Ich war todmüde.« Lisa kaute eine Weile und dachte wohl über die Worte nach. Ihre Miene hatte sich etwas aufgehellt. »Du willst mich doch nicht verarschen? Wenn du hinter meinem Rücken etwas mit John anfängst, werde ich …«

Cheryl ließ die Gabel so abrupt sinken, dass sie selbst erschrak. »Ich will dich nicht verarschen. Ich hab nichts mit ihm und werde auch nie was mit ihm haben. Wenn du's genau wissen willst, ich hab gerade erst einem Kerl den Laufpass gegeben und gar keine Lust, mich mit jemand einzulassen. Ich hab die Nase voll von Männern. Du hast nichts von mir zu befürchten, gar nichts, kapiert?«

»Tut mir leid, Cheryl.« Obwohl sie drei, vier Jahre älter war als Cheryl, wirkte sie wie ein kleines Mädchen, das sich vor seiner Mutter rechtfertigen musste. »Ich bin etwas empfindlich, was John angeht. Die Frauen liegen ihm zu Füßen, und ich hab Angst, dass er mich irgendwann fallen lässt. Ich war schon in der Highschool extrem eifersüchtig. Der Captain des Eishockey-Teams lud mich zum Abschlussball ein, und ich hatte nichts Besseres zu tun, als ihn zu verdächtigen, mit meiner Freundin rumzumachen. Als er merkte, dass ich ihm nachspionierte, wollte er nichts mehr von mir wissen, und als meine Freundin herausbekam, dass ich sie verdächtigt hatte, hatte sie auch genug von mir.«

Cheryl aß langsam weiter und betrachtete sie dabei. »Ich glaube, ich weiß, wie du dich fühlst. Ich bin auch nicht so cool, wie ich aussehe.« Sie überlegte, ob sie Lisa von Rick und seinem seltsamen Benehmen erzählen sollte, und gab sich einen Ruck. In wenigen Worten schilderte sie, was geschehen war.

»Warum hast du ihn nicht auf diese Freundin angesprochen?«, fragte Lisa. »Es wäre doch interessant gewesen, wie er sich herausgeredet hätte. Wenn der Kerl eine Freundin gehabt hätte, dann hätte ich ihm die Augen ausgekratzt. Ich kann's nicht leiden, wenn mich jemand anmacht, nur um jemand für eine Party zu haben oder mich ins Bett zu bekommen. Gegen solche Typen bin ich allergisch. Du hättest ihn zur Rede stellen müssen, bevor er sich davonmachte.«

»Wozu denn? Ich hab doch mit eigenen Augen gesehen, wie er diese Amy eng umschlungen hat. Offensichtlicher geht's doch nicht. Ich hab keine Lust, mich von so einem erniedrigen zu lassen oder von ihm ausgelacht zu werden.« Sie nippte an ihrem Kaffee und grinste leicht. »Obwohl ich selten einen so netten Jungen getroffen habe. Was heißt hier ›selten‹? Eigentlich noch nie. Vielleicht hätte ich versuchen sollen, ihn seiner Freundin auszuspannen.« Sie seufzte. »Was soll's? Hier kann ich ihn sowieso nicht gebrauchen. Der Job ist anstrengend genug. So eine dämliche Lovestory würde mich nur belasten.«

Lisa seufzte ebenfalls. »Wem sagst du das? Aber manchmal können wir nicht anders, stimmt's? Nicht nur bei Männern setzt der Verstand aus, wenn's um Liebe geht. Auch bei uns Frauen. Und wenn ich mich noch so dagegen wehre.« Sie schob ihren Stuhl zurück. »Ich glaube, wir müssen jetzt an die Arbeit.«

»Und du bist mir nicht mehr böse?«

»Natürlich nicht.«

»Nur eins wollte ich dir noch sagen, Lisa.«

»Und das wäre?«

Chery grinste. »Ich trinke lieber Tee.«

Sie lachten beide, stellten das Geschirr in den Spülstein und schlüpften in ihre Anoraks, bevor sie nach draußen gingen. Eisiger Wind schlug ihnen entgegen. Sie zogen rasch ihre Handschuhe an, klappten die Kapuzen hoch und überquerten an den erwartungsvoll jaulenden Huskys vorbei den Hof. Lisa verzog sich ins Büro. Cheryl holte einen Eimer mit Hundefutter aus dem Schuppen und brachte ihn zu ihrem Gespann. »Keine Angst, ich hab euch nicht vergessen«, rief sie ihnen zu. »Leider müsst ihr heute zu Hause bleiben, aber morgen gehen wir auf große Tour. Zwei Tage fahren wir durch die Wildnis, da dürft ihr zeigen, was ihr könnt. Wir übernachten draußen im Schnee.«

Snowball schien sie wie immer zu verstehen, verlor aber jegliches Interesse an ihr, als sie seinen Fressnapf gefüllt hatte. Heißhungrig machte er sich über das schmackhafte Frühstück her. Die anderen Hunde waren ein wenig neidisch, weil er sein Futter immer zuerst erhielt, aber wenn ein Musher seinen Leithund nicht bevorzugte, bekam er ernsthafte Probleme mit ihm.

Als Letzter erhielt der kräftige Woody seine Ration. Wie alle anderen Hunde ließ er sich beim Fressen nicht stören, auch nicht vom Motor eines rostigen Pick-ups, der leicht schleudernd auf den Hof gefahren kam. Matt stieg aus und winkte ihr zu. »Morgen, Cheryl. Sind Sie noch immer wütend auf mich?«

»Ich bin Machos gewöhnt«, erwiderte sie betont fröhlich. »Umso mehr Spaß wird es mir machen, Sie bei unserem Rennen abzuhängen. Der Mann, der neulich als Zweiter hinter mir ins Ziel ging, hätte mir am liebsten die Augen ausgekratzt und stürzte sich vor lauter Wut auf seinen Leithund. Fünf Polizisten waren nötig, um ihn festzunehmen und in Handschellen abzuführen.«

Das war zwar stark übertrieben, verfehlte aber seine Wirkung nicht. Matt wurde sehr nachdenklich, und es fiel ihm sichtlich schwer, seine Bedenken hinter einem Grinsen zu verstecken. »Mal sehen, was Sie tun werden, wenn ich mit zehn Minuten Vorsprung ins Ziel gehe, Kollegin.«

Cheryl wartete im Büro auf John, der wenig später

eintraf und bester Laune zu sein schien. Er hatte einen knallroten Anorak mit dem Logo von Dog sledding Adventures dabei und reichte ihn ihr. »Guten Morgen allerseits. Ich hab Ihnen Ihren neuen Anorak mitgebracht. Wie Sie sehen, tragen den hier alle, und in manchen Coffeeshops bekommen Sie damit einen Kaffee gratis. Sind Sie bereit? Wir sollten gleich losfahren. Matt und Lisa schmeißen den Laden, solange wir unterwegs sind. Wasser hab ich im Wagen und Sandwiches besorgen wir unterwegs.« Er wandte sich an Lisa. »Sag den Farleys, dass sie morgen um sieben Uhr hier sein sollen. Und macht keinen Unsinn, okay?«

Cheryl wunderte sich, wie nüchtern John und Lisa miteinander umgingen. Sie benahmen sich eher wie Kollegen als wie ein Liebespaar. Oder bildete sie sich seine Zuneigung nur ein? Sie zwang sich, nicht weiter darüber nachzudenken, und winkte ihr freundlich zu, als sie das Büro verließ. John hatte den Motor seines Geländewagens laufen lassen und es war mollig warm darin.

Der Laden, in dem sie ihre Sandwiches kauften, lag nur zwei Häuserblocks entfernt. »Hallo, Esther«, begrüßte John die junge Verkäuferin mit seinem Sonntagslächeln. Sie war das genaue Gegenteil von Lisa, olivfarbene Haut, hochgesteckte dunkle Haare und glutvolle Augen. »Wie geht's dir, Liebes?«

Auch wenn die Anrede locker gemeint war, fand Cheryl sie irgendwie unpassend. John schien ein noch größerer Frauenheld zu sein als sein Bruder.

»John! Wird Zeit, dass du dich mal wieder blicken lässt!« Sie warf Cheryl einen misstrauischen Blick zu. »Hast du eine neue Assistentin eingestellt?«

John lächelte immer noch. »Cheryl, unsere neue Musherin.«

»Hi, Cheryl«, sagte sie mit ihrer sanften Stimme, wandte sich dann aber sofort wieder John zu. »Chicken Salad mit Tomaten, Zwiebeln und Avocado?«

»Du weißt doch, was ich mag«, sagte er grinsend.

»Für mich Thunfischsalat mit Tomaten und Zwiebeln«, sagte Cheryl.

Sie verstauten die Sandwiches in der Kühltruhe auf der Rückbank und fuhren auf den Klondike Highway nach Osten. »War das Ihre Freundin?«, fragte Cheryl.

»Nur eine gute Bekannte. In Dawson kennt jeder jeden.«

Wie zum Beweis winkte er Constable Doyle zu, der Polizistin, die seinem Bruder einen Strafzettel verpasst hatte. Sie war gerade dabei, einen Autofahrer zu verwarnen, und erwiderte den Gruß mit einem fröhlichen Lächeln. Anscheinend war sie ebenso erfreut, ihn zu sehen, wie die dunkelhaarige Esther.

»Noch eine gute Bekannte?«, fragte Cheryl schnippisch.

Er spielte den bescheidenen Liebhaber. »Okay, bei manchen Frauen hab ich einen Stein im Brett, aber die meisten denken wohl, ich hab einen Haufen Geld auf der Bank, und wollen nur die vornehme Dame spielen.

Haben Sie mal den ›Bachelor‹ im Fernsehen gesehen? So komme ich mir manchmal vor. Aber wie gesagt, für mich sind die meisten Ladys nur gute Bekannte.«

»Der Bachelor? Ich dachte, Sie sind mit Lisa zusammen?«

»Hat sie Ihnen das gesagt?«

Cheryl wollte ihre neue Freundin nicht bloßstellen. »Es war nur so eine Vermutung, aufgrund der Art, wie Sie miteinander umgehen. Sie wirken so vertraut. Da läge es doch nahe.«

»Sie hat sich bei Ihnen ausgeweint, stimmt's?«

»Wie kommen Sie denn darauf?«

»Weil ich Sie gestern zum Essen eingeladen habe. Es stimmt, ich war ein paarmal mit ihr aus, und seitdem benimmt sie sich manchmal wie ein eifersüchtiges Schulmädchen. Verstehen Sie mich nicht falsch, Cheryl, ich mag sie wirklich gern, aber ich hab nicht vor, mit ihr vor den Traualtar zu treten.«

»Ich nehme an, Sie wollen überhaupt nicht heiraten.«

»Nur wenn die Richtige kommt.« Er warf ihr einen bedeutungsvollen Blick zu, der sie peinlich berührt auf ihrem Sitz herumrutschen ließ, und blickte dann wieder nach vorn. »Aber ich bin nicht der Typ, der sich an jede Frau ranmacht. Das überlasse ich meinem Bruder. Matt ist da etwas rigoroser. Sie haben ihn ja erlebt. Er versteht nicht, dass man auf seine Art erst recht nichts erreicht.«

Da bin ich ja in einer tollen Firma gelandet, dachte Cheryl. Zwei Frauenhelden der Extraklasse, der eine ein absoluter Macho, der sich nicht beherrschen konnte, und der andere ein scheinbar cooler Verführer, der in jedem Häuserblock eine andere »gute Bekannte« hatte und es sicher nicht bei Komplimenten und flotten Sprüchen beließ. Es würde einige Mühe kosten, sie auf Abstand zu halten und sich von ihnen nicht die Laune verderben zu lassen.

Einige Meilen vor der Stadt bog John nach rechts in ein Gewerbegebiet ab und schaltete den Geländegang ein. Vor ihnen begann der Ridge Road Recreational Trail, die ehemalige Versorgungsstraße zwischen Dawson City und den Goldfeldern am Bonanza Creek. Der Trail war nicht geräumt und nur zu erkennen, weil ihn einige Snowmobiler benutzt und den Schnee mit ihren schweren Maschinen platt gedrückt hatten. Kaum breit genug für den bulligen Geländewagen führte er zwischen vereinzelten Schwarzfichten nach Osten.

Man merkte John an, dass er schon etliche Male über den Trail gefahren war. Ziemlich entspannt steuerte er den Geländewagen durch den immer noch tiefen Schnee. Der Mond und die Sterne, die zwischen den Wolken am dunklen Himmel funkelten, verbreiteten genug Helligkeit, über den fernen Ogilvie Mountains flackerte das Nordlicht in verwaschenen Farben. Trotz der angenehmen Wärme im Wagen spürte man die eisige Kälte, die sich an diesem Morgen auf das

Land gelegt hatte. Dreißig Grad unter null, schätzte Cheryl.

»Während des Goldrauschs war die Fahrt über diesen Trail erst recht kein Zuckerschlecken«, berichtete John. Er hielt das Lenkrad mit beiden Händen und glich jeden ungewollten Schlenker sofort aus. »Im Sommer versanken die Planwagen im Schlamm und im Winter im Schnee. Wären die Leute damals nicht so besessen von dem Gold gewesen, wären sie wohl sofort umgekehrt.«

»Dann wären sie spätestens in Skagway umgekehrt«, verbesserte ihn Cheryl. Sie hatte sich im Internet über den Goldrausch informiert und ein umfangreiches Sachbuch darüber gelesen. »Oder hätten Sie eine Tonne Ausrüstung in mehreren Etappen über den steilen Chilkoot Pass geschleppt und in Booten durch die Stromschnellen des Yukon transportiert? Jack London hatte recht, die Goldsucher müssen sich wie Sträflinge vorgekommen sein. Ich hab gelesen, nur die Hälfte aller Männer hätte es bis nach Dawson City geschafft.«

John lächelte zufrieden. »Sie haben sich gut informiert, das gefällt mir. Es reicht nicht, den Touristen die schöne Landschaft zu zeigen, wir müssen ihnen auch Hintergrundwissen bieten. Und dazu gehört auch, dass nur ganze wenige Männer am Klondike reich geworden sind. Auf der sichersten Seite waren die Ladenbesitzer und Ausrüster. Und die Saloonwirte und leichten

Mädchen. Die kassierten das Gold, das manche gefunden hatten, gleich wieder ein. Dawson City hatte damals genauso viel zu bieten wie New York.«

Die Fahrt über den holprigen Trail dauerte über drei Stunden. Wegen des vielen Schnees kamen sie nur langsam voran. Der Wagen schaukelte wie ein herrenloses Schiff. Die beiden Campingplätze, an denen sie vorbeifuhren, waren leer, und die einzigen Menschen, denen sie begegneten, waren zwei Snowmobiler, die ihnen freundlich zuwinkten. Zwei Einheimische, die John vom Sehen kannte. Er wechselte ein paar Worte mit ihnen und fuhr dann weiter.

Gegen Mittag erreichten sie die Upper Bonanza Creek Road. Die Straße war geräumt und relativ leicht zu befahren, aber sehr steil. Vor ihnen ragte der über tausend Meter hohe King Solomon Dome empor, der höchste Punkt für die Musher des Yukon Quest. Jeden Februar fand das legendäre Rennen auf dem tausend Meilen langen Trail zwischen Whitehorse und Fairbanks in Alaska statt. Die steile Anfahrt galt als schwierigster Abschnitt des Rennens.

Zwischen einigen Bäumen nahe der Passhöhe legten sie eine Rast ein. Sie aßen ihre Sandwiches, tranken von dem heißen Tee, den John mitgenommen hatte, und genossen die grandiose Aussicht auf die umliegenden Täler. »Vor über hundert Jahren wimmelte es hier von Goldsuchern«, erklärte John. »Angeblich konnte man die Nuggets mit bloßen Händen aus dem Fluss heben.«

Er lachte. »So war es vielleicht während der ersten paar Wochen, aber dann wurde es schwieriger. Geschenkt wurde einem auch am Klondike nichts.«

Obwohl er nicht den geringsten Versuch unternahm, sie anzumachen, spürte sie, dass er sie attraktiv fand. So, wie einige andere Frauen in Dawson City, wie sie selbst in der kurzen Zeit herausgefunden hatte, aber Männer seines Schlages rieben sich am liebsten an denen, die nichts von ihnen wissen wollten. Das hatte sie schon in der Highschool gemerkt. »Haben Sie die Firma schon lange?«, fragte sie, als es zu still zwischen ihnen geworden war.

»Ein paar Jahre«, antwortete er. »Ich hatte schon während der Highschool an einigen Rennen teilgenommen und der Umgang mit den Huskys machte mir Spaß. Das erste Gespann bekam ich von meinen Eltern, die züchten Siberian Huskys in Whitehorse. Und als ich merkte, dass die Touren ankamen, stellte ich ein zweites Team zusammen. Mein Bruder kam erst später dazu. Er grub in den Bergen und dachte wohl, er würde auf eine versteckte Ader stoßen. Aber am Klondike gibt es kaum noch Gold, ohne große Maschinen und Bagger geht da gar nichts mehr.« Er blickte sie prüfend an. »Und was haben Sie vor? Vielleicht kann ich Ihnen ja einen dauerhaften Job bei uns schmackhaft machen.«

»Ich gehe erst mal aufs College«, antwortete sie. »Und dann mache ich's vielleicht wie Ihre Eltern und züchte Huskys. Oder ich werde Tierärztin.«

»Das klingt ehrgeizig. Und wenn Ihnen die Liebe dazwischenkommt?«

»Mein Freund weiß über meine Pläne Bescheid«, flunkerte sie.

»Sie haben einen Freund?« Er machte kein Hehl aus seiner Enttäuschung. »Das ist aber schade. Und ich dachte, ich hätte vielleicht Chancen bei Ihnen.«

»Tut mir leid, ich bin in festen Händen, John.«

12

Cheryl war froh, als die peinliche Situation vorüber war und sie endlich weiterfuhren. Sie war schließlich nicht nach Dawson City gekommen, um sich noch mehr Beziehungsprobleme aufzuladen, und war froh, John klare Grenzen gesetzt zu haben. Die Notlüge würde man ihr sicher verzeihen. Männer wie John und seinen Bruder bremste man am besten, indem man ihnen einen Ehemann oder einen festen Freund vorsetzte, selbst wenn es ihn nicht gab.

Sie hätte nichts dagegen gehabt, wenn es tatsächlich wahr gewesen wäre. Ohne seine Freundin und seine Heimlichtuerei wäre Rick genau der Richtige gewesen. Selbst jetzt, da er wahrscheinlich gerade seine Freundin umarmte und küsste, sehnte sie sich nach ihm. Sie lag mit ihm auf einer Wellenlänge, mit ihm oder dem jungen Mann, den er ihr vorgespielt hatte, und es fiel ihr jetzt noch schwer zu glauben, dass er sie nur als amüsanten Zeitvertreib betrachtet hatte, während er in Gedanken ständig bei Amy gewesen war. Aber es ließ sich nicht leugnen. Sie hatte die beiden ja mit eigenen Augen zusammen gesehen.

John ließ sich nicht anmerken, wie sehr ihn die Abfuhr getroffen hatte. Er gab sich auch weiterhin locker und unbeschwert und betonte noch einmal, wie großartig die Aussicht von diesen Bergkämmen war. »Mit Kunden halten Sie am besten dort, wo wir unsere Sandwiches gegessen haben, von da kann man am besten filmen und fotografieren. Falls es zu stark schneien sollte, können Sie in der Hütte Rast machen, an der wir gleich vorbeikommen.«

Die Hütte lag keine hundert Meter von der Straße entfernt zwischen den Bäumen, die hier dichter als auf der anderen Seite standen und sich unter den Schneemassen bogen. Inzwischen drang Tageslicht zwischen den Wolken hindurch und zauberte fahle Schatten auf das Land. Leichter Wind trieb den Schnee von den Schwarzfichten in dünnen Schleiern vor sich her. In der Ferne drangen vereinzelte Lichter durch die Dämmerung. An der Hunker Creek Road lagen zwei Goldminen, touristische Betriebe, die Führungen anboten und die Besucher winzige Goldmengen aus den präparierten Schütten waschen ließen. »Auch wir halten dort mit unseren Kunden«, erklärte John, »die Leute mögen so was, auch wenn es sich um Katzengold handelt.«

Cheryl blieb wachsam. Sie behielt die Straße ständig im Auge, achtete auf Hindernisse oder Schikanen, die ihr mit dem Schlitten gefährlich werden konnten, und auf markante Punkte, die ihr auch ohne Kompass helfen würden, die Richtung zu bestimmen. Sie hatte von

John eine Broschüre mit genauen Karten und den eingezeichneten Touren, den empfohlenen Haltepunkten und einigen Seiten mit stichwortartigen Informationen sowie einen Kompass erhalten. Für mehrtägige Touren konnte sie sich ein Satellitentelefon ausleihen. Ein normales Handy würde ihr in der Wildnis wenig helfen.

John hielt vor einer der beiden Goldminen und stellte sie den Besitzern vor. Chuck und Ruth Milner waren um die sechzig und lebten seit ihrer Geburt am Yukon. Ihren Lebensunterhalt hatten sie sich mit der Pelztierjagd und der Goldwäscherei verdient, mehr schlecht als recht, wie Chuck ständig betonte. Ihre Idee, die wenig ertragreiche Goldmine in ein florierendes Touristikunternehmen umzuwandeln, hatte ihnen späten Wohlstand beschert. »Freut mich sehr, Sie kennenzulernen«, sagte Cheryl zu den beiden.

»Cheryl wird diesen Winter wohl öfter vorbeikommen«, erklärte John. »Oder machen Sie die Mine wieder dicht und verziehen sich nach Hawaii?«

Chuck biss ein Stück von seinem Kautabak ab und versteckte ihn in einer Wange. »Zwischen Weihnachten und Neujahr vielleicht, aber dann vertritt uns unsere Tochter. Die ist gut verheiratet und hat sowieso kaum was zu tun.«

Cheryl musste an ihre Eltern denken, die schon lange davon träumten, nach Hawaii zu fliegen und dort mal einen ganz anderen Winter zu erleben. Bisher war dieser Urlaub immer an ihrem Pflichtbewusstsein gescheitert. »Wir können den Laden und die Tankstelle nicht alleinlassen. Die Trucker verlassen sich doch auf uns.« Als ob es jemandem etwas ausmachen würde, wenn sie den Laden für zwei oder drei Wochen dichtmachen würden. Sie würde heute noch bei ihnen anrufen und ihnen gut zureden. Es wurde sowieso höchste Zeit, dass sie wieder mal länger mit ihnen redete, natürlich nicht über ihre Erlebnisse mit Rick.

Die Mine bestand aus einem tiefen Schacht, der weit in den Berg hineinführte. Von der Decke hingen nackte Glühlampen. Auf einem Felsvorsprung lagen Pickel, Hämmer, Meißel und andere Werkzeuge, als wären die Goldgräber immer noch an der Arbeit und hätten nur für ein paar Minuten den Schacht verlassen. Vor der Mine waren zahlreiche Schütten aufgebaut, in denen die Besucher nach Gold schürfen konnten, so wie in einigen anderen Goldminen, die Cheryl schon besucht hatte. Natürlich landete nur wertloses »Katzengold« in den kleinen Fläschchen, die die Besucher mitnehmen durften.

Nach einer kurzen Rast, während der Ruth Milner heißen Tee und bunte Kekse servierte und ihr Mann von seinen Vorfahren berichtete, die um 1900 am Klondike nach Gold gesucht hatten, fuhren Cheryl und John weiter. Der Nachmittag war noch nicht vorüber, aber es wurde bereits dunkel, als sie den Klondike Highway erreichten und zur Firma zurückfuhren. Matt war gerade dabei, seinen Schlitten zu überprüfen, als sie vor dem Büro hielten. Von den Huskys schallte ein vielstimmiges Jaulkonzert herüber, teilweise vorwurfsvoll, weil Cheryl und John den Geländewagen ihnen vorgezogen hatten.

»Nur kein Neid!«, rief Cheryl ihnen zu. »Morgen könnt ihr noch genug laufen. Seid froh, dass ihr euch noch eine Nacht ausruhen dürft.« Sie ging zu ihnen, umarmte Snowball und tätschelte alle anderen, redete ihnen gut zu und versprach ihnen, dass sie am nächsten Morgen im Mittelpunkt stehen würden.

Im Büro blickte Lisa von ihrem Computer auf, als Cheryl und John den Raum betraten. Obwohl Cheryl ihr hoch und heilig geschworen hatte, nichts von John zu wollen, beäugte sie die beiden misstrauisch. »Ihr wart aber lange weg«, sagte sie. »Ich dachte, bei dem schönen Wetter würdet ihr zwei Stunden früher kommen.«

»Wir sind bei Chuck und Ruth hängen geblieben«, antwortete John scheinbar arglos. »Du weißt doch, wie die beiden sind. Wenn sie einen erst mal in den Klauen haben, lassen sie einen nicht mehr los. Am liebsten hätten sie Cheryl die große Tour gegeben, aber das steht ihr übermorgen sowieso bevor. Die Finleys wollen die Mine auch besichtigen. Jack Finley, um genau zu sein. Wenn es nach seiner Frau ginge, wären sie am Waikiki Beach und würden dort exotische Drinks schlürfen.« Er trat an seinen Arbeitsplatz und wühlte in einigen Papieren herum. »War irgendwas Besonderes?«

»Drei neue Buchungen«, erwiderte Lisa. »Zwei

Abenteurer, ein Mann und eine Frau, für die große Tour zum Tombstone Mountain, ein Geschäftsmann, der seiner Sekretärin wohl was Aufregendes bieten will ...« Sie grinste anzüglich. »Und ein Japaner, der kaum ein Wort Englisch spricht, für das Two Day Adventure.« Sie drehte sich vom Computer weg und blickte John vorwurfsvoll an. »Du schuldest mir noch ein Abendessen, John. Schon vergessen?«

Er tat ihren Vorwurf mit einer Handbewegung ab. »Morgen, okay? Heute hab ich zu viel um die Ohren. Dafür gibt's ein besonders leckeres Essen.« Sein Lächeln wirkte bemüht. »Lass uns lieber die neuen Aufträge durchsprechen. Wenn das so weitergeht, muss ich noch einen Musher einstellen, oder Matt und Cheryl müssen eine Schippe drauflegen. Seit unsere Dog sledding Adventures beim Fremdenverkehrsamt gelistet sind, läuft der Laden wirklich gut.«

»Du meinst wohl, seitdem ich so viele Werbebriefe verschicke.«

»Dafür bekommst du morgen einen Extra-Drink«, erwiderte er anzüglich grinsend, »und wir beide werden ...« Er hatte wohl vergessen, dass Cheryl ebenfalls im Büro stand, und bremste sich gerade noch rechtzeitig. »Und wir beide machen uns einen schönen Abend. Du hast doch morgen Abend Zeit?«

»Für dich immer«, erwiderte Lisa strahlend.

Cheryl ertrug das Liebesgeflüster der beiden nicht länger und verließ das Büro. Sie – und wahrscheinlich jeder vernünftige Mensch außer Lisa – sah John an, dass er seine Assistentin nur als attraktiven Zeitvertreib betrachtete und lediglich darauf aus war, eine heiße Liebesnacht zu verbringen. So, wie er es wahrscheinlich auch mit Constable Julia Doyle und der hübschen Esther tat.

Warum ließ sich Lisa von ihrem Chef ausnutzen? Sie war eine attraktive junge Frau und hatte doch bestimmt kein Problem, einen Verehrer zu finden, der es ernst mit ihr meinte. Warum erniedrigte sie sich so vor John?

Weil Lisa sich in ihn verliebt hatte und gar keinen anderen wollte, gab Cheryl sich selbst die Antwort. Sie trat vor das Blockhaus und atmete die frische Luft ein. Und warum weinte sie selbst einem Jungen nach, der nichts von ihr wollte? Während sie ständig behauptete, von Jungs erst mal genug zu haben.

»Hi«, sagte Matt, als sie nach draußen kam und ihren Schlitten auf die Kufen stellte. Er klang verlegen. »Ich hoffe, Sie sind mir nicht mehr böse. Ich wollte Sie nicht beleidigen, wissen Sie? Ich wusste ja nicht, wer Sie sind.«

Um des lieben Friedens willen ging sie auf seine Entschuldigung ein. »Wir haben wohl beide überreagiert.« Sie reichte ihm die Hand. »Aber glauben Sie bloß nicht, dass ich Sie bei unserem kleinen Rennen gewinnen lasse. So leicht kommen Sie mir nicht davon. Von dem Anblick eines harten Kerls, der sich mit dem Kochen von Spaghetti abquält, werde ich noch in zehn Jahren zehren.«

»Leider wird es nicht dazu kommen, Kollegin.« Er hatte wieder sein spöttisches Grinsen aufgesetzt. »Ich werde Ihnen einen Vorsprung geben und bereits am Ziel sitzen und meinen Kaffee trinken, wenn Sie endlich eintrudeln.«

Sie erwiderte sein Grinsen. »Ich brauche keinen Vorsprung, Kollege.«

Nachdem sie ihre Schlitten und die Geschirre und Leinen der Huskys überprüft hatten, besprachen sie sich für den nächsten Morgen. Im Kühlschrank lagen Steaks und Bohnen sowie einige Sandwiches für unterwegs bereit, auf der Bank unter einem der Fenster warteten Schlafsäcke und Wolldecken auf die Finleys. Cheryl und Matt nahmen ihre eigenen Schlafsäcke mit. Beide führten einen Erste-Hilfe-Kasten, Ferngläser und Spaten sowie Ersatzgeschirre für ihre Huskys in ihren Schlittensäcken mit. Im Schuppen hatte Matt einen Sack mit Hundefutter bereitgestellt. »Nur vom Feinsten«, betonte er.

Nachdem Cheryl ihre Huskys gefüttert hatte, verabschiedete sie sich von Matt. In Gedanken hatte sie ihren Frieden mit dem Macho geschlossen, war aber jederzeit bereit, ihm deutlich die Meinung zu sagen, falls er rückfällig wurde.

»Vergessen Sie Ihre Zahnbürste nicht«, rief er ihr nach.

Am Abend ging sie mit Lisa einkaufen. Im Supermarkt luden sie den Einkaufswagen mit den Vorräten für eine Woche voll, und weil beide keine Lust zum Kochen hatten, nahmen sie ein gebratenes Huhn für das Abendessen mit. Es duftete verlockend nach Gewürzen. Nicht gerade Diätkost, aber genau das Richtige nach einem anstrengenden Arbeitstag. Auch den Kartoffelsalat besorgten sie im Supermarkt, den guten mit Senf, empfahl Lisa.

»John ist nicht immer so zu mir«, sagte Lisa, nachdem sie die Vorräte im Kühlschrank verstaut hatten und in der Küche zusammensaßen. »Stimmt schon, manchmal tut er so, als würde er mich kaum kennen, aber die meiste Zeit behandelt er mich wie eine Prinzessin und liest mir jeden Wunsch von den Augen ab. Vor Matt und dir will er sich nur keine Blöße geben. Das ist eine Image-Sache. Die Frauen mögen ihn und überreden ihre Männer schon deshalb dazu, eine Tour bei uns zu buchen. Deshalb flirtet er auch so viel. Das hat nichts zu bedeuten.«

»Und du? Warum flirtest du nicht mit anderen Männern?«

»Tue ich ja«, erwiderte sie, »ich empfange alle Männer mit einem Lächeln, wenn sie das Büro betreten. So wie die Dunkelhaarige im Sandwich-Shop und alle anderen Verkäuferinnen. Wir wollen gute Geschäfte machen und da sind solche Tricks erlaubt. John ermuntert mich sogar dazu.«

»Und da hast du noch keinen anderen Traumprinzen getroffen?«

»John Snyder gibt es nur einmal.« Sie zupfte weißes Fleisch von dem Brathuhn und schob es sich in den Mund. »Ich mache mir nichts vor. Ich weiß, dass der Kerl seine Fehler hat, aber die haben andere auch, und solange er mir irgendwann einen Antrag macht, ist alles okay.«

»Ist dir Heiraten denn so wichtig?«

Sie kaute eine Weile und lächelte schräg. »Das liegt wohl daran, dass sich meine Eltern scheiden ließen, als ich zehn war. Ich wollte es lange nicht zugeben, aber ihre Trennung hat mich tief getroffen. Vor allem, weil mein Dad nur wenige Wochen später eine jüngere heiratete. Der Klassiker. In einem Krimi hätte meine Mom ihn erschossen, aber so zog sie mit mir in eine kleine Wohnung und hielt sich als Kassiererin im Supermarkt über Wasser. Inzwischen wohnen mein Dad und seine neue Flamme in Prince Rupert und er meldet sich nicht mal an Weihnachten oder an meinem Geburtstag bei mir.«

»Das tut mir leid. Aber dann hätte ich doch eher Angst vorm Heiraten.«

»Ich will es besser machen, Cheryl. Ich habe selbst ziemlich viel Mist gebaut, mich immer wieder mit Männern eingelassen, die mich nur ausnutzen wollten. Mit einem war ich ein halbes Jahr zusammen, bis ich merkte, dass er es nicht ernst meinte. Jetzt hab ich meinen Traumprinzen gefunden und will ihn festhalten. So eine Chance bekommt man nur einmal, besonders in einem Nest wie Dawson City. Oder was meinst du, wie oft hier ein Mister Right aus seinem Geländewagen oder Wohnmobil steigt? Gefühlt alle dreizehn Jahre.«

»Woher weißt du denn, dass John dein Traumprinz ist?«

»Das hab ich im Gefühl. Er liebt mich, ganz sicher.«

»Aber trotzdem hast du Angst, dass er dich sitzen lässt.«

»Nicht jeder ist so grausam wie mein Dad damals. John ist mir treu, auch wenn er mit anderen Frauen flirtet. Das ist doch nur Show. Ich bin eifersüchtig, das ist alles. Auch heute, weil du allein mit ihm unterwegs warst. Ich weiß, dass du nichts mit ihm hast, aber ich kann nicht anders, tut mir leid.«

Cheryl widersprach ihrer neuen Freundin nicht. Irgendwann würde Lisa selbst merken, was John für ein Typ war, und hoffentlich noch rechtzeitig ihre Konsequenzen ziehen. Es würde Cheryl sowieso nicht gelingen, Lisa von John abzubringen. Wenn sich eine Frau oder ein Mädchen jemanden in den Kopf gesetzt hatte, brachte keine Macht der Welt sie von ihm ab. Sie musste selbst erkennen, dass sie auf den falschen Mann hereingefallen war, und durfte sich von niemandem unter Druck gesetzt fühlen. Bei ihr und Andy war es ähnlich gewesen. Einige Mädchen und sogar ihre Mutter hatten ihr von ihm abgeraten, doch sie hatte nur abgewinkt und ihnen weisgemacht, Andy wäre gar nicht so, wie sie dachten. Natürlich war er so, er war ein Macho durch und durch.

Weil Cheryl am nächsten Morgen früh rausmusste, gingen sie früh zu Bett. Doch Cheryl fand nur schwer in den Schlaf. Seitdem Lisa über ihren Traumprinzen gesprochen hatte, ging Rick ihr nicht mehr aus dem Kopf, und sie überlegte, ob er ihr Traumprinz war und er nur ein paar Tage oder Wochen zu spät bei ihr aufgetaucht war. Hatte sie sich in ihn verliebt? Zum ersten Mal, seitdem sie sich für Jungs interessierte, hatte sie mehr als nur ein Kribbeln im Bauch. Allein der Gedanke an ihn verursachte bei ihr ein verwirrendes Gefühl, das manchmal sogar schmerzte und ihre Augen feucht werden ließ. War das die wahre Liebe, von der in manchen Büchern und Filmen die Rede war? War sie wirklich in ihn verliebt?

Sie blickte aus dem Fenster, ihre Lieblingsbeschäftigung, wenn sie nicht schlafen konnte. Der Anblick des mit Sternen übersäten Himmels beruhigte sie. Nur in der Wüste war der Himmel so weit und groß wie im hohen Norden, die einzigen Orte, an denen man die Unendlichkeit des Universums zumindest ansatzweise spüren konnte. Kaum vorstellbar, dass die meisten Sterne, die sie am Himmel blinken sah, schon vor Tausenden Jahren verglüht waren.

Das Nordlicht hielt sich in dieser Nacht zurück, flackerte nur in zarten Mustern über dem verschneiten Land und ließ die Umrisse der Wolken erkennen. Es waren nur wenige. Gute Aussichten für Janice und Jack Finley, die bei einigermaßen schönem Wetter mehr von ihrem Abenteuer haben würden. Vorausgesetzt, sie stritten sich nicht wieder wie in Watson Lake, als sie sich beinahe gegenseitig an die Gurgel gegangen wären. Cheryl beschlich ein mulmiges Gefühl, wenn sie daran dachte, was unterwegs alles passieren konnte, falls sich die Finleys erneut in die Haare gerieten. Nur gut, dass sie mit zwei Schlitten fuhren, so konnte einer dem anderen aus dem Weg gehen.

Doch als Matt und sie am nächsten Morgen um acht Uhr bereitstanden, waren Jack und Janice nirgendwo zu sehen. »Sie werden uns doch nicht sitzen lassen«, sagte John, der mit Lisa aus dem Büro gekommen war, um die Kunden zu begrüßen und bei der Einweisung zu helfen. »Angezahlt haben sie, die Bank hat den Betrag schon verbucht. Aber nach dem, was Cheryl uns über die beiden erzählt hat, mache ich mir Sorgen.« Er wandte sich an Lisa. »Ruf sie auf dem Handy an. Vielleicht haben sie den Termin vergessen.«

»Oder sie haben Krach und sind nach Hause gefahren«, sagte Cheryl.

Lisa ging ins Büro und rief sie an. Nach einer Weile kehrte sie verwundert zurück. »Sie melden sich nicht. Ich hab ihnen auf den Anrufbeantworter gesprochen.«

»Das bringt doch nichts«, schimpfte John. »Ich hole die beiden ab.«

Er stieg in seinen Geländewagen und fuhr zum nahen Campground. Cheryl und Matt blieben mit den aufgeregten Huskys zurück. Sie warteten geduldig und hatten die Hoffnung schon fast aufgegeben, als John mit den Finleys auf den Hof raste. Er wechselte einen warnenden Blick mit Cheryl und seinem Bruder und half den Finleys beim Aussteigen. »Da wären wir«, sagte er.

Janice und Jack krochen verschlafen ins Freie und schienen sich nur schwer an die morgendliche Kälte gewöhnen zu können. In respektvoller Entfernung blieben sie vor den Hundeschlitten stehen. »Was für eine blöde Idee!«, schimpfte Janice. »Ich hab dir doch gesagt, dass diese Hunde-Arie nichts für uns ist.«

Auch Jack schien sich seiner Sache nicht mehr sicher zu sein. Aber er versuchte wohl, sich nichts anmerken zu lassen, und sagte: »Das ist doch eine tolle Sache!«

13

»Ich habe aber Angst vor Hunden!«, rief Janice vorwurfsvoll. Sie wich noch ein paar Schritte vor den ungeduldig heulenden Huskys zurück. »Sieh dir die Viecher doch an! Das sind halbe Wölfe! Eine falsche Bewegung und sie stürzen sich auf einen! Ich denke nicht daran, mit solchen Bestien durch die Gegend zu ziehen.«

»Nun stell dich nicht so an«, erwiderte Jack. »Das sind Huskys, die machen immer einen Heidenlärm, wenn sie aufgeregt sind, das steht sogar im Reiseführer. Die tun dir nichts. Hab ich nicht recht?« Er blickte in die Runde.

»Das stimmt«, sagte Cheryl. »Unsere Huskys sind keine Schoßhündchen, aber verlässlicher als alle anderen Hunde, und auf dem Trail sind sie sowieso unersetzlich. Sie werden sehen, wenn wir erst mal unterwegs sind, werden Sie ihre Meinung schnell ändern. Sie brauchen keine Angst zu haben.«

Sie stellte sich stur. »Ohne mich. Ich will zurück ins Wohnmobil.«

»Und den ganzen Tag fernsehen oder auf dem Tablet spielen?« Cheryl versuchte, sich nicht über sie lustig zu machen. »Das können Sie auch zu Hause, Janice. Hier in Alaska sollten Sie raus in die Natur gehen. Ich sag Ihnen was: Wenn Sie nach unserer Rückkehr nicht begeistert sind, bekommen Sie Ihr ganzes Geld zurück.« Sie wechselte einen raschen Blick mit John und sah an seinem Grinsen, dass er ihr vertraute. »So ein Angebot gab's noch nie.«

Jack wurde hellhörig. »Das gilt für uns beide?«

»Nur für Janice«, sagte Cheryl schnell.

John wollte keine weitere Diskussion und fuhr rasch fort: »Wir fahren mit zwei Schlitten. Cheryl und Matt sind Ihre Guides. Geben Sie Ihnen Ihre Rucksäcke und setzen Sie sich auf die Ladeflächen. Decken haben wir genug. Den heutigen Tag werden Sie auf dem Hunker Creek Trail verbringen, der ist breit und auch für Anfänger gut zu befahren. Unterwegs werden Sie eine Goldmine besichtigen und selbst Gold waschen können. Der Eintritt ist im Preis enthalten. Die Nacht werden Sie wie die Goldgräber um 1900 in einer Blockhütte unterhalb des Solomon Dome verbringen. Zum Abendessen gibt es Steaks und Bohnen, auch Sandwiches haben wir dabei.«

»Wie die Goldgräber um 1900?«, fragte Janice erschreckt.

»Sie werden die Wildnis in vollen Zügen genießen können«, erklärte John, »und der Komfort wird natürlich größer sein. Wir haben bequeme Schlafsäcke für Sie dabei. Morgen geht es dann über den Solomon

Dome zu der Stelle, wo das erste Gold in dieser Gegend gefunden wurde, und über den Ridge Road Heritage Trail nach Dawson zurück, eine unserer abenteuerlichsten Routen. Aber bis dahin sind Sie mit Schlitten und Gespannen vertraut. Ich wünsche Ihnen eine schöne Fahrt und ein aufregendes Two Day Adventure.«

Über eine Abkürzung fuhren Cheryl und Matt mit ihren Teilnehmern zum Hunker Creek Trail. Auch an diesem Morgen war dort so gut wie nichts los. Nur wenige Wolken hatten sich vor den Mond und die Sterne geschoben, kein Grund zur Besorgnis, auch wenn Cheryl und Matt wussten, wie schnell sich das Wetter in den nördlichen Breiten ändern konnte. Es war bitterkalt und der frische Morgenwind verbesserte Janices Laune nicht unbedingt. Sie machte kein Hehl daraus, was sie über den Ausflug dachte.

Sie hielten an einer besonders breiten Stelle, die notdürftig durch einige Schwarzfichten gegen den teilweise böigen Wind geschützt war. Cheryl half Janice vom Schlitten. Sie ging den Huskys ängstlich aus dem Weg und wäre wohl am liebsten umgekehrt und nach Hause gefahren. Jack schien die Tour schon jetzt zu genießen und ermahnte seine Frau mit einem strengen Blick.

»Stell dich nicht so an, Janice!«, lästerte er.

»Du hast gut reden«, sagte sie, »dir macht die Kälte kaum was aus. Selbst in unserem Haus ist es manchmal so kalt, dass ich einen Mantel anziehen muss. Wann nimmst du endlich mal Rücksicht auf mich? Immer geht es nur nach dir. Am liebsten würde ich morgen nach San Diego fliegen.«

»Nun warte doch erst mal ab. Gib dieser Reise eine Chance, Janice!«

»Das hab ich nun von meiner Gutmütigkeit«, seufzte sie. »Statt am Strand in Kalifornien lande ich in dieser Schneewüste. Wenn wir das nächste Mal nicht nach Kalifornien oder Hawaii fliegen, lass ich mich scheiden, jawohl!«

»Das bringt doch alles nichts«, beruhigte Cheryl die beiden. »Warum lassen wir diese Streitigkeiten heute und morgen nicht mal sein und beschäftigen uns stattdessen mit unseren vierbeinigen Freunden?« Sie blickte Janice an. »Wenn man sie links liegen lässt, werden sie nämlich wirklich sauer. Also, ich fange mal mit meinen Hunden an.« Sie beugte sich zu Snowball hinab, kraulte ihn zwischen den Ohren und nahm ihn freundschaftlich in den Arm. »Dieser Prachtkerl heißt Snowball. Er ist der Chef meines Gespanns, der Leithund. Wollen Sie ihn mal streicheln, Janice? Sie brauchen wirklich keine Angst zu haben.«

Janice trat erschrocken einen Schritt zurück. »Nie im Leben.«

»Na, vielleicht später, wenn Sie sich ein bisschen näher kennen«, erwiderte Cheryl. Sie stellte ihre anderen Huskys vor, den wilden Lobo, den kräftigen Kodiak, die ruhige Candy, den starken Woody und Rufus, der sich manchmal ziemlich wild benahm. »So wie wir Menschen auch hat jeder Husky seinen ganz eigenen Charakter. Ein guter Musher kennt seine Hunde genau und stellt sich während einer Fahrt auf sie ein. Wichtig ist nur, dass man den Leithund bevorzugt behandelt. Er leistet die meiste Arbeit und hat es verdient, als Erster umarmt und gefüttert zu werden. Bei Huskys muss man auf die Rangordnung achten, das ist ähnlich wie bei Wölfen, sonst bekommt man Schwierigkeiten.«

Nachdem auch Matt seine Hunde vorgestellt hatte, bat er Cheryl zu erklären, wie man einen Hundeschlitten steuert. Vor versammelter Mannschaft war er kaum wiederzuerkennen, vielleicht hatte John ihm eine solche Standpauke gehalten, dass er sich nicht traute, etwas Spöttisches zu sagen. Sicher war er neugierig, wie sie sich beim Erklären schlug. Falls sie die Sache falsch anging oder Fehler machte, würde er ihr diese später vorhalten.

»Vornweg läuft immer der Leithund«, begann sie, »er ist nicht immer der schnellste oder ausdauerndste Hund des Gespanns, aber der intelligenteste. Ein guter Leithund findet den Trail auch dann, wenn er unter dichten Schneewehen versteckt liegt. Beim Laufen gibt er den Rhythmus vor, und wenn der Musher etwas sagen will, wendet er sich immer an ihn.« Sie stieg auf die Kufen und hielt sich an der Haltestange fest. »Auf ebenen Strecken wie dieser kann man die meiste Zeit auf den Kufen mitfahren. Wichtig ist, dass Sie immer leicht in die Knie gehen, um Erschütterungen besser abfangen zu können. Die Richtung geben Sie durch Kommandos vor. ›Vorwärts!‹ oder ›Go!‹, wenn es losgehen soll. ›Whoaa!‹, wenn Sie halten wollen. ›Easy!‹ bedeutet ›Langsamer!‹. Mit ›Gee!‹ geht es rechtsrum, mit ›Haw!‹ linksrum. Aber meistens wissen die Huskys sowieso, wo es langgeht, und viel wichtiger ist es, den Schlitten durch Gewichtsverlagerung zu steuern, wie auf einem Fahrrad oder Motorrad. Lassen Sie die Haltestange auf keinen Fall los, sonst kann es passieren, dass die Huskys mit dem Schlitten durchgehen und Sie alleinlassen. In der Wildnis kann so eine Nachlässigkeit tödlich sein. Alles klar?«

Matt grinste zufrieden. »Vor allem aber haben Sie keine Angst! Wenn Sie einigermaßen aufpassen, kann nichts passieren. Also, wer will zuerst fahren?«

Natürlich Jack, der sich in seinem neuen Outfit wahrscheinlich schon wie ein Fallensteller fühlte und am liebsten zum Nordpol aufgebrochen wäre. Ein Phänomen, das Cheryl bei vielen Urlaubern aus dem Süden beobachtet hatte. Kaum hatten sie sich verkleidet, hielten sie sich für unbesiegbar. Und natürlich kehrten vor allem Männer mit Vollbart, karierten Holzfällerhemden und breitrandigen Hüten in ihre Städte zurück. Aber das sagte sie natürlich nicht.

»Vorwärts!«, rief Jack, als er auf den Kufen stand. Er startete so rasant, dass er schon nach wenigen Metern vom Schlitten fiel und auf dem festgestampften Schnee landete. Mühsam rappelte er sich auf und schimpfte laut.

Zum ersten Mal an diesem Morgen lachte seine Frau.

Matt war in weiser Voraussicht ungefähr fünfzig Meter weitergegangen und fing den Schlitten ab. Er fuhr ihn zu Jack zurück und hütete sich, ihn zu verspotten. »Das war etwas zu stürmisch, Jack. Versuchen Sie's noch mal.«

Diesmal kam Jack gut weg und hielt sich auch in der engen Kurve, in der Matt wartete, einigermaßen tapfer. »Whoaa!«, befahl er und trat gleichzeitig auf die Bremse. »Wer zuletzt lacht!«, rief er seiner Frau zu. »Und jetzt du!«

»Ich denke gar nicht daran«, sagte Janice leise.

»Sie wollen sich doch nicht vor Ihrem Mann blamieren«, feuerte Cheryl sie an. »Es kann gar nichts passieren. Selbst wenn Sie stürzen sollten, was ich nicht hoffe, fallen Sie hier einigermaßen weich. Kommen Sie!«

Janice zögerte immer noch und zog eine Grimasse, als müsste sie in eine Schlangengrube springen, doch schließlich überwog die Entschlossenheit, es ihrem Mann zu zeigen, und sie stieg auf die Kufen. Ihre Miene ließ erkennen, dass sie nicht gerade vor Zuversicht strotzte. »Ich weiß nicht recht, Cheryl.«

»Sie wollen doch jetzt nicht aufgeben.«

»Worauf wartest du noch?«, rief Jack aus der Ferne.

Als sie endlich startete, erkannte Cheryl schon an ihrer Haltung, dass sie es nicht schaffen würde. Janice stand schwankend auf den Kufen, hielt sich mit beiden Händen krampfhaft an der Haltestange fest und wirkte vollkommen steif und unbeweglich. Bei der ersten Bodenwelle stürzte sie vom Schlitten und blieb jammernd im Schnee liegen. »Ich mache diesen Unsinn nicht länger mit!«, rief sie. »Ich will sofort nach Hause, haben Sie gehört? Ich hab genug.«

»Nun regen Sie sich nicht so auf!«, ermahnte Cheryl sie und half ihr vom Boden hoch. »Das ist uns allen passiert, als wir angefangen haben.«

»Ich hab keine Lust mehr zu diesem Blödsinn!«

»Sie wollen vor Ihrem Mann klein beigeben?«, forderte Cheryl sie heraus. »Wissen Sie, was Sie sich die nächsten Tage alles anhören müssen, wenn Sie jetzt das Handtuch werfen? Versuchen Sie es noch mal, Janice! Sie schaffen es, da bin ich mir ganz sicher. Alles, was Sie tun müssen, ist locker zu bleiben. Stehen Sie nicht so verkrampft auf den Kufen. Den Rest machen die Hunde.«

»Und was bringt mir das?« Janice klopfte sich den Schnee von ihrem Anorak.

»Sie fühlen sich hinterher besser. Ganz bestimmt.«

Janice ließ sich darauf ein, die Ratschläge ihres Mannes ignorierend. Sie atmete ein paarmal tief durch und ging in die Hocke, zwang sich zur Lockerheit, bevor sie die Huskys antrieb und losfuhr.

Diesmal schaffte sie es, wenn auch mehr schlecht als recht. Immer noch reichlich unbeweglich hielt sie sich auf den Kufen, doch die Huskys nahmen Rücksicht auf sie und gingen so langsam, dass sie sogar die enge

Kurve meisterte. Matt half ihr vom Schlitten und lobte sie überschwänglich.

Cheryl lief zu ihnen und klopfte ihr anerkennend auf den Rücken. »Na, was hab ich gesagt? Das war doch nicht übel. Bis morgen Abend machen wir eine erfolgreiche Musherin aus Ihnen. Hab ich recht, Matt?« Sie wartete seine Antwort gar nicht ab und wandte sich lächelnd an Jack. »Und an Ihrer Stelle würde ich aufpassen, sonst fährt Ihnen Ihre Frau eines Tages noch davon. An der Haltung hapert es noch ein wenig, aber das kriegen wir schon hin.«

»Wie wär's, wenn Sie bis zur Goldmine übernehmen, und zur Abwechslung setzen sich Cheryl und ich mal auf die Ladefläche? Die Hunker Creek Road ist ideal zum Üben und Sie wollen für Ihr Geld doch was erleben.«

»Jederzeit«, erwiderte Jack.

»Ich weiß nicht.« Janice zögerte erneut.

»Natürlich übernehmen Sie«, sagte Cheryl bestimmt, die sich langsam fragte, warum sie gleich bei der ersten Tour so anstrengende Teilnehmer erwischen musste.

Die beiden Männer waren bereits unterwegs, als Janice endlich auf die Kufen stieg. Cheryl hatte es sich auf der Ladefläche bequem gemacht, saß aber so, dass sie die Huskys und Janice im Auge behalten konnte. Bis zur Goldmine waren es nur noch wenige Kilometer und das Risiko war nicht sehr groß.

»Keine Angst, ich bin ja bei Ihnen«, sagte sie beruhigend. »Es kann gar nichts passieren. Wenn irgendwas schiefläuft oder Sie fallen wieder, greife ich sofort ein.«

»Und uns kommt niemand entgegen?«

»Hier ist kaum was los. Alle paar Stunden ein Geländewagen oder ein Snowmobiler, aber die wissen, dass hier Musher unterwegs sind, und fahren entsprechend vorsichtig. Machen Sie sich keine Sorgen. Ich passe schon auf.«

Mit einem zaghaften »Vorwärts!« startete Janice. Die Huskys setzten sich in Bewegung und verfielen schon bald in den gewohnten Trott. Janice wurde mit jedem Meter, den sie zurücklegten, lockerer und souveräner, sie konnte sogar schon lächeln, als sie die erste Kurve erfolgreich hinter sich gebracht hatten.

»Sie werden immer besser, Janice. Noch mehr in die Knie gehen, okay?«

Janice versuchte es und meisterte die erste Bodenwelle. Die Arbeit, einem Eisbrocken aus dem Weg zu gehen, nahm ihr Snowball ab, als er instinktiv die Richtung änderte und rechtzeitig das Hindernis umkurvte. »Hey«, rief sie, selbst erstaunt, wie gut sie mit dem Schlitten zurechtkam, »das war cool.«

Doch mit der Zeit wurde sie müder und erschöpfter und ihre Reaktionen verlangsamten sich. Sie klagte über den eisigen Wind, der ihr direkt ins Gesicht blies, und hatte kaum Augen für die orangefarbenen

Streifen über den Bergen. Im Osten zog ein neuer Tag herauf. Rötliches Zwielicht überzog die Ausläufer der Berge und verwandelte die Gegend in eine unwirkliche Märchenlandschaft. Der Solomon Dome hob sich dunkel gegen den Himmel ab. Der Wind rauschte in den Schwarzfichten am Wegesrand und trieb wirbelnden Schnee über die Straße. Die Luft war eisig und schien zu knistern.

»Na, wie gefällt euch das?«, rief Cheryl den Huskys zu. »Macht Janice das nicht großartig? Passt bloß auf, in ein paar Monaten nimmt sie am Yukon Quest teil.« Sie drehte sich zu Janice um. »Sie machen das sehr gut, Janice!«

Matt und Jack warteten bereits im Souvenirladen der Goldmine, als sie vor dem Eingang vom Schlitten stiegen. Chuck und Ruth Milner waren wie immer, wenn Besucher kamen, als Goldgräber verkleidet. Die hübsche Frau hinter dem Tresen wurde von Chuck als ihre Tochter vorgestellt. »Das ist Kelly«, sagte er, »sie hilft uns hier, wenn sie mal gerade wieder freigestellt ist. Sie ist bei einer Zeitarbeitsfirma unter Vertrag.« Er wartete, bis sich alle begrüßt hatten. »Na, dann können wir ja anfangen. Herzlich willkommen in der Milner Gold Mine. Hier haben unsere Vorfahren schon während des großen Goldrauschs nach Gold gesucht. Leider haben sie uns kaum etwas übrig gelassen. Was wir hier noch rausholen, reicht nicht einmal für die Nebenkosten.« Er führte sie durch den Laden zum Eingang der Mine und reichte jedem einen Schutzhelm. »Setzen Sie den bitte auf. Es ist Vorschrift und sicherer, wenn Gestein runterfällt.«

Matt hatte die Tour schon einige Male mitgemacht und blieb bei der hübschen Kelly im Laden. Cheryl ging mit und erfuhr, dass um 1897 ungefähr hunderttausend Goldsucher zum Klondike aufbrachen, um dort nach Gold zu graben, nur vierzigtausend schafften es aber nach Dawson City, in die aus dem Boden gestampfte Metropole im hohen Norden. »Und von diesen vierzigtausend wurden gerade mal viertausend fündig«, berichtete Chuck, »das allerdings richtig. Hier wurde so viel Gold gefunden, dass man damit ein riesiges Haus hätte bauen können. Die Stampeders, wie man die Goldsucher nannte, wuschen es aus den Minen oder brachen es aus den Felsen. Die Bedingungen, unter denen sie arbeiten mussten, waren wirklich unmenschlich. Eisige Kälte zwang sie zu langen Pausen, sie hatten kaum was zu essen, und die Preise in Dawson stiegen so rasch, dass sich nur reiche Leute leisten konnten, dort zu leben.«

In dem Schacht war es eisig kalt, und Cheryl schauderte bei dem Gedanken, dort Tag und Nacht arbeiten zu müssen. Aber die Gier nach dem Gold war damals so groß, dass die Stampeders kaum eine Pause einlegten. Und nachdem alle Quellen versiegt waren, zogen sie nach Nome am Polarkreis weiter, wo man ebenfalls Gold gefunden hatte. »So, aber jetzt sollten Sie selbst Ihr Glück versuchen. An einer der Schütten liegen Goldwaschpfannen für Sie bereit.«

Während Janice und Jack ihr Glück versuchten, kehrte Cheryl in den Souvenirladen zurück und überraschte Matt und Kelly bei einer innigen Umarmung. Sie lösten sich rasch voneinander. Kelly lächelte verlegen, doch Matt setzte ein angeberisches Grinsen auf, das wohl so viel heißen sollte wie: Ich kann jede Frau kriegen. Mich aber nicht, dachte Cheryl und fragte die beiden spöttisch: »Bin ich zu früh gekommen? Wenn Sie wollen, drehe ich noch eine Ehrenrunde mit den Huskys.«

»Nicht nötig, wir haben keine Geheimnisse«, erwiderte Mike.

Cheryl hatte etliche schnippische Antworten parat, verkniff sie sich aber alle. Wenn man professionell arbeiten wollte, musste man persönliche Gefühle außen vor lassen und durfte Mitarbeiter nicht nach Sympathie behandeln. Wie andere sich benahmen, ging sie schließlich nichts an, es sei denn, ihre Kunden waren davon betroffen. Die kamen immer zuerst, an der Tankstelle, im Laden und bei Dog sledding Adventures. Von den Stimmungen oder Launen ihrer Gegenüber durften sie niemals etwas mitbekommen. Das hatten ihr ihre Eltern schon vermittelt, als sie noch zur Schule gegangen war und in den Ferien an der Tankstelle und im Laden ausgeholfen hatte.

Eine Viertelstunde später kehrten auch Janice, Jack und die Inhaber zurück. »Ich bin reich!«, rief Janice und hielt strahlend ein Gläschen mit falschen Goldkörnern hoch. »Ich hab doppelt so viel Gold gefunden wie Jack!«

»Anfängerglück«, lästerte er.

»Von wegen«, wehrte sich Janice, »ich habe den Schwung raus, das ist alles. Du hast die Goldwaschpfanne viel zu stark geschwenkt. Stimmt's?«

»Die geborene Goldsucherin«, lobte Chuck.

14

Die Mittagspause verbrachten sie zwischen den Überresten einer verlassenen Goldmine. Verrostete Maschinen und verwitterte Stützpfeiler ragten aus dem Schnee am Ufer des gefrorenen Hunker Creek. Sie aßen ihre Sandwiches, tranken heißen Tee und stapften durch den tiefen Schnee. Von der hoch gelegenen Straße ging der Blick über das hügelige und verschneite Land.

»Warum setzen Sie sich nicht?«, fragte Cheryl, als ihr auffiel, dass Janice sich vom Schlitten entfernte und durch den Schnee stapfte. »Im Tiefschnee sollte man Schneeschuhe tragen, sonst erlebt man eine böse Überraschung.«

Wie zur Bestätigung sank Janice bis zu den Oberschenkeln in den Schnee und verlor beinahe das Gleichgewicht. Mühsam grub sie sich wieder heraus. »Ich glaube, die Huskys mögen mich nicht. Sehen Sie doch, wie grimmig sie wirken, wenn sie in meine Richtung blicken. Sie können mich nicht leiden.«

»Das bilden Sie sich ein, Janice. Sie haben Ihnen doch gehorcht, als Sie auf den Kufen standen, oder etwa nicht? Huskys sind keine Schoßhündchen, die folgen Ihnen nicht blind wie ein Dackel. Sie stammen von Wölfen ab.«

»Und beißen wahrscheinlich auch so.«

»Unsinn!« Cheryl trank einen Schluck von ihrem Tee. »Sie mögen es, unter Menschen zu sein, und arbeiten auf einer solchen Tour auch gern mit ihnen zusammen. Allein kämen sie nicht zurecht, nur im Zusammenspiel mit Zweibeinern entwickeln sie ihre ganze Stärke. Und wenn sie erst einmal Vertrauen zu ihnen gefasst haben, lassen sie sich auch Zärtlichkeiten von ihnen gefallen.«

»Ich halte lieber noch etwas Abstand.«

Cheryl kaute genüsslich. Zum Frühstück hatte sie sich in der Eile nur ein Müsli gegönnt. »Das tue ich auch, wenn ich einem anderen Gespann begegne, aber mit den meisten Huskys komme ich schon nach kurzer Zeit klar. Mit Menschen ist es doch nicht anders. Zuerst einmal tastet man sich heran, und erst dann stellt sich raus, ob man miteinander klarkommt oder nicht.«

»Ich weiß nicht recht.«

»Die erste Hürde haben Sie doch schon genommen. Sie haben einen Schlitten mit sechs Huskys gesteuert, das können nicht alle, schon gar nicht, wenn sie aus einer Großstadt kommen. Sie haben das toll gemacht, Janice.«

»Meinen Sie wirklich?«

»Natürlich. Sie haben Talent und können mit Huskys

umgehen. Inzwischen stehen Sie sogar locker auf den Kufen und federn die meisten Erschütterungen ab. In den Kurven halten Sie sich ebenfalls wacker. Jetzt gilt es nur noch, die Angst vor den Hunden abzulegen. Das schaffen Sie auch noch.«

Janice näherte sich zögernd dem Schlitten und blieb in respektvoller Entfernung stehen. »Als ich noch im Kindergarten war, hat mich mal ein Husky gebissen«, gestand sie. »Ich musste in die Notaufnahme. Das geht mir immer noch durch den Kopf, wenn ich Huskys begegne. Ich hab Angst vor ihnen.«

»Der Husky hat Sie damals bestimmt nicht aus Bosheit gebissen.« Cheryl hatte Mitleid mit Janice und fragte sich, warum Jack ausgerechnet eine Husky-Tour gebucht hatte. War er auch einer dieser egoistischen Machos, die nur an ihr eigenes Wohl dachten und sich überhaupt nicht dafür interessierten, was ihre Frau oder Freundin wollte? »Er war sicher aufgeregt oder hatte selbst Angst. Auch Huskys wehren sich natürlich, wenn man sie in die Enge treibt.«

Cheryl überlegte eine Weile. »Er war aufgeregt, das stimmt. Soweit ich mich erinnere, war Unabhängigkeitstag, und in der Nähe gingen Kracher los.«

»Na, sehen Sie. Der Besitzer des Hundes hätte besser aufpassen müssen.«

»Der Husky sprang ihr aus dem Wagen nach.«

»Ein Unglücksfall«, sagte Cheryl. Sie gab sich alle Mühe, ihre Stimme beruhigend klingen zu lassen. »Das hätte Ihnen sogar mit einem Dackel passieren können. Wir passen auf unsere Huskys auf. Und sie haben hier viel mehr Auslauf als in der Stadt, da gehört ein Husky sowieso nicht hin.« Sie schraubte ihre Thermosflasche zu und steckte sie in den Rucksack. »Vielleicht werden Sie bis heute Abend etwas vertrauter mit den Hunden. Sie wollen doch weiterfahren, oder?«

»Das Fahren macht mir mehr Spaß, als ich dachte.«

»Okay. Und Sie, Jack?«

»Ich bin bereit«, tönte er, »ich könnte noch den ganzen Tag und die ganze Nacht fahren. Und ich hab auch keine Angst vor Huskys. Janice muss sich erst an den hohen Norden gewöhnen. Sie ist mehr der Strandtyp, wissen Sie? Aber den ganzen Tag in der Sonne liegen oder shoppen und abends in irgendwelchen Bars rumhocken und Drinks schlürfen, das ist nicht mein Ding. Ich wollte ihr mal was anderes zeigen und bin sicher, sie wird mir noch dankbar dafür sein.« Er deutete mit beiden Händen auf die verschneiten Berge. »Gibt es was Schöneres als diese urwüchsige Wildnis? Hier erlebt man noch Abenteuer.«

»Die kann man in San Diego auch erleben«, konterte Janice. »Mit dem Segelboot auf dem Meer, auf einem Surfbrett in der Brandung, beim Beachvolleyball oder beim Joggen am Strand. Zugegeben, die Natur am Yukon ist großartig, und ich komme sogar einigermaßen mit einem Hundeschlitten zurecht, aber das nächste Mal will ich wenigstens gefragt werden, bevor du eine Reise buchst. Du kannst nicht einfach so über mich bestimmen.«

»Ich bin schon viel rumgekommen. Ich kenne mich aus.«

»Aber man kann das doch wenigstens miteinander besprechen.«

Selbst Matt, der ein noch größerer Macho war, wollte anscheinend nicht, dass Jack eine weitere Auseinandersetzung mit seiner Frau heraufbeschwor. »Höchste Zeit, dass wir weiterkommen, Leute. Hat jemand was dagegen, wenn wir vorausfahren?«

»Meinetwegen«, erwiderte Cheryl. Eine spöttische Bemerkung konnte sie sich aber nicht verkneifen. »Wir könnten euch natürlich locker überholen, aber das lassen wir lieber mal. In der Hinsicht sind Männer zu empfindlich.«

»Wir sprechen uns noch«, sagte Matt. Er spielte wohl auf das Rennen an.

Kaum waren Matt und Jack weitergefahren, fühlte sich Janice sichtbar erleichtert. Die Frage lag nahe, warum sie mit einem Mann verheiratet war, mit dem sie offensichtlich nicht klarkam, aber Cheryl hütete sich, mit ihr über persönliche Probleme zu sprechen. Ihre Aufgabe bestand darin, die Kunden von Dog sledding Adventures ein unvergessliches Abenteuer erleben zu lassen. Sie sollten etwas für ihr Geld bekommen. Schlimm genug, dass Janice und ihr Mann einander selbst das Leben schwer machten. Wenn sie sich im Alltag auch so benahmen, würden sie wohl nicht lange verheiratet bleiben. Seltsam, dass sie sich nicht miteinander abgesprochen hatten, bevor sie nach Norden gefahren waren. Und dann noch in einem engen Wohnmobil, das kaum Platz für zwei Menschen bot.

Wenn sie einmal heiratete, würde sie alles mit ihrem Mann besprechen. So wie ihre Eltern, die öfter mal unterschiedlicher Meinung waren, aber alle Probleme im Gespräch lösten. Ihrem Dad würde es niemals einfallen, zwei Flüge nach Hawaii zu buchen, wenn ihre Mom dagegen war und lieber nach Disneyland oder sonst wohin fliegen würde. »Mit deinem Dad kann man gar keinen Streit bekommen«, sagte ihre Mutter, »dazu ist er viel zu gutmütig.«

Die beiden Männer waren bereits außer Sichtweite, als sie auf die Straße zurückfuhren. Janice meisterte den Start ohne große Fehler, brauchte aber einige Zeit, um den schlingernden Schlitten wieder in die Spur zu bringen. »Vorwärts! Go! Go!«, feuerte sie die Huskys an. Sie war inzwischen mutiger und stand locker auf den Kufen, hatte Freude am Fahren und fragte nicht einmal, ob sie den Platz mit Cheryl wieder tauschen könnte. Cheryl hätte nichts dagegen gehabt. Sie war es nicht gewohnt, längere Zeit auf der Ladefläche zu sitzen, und sehnte sich danach, wieder selbst das Kommando über ihre Huskys zu übernehmen. Aber als Angestellte von Dog sledding Adventures bestand ihre Aufgabe vor allem darin, den Urlaubern das Lenken beizubringen.

Janice hatte nach der Mittagspause ihre Schneebrille übergestreift und sah wie eine professionelle Musherin aus. Ihre Körpersprache drückte Stolz aus, etwas geschafft zu haben, was sie vorher nicht für möglich gehalten hätte. Offensichtlich schimpfte sie auch nicht mehr über den hohen Norden. Vielleicht gefiel es ihr sogar am Yukon River, und ihr Mann hatte das Glück, dass sie in Zukunft sogar öfter nach Norden fahren wollte. Cheryl war beinahe sicher, dass Jack sie dann nach Hawaii locken würde. Er war genau der Typ. Einer, der Macht über seine Frau haben wollte, und sei es nur im Kleinen.

Cheryl ertappte sich bei dem Gedanken, wie Rick wohl als Ehemann wäre. War er vielleicht ein Schauspieler, der zu Hause den braven Familienvater spielte, aber wenn er allein unterwegs war, sich an andere Frauen heranmachte? Oder hatte sie sich seine Zuneigung nur eingebildet? War er nur freundlich gewesen und der Freundin treu, die er vor dem Motel in den Armen gehalten hatte? Sie trauerte ihm immer noch hinterher und war nicht einmal sicher, ob sie nicht schwach würde, falls sie ihm noch einmal in die Arme liefe. »Snowflake Kisses«, obwohl sie keine Zeile des geplanten Songs kannte, ertappte sie sich manchmal dabei, wie sie einen selbst gedichteten Text zur bekannten Melodie eines Top-Ten-Hits sang.

Allmählich wurde es dunkel. Düstere Schatten vertrieben die letzte Helligkeit und geisterten durch die verschneiten Täler. In ihrem Rucksack steckte eine Stirnlampe, die einem auch bei vollkommener Dunkelheit ermöglichte, einen Schlitten zu steuern, aber die brauchte sie nicht. Schon bald erschienen die ersten Sterne am Himmel und der Mond überzog die Straße mit seinem bleichen Schein. Wie ein Wegweiser stand er über den Ogilvie Mountains.

Das Mondlicht schien Janice anzustacheln. »Vorwärts! Go! Go!«, feuerte sie die Huskys an. Sie fuhr immer schneller, hatte anscheinend vor, ihren Mann einzuholen und ihm zu zeigen, was sie draufhatte. Als hätte sie es endgültig satt, nach seiner Pfeife zu tanzen. »Schneller! Lauft!«

Die Straße war hier so breit und eben, dass Cheryl sie nicht zurückhielt. »Achten Sie darauf, dass die Führungsleine gespannt bleibt«, rief sie ihr lediglich zu. »Und halten Sie sich gut fest! Wenn Sie bei dem Tempo von den Kufen fliegen, gibt's eine Menge blauer Flecken. In die Knie, Janice, in die Knie! Da vorn kommt eine Biegung. Das Gewicht nach links verlagern, noch ein bisschen mehr … ja, so ist es gut! Mit beiden Händen an der Haltestange!«

Die Huskys brauchten kein Kommando. Sie wussten auch so, dass vor ihnen eine Biegung lag. Im selben Rhythmus wie auf der Geraden rannten sie an der Böschung entlang, ließen sich durch den vereisten Rand nicht stören.

»Bleiben Sie mit beiden Kufen unten!«, warnte

Cheryl, als sie sah, wie die rechte Kufe abhob. Sie verlagerte ihr Gewicht und half Janice, den Schlitten wieder aufzurichten. »So ist es besser! Mit Tempo aus der Kurve!«

Cheryl klatschte insgeheim Beifall. Janice kam tatsächlich besser mit dem Schlitten zurecht, als sie befürchtet hatte. Viel sicherer als zu Beginn und mit wilder Entschlossenheit lenkte sie das Gespann, als hätte sie die letzten Tage und Wochen nichts anderes getan. Ein Erfolg, den sie wohl der Streiterei mit ihrem Mann zu verdanken hatte. Sie wollte ihm mit aller Macht zeigen, was in ihr steckte, wollte mit dem Hundeschlitten wie eine Siegerin an ihm vorbeiziehen.

Schon nach einer halben Stunde entdeckte Cheryl die beiden Männer in der Ferne. Jack stand auf den Kufen und ließ es relativ locker angehen. Als er merkte, dass seine Frau immer näher kam, und er ihre Absicht erkannte, an ihm vorbeizufahren, feuerte er sein Gespann lautstark an. Die Huskys legten sich ins Geschirr und ließen die Muskeln spielen, sie ahnten wohl, dass er sie zu einem Rennen herausfordern wollte, und wurden schneller.

»Ich hole dich gleich ein, Jack!«, rief Janice entschlossen.

Mit dem Schwung der bisherigen Fahrt kam Janice schon bald an ihren Mann heran. Er hatte sicher nicht damit gerechnet, auf diese Weise von seiner Frau herausgefordert zu werden, und war sichtlich sauer. »Was soll der Unsinn?«, rief er ihr zu, als sie bereits zum Überholen ansetzte. »Meinst du etwa, du bist schneller als ich? Da musst du schon wesentlich früher aufstehen!« Er wandte sich an seine Huskys. »Vorwärts! Go! Zeigt Janice, dass wir schneller sind!«

Weder Janice noch Matt mischten sich ein. An Matts schadenfrohem Grinsen erkannte Cheryl, dass sie diesmal einer Meinung waren. Der hochnäsige Jack hatte eine Abreibung verdient. Matt rührte keinen Finger, als Janice an seinem Schlitten vorbeizog und sich vor ihn setzte. Jack bremste wütend ab und blieb fluchend und wild gestikulierend zurück. »Wir sehen uns später!«, rief Janice zurück. »Aber lasst uns nicht zu lange warten, hört ihr?«

Sie erreichten die Blockhütte am frühen Abend. Seitdem sie ihren Mann überholt hatte, schien Janice ein anderer Mensch zu sein, viel lockerer und wie von einer schweren Last befreit. »Haben Sie sein Gesicht gesehen?«, fragte sie Cheryl. »Ich hab viel zu lange klein beigegeben. Er hat mich immer als kleines Mäuschen betrachtet, als wäre ich unfähig, etwas zu entscheiden, und ich hab es mir gefallen lassen. Verstehen Sie mich nicht falsch. Ich wollte es eine ganze Weile so und war froh, wie eine Prinzessin von ihm umsorgt zu werden. Erst als ich mit ihm zu diskutieren begann, kam es zum Streit. Zum ersten Mal, als ich genug davon hatte, zu Hause rumzusitzen und mit dem Essen auf ihn zu warten, und wieder in meinen Job als Arzthelferin zurückging, und das zweite Mal, als er, ohne mich zu fragen, das Wohnmobil mietete und mir klarmachte, dass es in den hohen Norden ging. Er hatte Angst, dass ich wegen meiner Eltern nach San Diego wollte. Es hätte auch Hawaii sein können.«

Cheryl wusste nicht so recht, wie sie reagieren sollte. »Ich möchte mich nicht in Ihre Probleme einmischen, Janice. Ich kann nur sagen, dass Sie sich auf dem Schlitten ganz hervorragend gehalten haben. Ich habe schon einige Anfänger erlebt, aber nur wenige waren so geschickt wie Sie.« Sie spannte die Huskys aus, bedankte sich bei jedem Einzelnen mit einer Streicheleinheit und band sie an die mitgebrachten Holzpflöcke. »Haben Sie Lust, mir beim Füttern der Hunde zu helfen? Die würden sich bestimmt freuen.«

»Ich weiß nicht recht, ob ich das schon kann.«

»Janice«, tat Cheryl überrascht. »Sie haben die Huskys wie eine echte Musherin über die Straße gejagt und haben nun Angst, sie zu füttern? Das glaube ich nicht. Wer sich so gut auf dem Schlitten hält, kann auch Huskys füttern.«

»Meinen Sie?« Janice wirkte plötzlich wieder kleinlaut.

»Aber sicher doch.«

Cheryl nahm den Behälter mit dem Hundefutter vom Schlitten und stellte ihn in den Schnee. Ihre Huskys ahnten, was sich darin befand, sie zerrten sofort an ihren Ketten und stimmten ein lautes Jaulkonzert an.

»Immer mit der Ruhe«, bat Cheryl das Gespann um Geduld, »ihr seid gleich dran. Hey, es gibt leckeren Lachs.«

Sie verteilte die Fressnäpfe, griff nach dem Behälter und reichte Janice den großen Löffel. »Keine Angst, Janice. Die Huskys hatten viel Zeit, Sie kennenzulernen. Es kann gar nichts passieren.« Sie führte die zögernde Janice zu Snowball, der wie immer zuerst sein Futter bekam. »Da staunst du, Snowball, was? Janice hilft mir heute beim Verteilen. Sie hat noch ein wenig Angst vor dir. Wie wär's, wenn du ihr zeigst, dass ihre Sorge ganz unbegründet ist?«

Snowball schien sie zu verstehen und strich seiner neuen Freundin um die Beine. Nervös schaufelte Janice sein Futter in den Napf. Der Leithund machte sich hungrig darüber her. Er schmatzte zufrieden und blickte nicht einmal auf, als Cheryl ihn zwischen den Ohren kraulte. »So mag er es am liebsten. Wollen Sie es auch mal versuchen? Trauen Sie sich, Janice! Snowball weiß inzwischen, dass Sie ihn mögen. So eine Tour schmiedet zusammen. Meinen Sie, sonst hätte der Bursche so willig ihre Befehle befolgt?«

»Zwischen den Ohren?«, fragte Janice unsicher.

»Sie müssen nicht allzu vorsichtig sein. Wie gesagt, er ist kein Schoßhündchen.«

Janice traute sich und kraulte Snowball an seiner Lieblingsstelle, zuerst nur zaghaft, dann etwas mutiger. Der Husky blickte kurz auf, er schien zufrieden, ein bekanntes Gesicht zu sehen, und fraß weiter. »Braver Hund«, lobte Janice ihn.

Die anderen Huskys wurden schon unruhig, knurrten aber zufrieden, sobald ihre Futternäpfe gefüllt waren. Keiner benahm sich Janice gegenüber feindselig, nicht einmal der launische Lobo. Und alle ließen sich einen aufmunternden Klaps von ihr gefallen. Der kräftige Woody schien sie besonders zu mögen und drängte sich noch vor dem Fressen an ihre Beine. »Das macht er nur bei Menschen, die ihm etwas bedeuten«, sagte Cheryl überrascht. »Da können Sie stolz drauf sein.«

Die Huskys waren noch beim Fressen, als Jack den Schlitten vor der Blockhütte anhielt. »Das war unfair«, herrschte er seine Frau beleidigt an, »ohne Vorwarnung an mir vorbeizufahren. Du hättest wenigstens vorher sagen können, dass du ein Rennen veranstalten willst, dann hättest du niemals gewonnen.«

»Ach, wirklich?«, erwiderte sie. »Wir sind schon seit zehn Minuten hier.«

»Dann wärst du gar nicht erst an mir vorbeigekommen.«

»Da wäre ich mir nicht so sicher.« Sie klang nun viel selbstbewusster als noch vor wenigen Stunden. »Snowball ist ein toller Leithund. So schnell wie er läuft keiner. Stell dir vor, ich hab ihm sogar das Fell gekrault. Der Husky mag mich.«

»Anfängerglück! Alles nur Anfängerglück!«

»Genug!«, machte Matt dem aufkommenden Streit

ein Ende. »Für so was haben wir jetzt keine Zeit. Sie können mir beim Füttern der Huskys und beim Feuermachen helfen. Ohne ein Feuer geht in dieser Kälte nämlich gar nichts.«

»Meinetwegen«, brummte Jack und verschwand wütend in der Blockhütte.

15

Jack war ein schlechter Verlierer. Wie ein Schuljunge, der beim Eishockey das leere Tor verfehlt hatte und anschließend von einem wesentlich schwächeren Verteidiger gegen die Bande gerammt wurde, hätte er wohl am liebsten wild um sich geschlagen. Stattdessen bockte er beleidigt und fluchte vor sich hin, während er das Feuer im Ofen in Gang brachte. Zumindest das gelang ihm auf Anhieb, ein kleiner Trost nach seiner Niederlage auf dem Trail.

Im Stillen amüsierte sich Cheryl über Jack. Offensichtlich gehörte er zu der Sorte Ehemann, die unbedingt das Sagen in der Familie haben wollte. Lass mich nur machen, ich weiß, was das Beste für dich ist, sagte er wahrscheinlich zu seiner Frau. Dass sie plötzlich ein Eigenleben entwickelte und ihm sogar einen Denkzettel verabreichte, passte sicher nicht in seinen Plan.

Auch an den beiden sah sie, wie gut sie es doch mit ihren Eltern getroffen hatte. Auch sie waren nicht immer einer Meinung, und wenn ihr Vater schlechte Laune hatte, stapfte er schon mal durch den Schnee und trat wütend gegen einen unschuldigen Baum, aber wenn es darauf ankam, hielten sie fest zusammen und hatten immer auch das Wohl des anderen im Sinn. Keiner traf seine Entscheidungen ganz allein und zwang den anderen dazu, sich ihm unterzuordnen. Sie hatten sich ihr Leben so harmonisch wie möglich eingerichtet und waren zufrieden damit. Einen Kleinkrieg wie die Farleys hätten sie niemals geführt, im Gegenteil, ihr Dad hätte lauthals gelacht und sich für ihre Mom gefreut, wenn sie ihn mit dem Schlitten abgehängt hätte.

Während Matt die Steaks über dem offenen Kamin briet, kümmerte sich Cheryl um die Bohnen. Leicht gezuckerte gebackene Bohnen aus der Dose, die sie in einem Topf über dem Ofen erhitzte. Nicht gerade ein Diätgericht, aber genau die richtige Mahlzeit nach einem langen Tag auf dem Hundeschlitten. Vom Kamin zog der verlockende Duft der Steaks herüber, mit Mesquite gewürzt, wie es die Cowboys angeblich am liebsten mochten. Vor allem Cowboys aus Texas, dachte sie, wo der Mesquite fast überall wuchs.

Sie schloss für einen Moment die Augen und sah Rick mit einigen seiner Gäste am Feuer sitzen, ein alltägliches Bild auf einer Guest Ranch, auf der Urlauber das wahre Leben der Cowboys und Cowgirls kennenlernen wollten. Den anstrengenden Part, die schweißtreibende Arbeit mit den Rindern und Pferden bei jedem Wetter, ersparte man ihnen. Viel angenehmer war es doch, gemeinsam am Feuer zu sitzen und einem echten Texaner zuzuhören, der die Songs seiner texanischen Heimat und neue Lieder wie »Snowflake Kisses« sang.

»Cheryl!«, störte Matt sie in ihrem Traum. »Lassen Sie die Bohnen nicht zu heiß werden. Und rühren Sie lieber noch mal um, bevor sie anbrennen.«

»Aye, Boss«, sagte sie lächelnd.

Sie hegte schon lange keinen Groll mehr gegen Matt. Seit der Anmache bei Klondike Kitty behandelte er sie so respektvoll, wie man es von einem Kollegen erwarten konnte. Auf dem Trail schien seine Achtung ihr gegenüber gewachsen zu sein, wahrscheinlich hatte er gemerkt, dass sie eine erfahrene Musherin war und durchaus mit ihm mithalten konnte. Keine blöde Anmache mehr, keine Macho-Sprüche, nicht mal ein spöttisches Grinsen. Lediglich in der Goldmine hatte sich gezeigt, dass er sich nicht völlig gewandelt hatte. Eine etwas naive junge Frau wie Kelly war ihm wohl hilflos ausgeliefert.

Zum Abendessen saßen sie an dem einfachen Holztisch und ließen es sich schmecken. Die Hütte hatte vor vielen Jahren einem Fallensteller gehört und war von Freiwilligen repariert und mit einfachen Betten, Geschirr und allem Notwendigen ausgestattet worden. Auf einem Anschlag am Küchenschrank wurden die Gäste gebeten, ihr Geschirr abzuspülen, frisches Feuerholz neben dem Ofen zu stapeln und die Hütte so zu hinterlassen, wie sie sie vorgefunden hatten. In der Wildnis gab es mehrere solcher Hütten, die jedem offenstanden und schon so manchem Abenteurer das Leben gerettet hatten.

Den Farleys schmeckte das Essen, sogar Janice, obwohl Cheryl sie eher für den kalorienbewussten Salat-mit-Putenstreifen-Typ gehalten hatte. Jack betrachtete ihre Wandlung ziemlich misstrauisch, er kam überhaupt nicht mit ihrem veränderten Rollenverhalten zurecht. Zwischen zwei Bissen blickte er sie verwundert an.

»Heute Morgen hast du noch über dieses Essen geschimpft«, sagte er.

Sie lächelte über seinen Einwand hinweg. »Heute Morgen wusste ich auch noch nicht, wie gut so ein Steak schmecken kann. Ich glaube, nach solch einer Tour braucht jeder eine deftige Mahlzeit.« Als müsste sie ihre Worte unterstreichen, griff sie nach dem Löffel und nahm sich einige Bohnen auf den Teller.

»So kenne ich dich ja gar nicht, Janice.« Jack klang irgendwie enttäuscht.

»Ich wundere mich auch«, räumte sie ein. »Ich hätte nie gedacht, dass ich mich für den hohen Norden begeistern könnte. Mir reichte schon Vancouver, obwohl dort im Sommer sogar die Rosen blühen. Auf einem Hundeschlitten in der Wildnis hab ich mir mich im Traum nicht vorstellen können. So kann man sich täuschen. Durch die Wildnis zu brausen, macht richtig Spaß. Besonders dann, wenn man den eigenen Mann besiegt.« Sie grinste über den kleinen Seitenhieb. »Was nicht heißt, dass ich mich jemals an dieses enge Wohnmobil gewöhnen werde.«

»Wir haben dich gewinnen lassen«, versuchte Jack sich herauszureden.

»Oh nein«, fühlte sich Janice bemüßigt, ihm Kontra zu geben. »Und niemand hat mir geholfen. Das hab ich ganz allein geschafft, richtig?«

»Richtig«, bestätigte Matt. Wahrscheinlich schlug er sich zum ersten Mal auf die Seite der Frauen. »Janice hat einen guten Job gemacht. Vielleicht stimmt es ja doch, dass Frauen die besseren Musher sind.« So ganz gelang ihm der Seitenwechsel aber doch nicht. »Bis jemand wie ich kommt und ihnen zeigt, wo es langgeht.« Er blickte Cheryl an. »Sie wissen, was ich meine.«

Cheryl grinste ebenfalls. »Abwarten, Matt!«

»Vielleicht sollten wir es an einem der nächsten Tage mal mit Snowmobilen versuchen«, sagte Jack. Er hatte die ganze Zeit angestrengt nachgedacht.

Janice hatte fertig gegessen und wischte sich den Mund ab. »Du meinst, damit könntest du mich schlagen? Nur weil du ein Mann bist, heißt das noch lange nicht, dass du mit so einem Motorschlitten besser umgehen kannst.«

»Das ist wahr«, schlug sich Matt erneut auf ihre Seite. Ob aus Überzeugung oder um sie zu beeindrucken, war nicht zu erkennen. »Es dauert eine Weile, bis man mit diesen Fahrzeugen klarkommt. Auf unseren Snowmobil-Touren warnen wir die Teilnehmer sogar davor,

Rennen zu veranstalten. Ich habe zu oft miterlebt, wie sich die Leute bei einem Sturz verdammt wehgetan haben. Das heißt aber nicht, dass wir uns wie lahme Enten über den Schnee bewegen.«

»Ich bin jahrelang Harley gefahren«, sagte Jack stolz, »und mit der Suzuki eines Bekannten war ich sogar im Gelände unterwegs. Da lernt man auch, die Balance zu halten, und darauf kommt es beim Snowmobiling doch an, oder?«

»Nicht nur«, widersprach Matt. Man sah seiner Miene an, wie sehr ihm die Besserwisserei seines Gegenübers auf die Nerven ging. »Ein Snowmobil fährt sich ganz anders als ein Motorrad, beim Beschleunigen, in den Kurven, beim Sprinten über Schnee und Eis. Sie können es gerne mal bei uns ausprobieren.«

Janice trank einen Schluck. »Lieber nicht. Snowmobile sind mir zu laut. Die passen gar nicht zu dieser schönen Landschaft. Mit dem Hundeschlitten erlebt man die Natur viel ...« Sie suchte nach dem Wort. »... ursprünglicher.«

»Du hast wohl Angst, dass ich dir davonfahre?«

Cheryl fand die Art, wie Jack mit seiner Frau umging, äußerst herablassend und wunderte sich, wie cool und gefasst Janice inzwischen darauf reagierte. Die Fahrt über die Hunker Creek Road hatte ihr Selbstbewusstsein offensichtlich gestärkt.

»Sei bloß nicht zu siegessicher«, sagte Janice. »Du gewinnst bestimmt nicht!«

»Nun sei doch nicht so humorlos«, erwiderte sie. »Wir sind schließlich nicht hier, um jeden Tag ein Rennen gegeneinander zu fahren. Sei lieber froh, dass mir der Norden inzwischen gefällt und ich nicht mehr herumjammere.«

»Du hast Angst zu verlieren, das ist es!«

»Blödsinn! Was ist denn plötzlich mit dir los?«

»Ist doch alles Kinderkram!«

Cheryl befürchtete, dass der Streit gleich wieder eskalieren würde, und zog rasch die Notbremse. »Jetzt lassen Sie uns doch erst mal diese Tour genießen! So etwas können Sie in Vancouver nicht erleben.« Sie wechselte einen raschen Blick mit Matt und stellte fest, dass er den Themenwechsel ebenfalls für dringend notwendig hielt. »Wie sind Sie eigentlich auf den hohen Norden gekommen, Jack? Was hat Sie zum Yukon getrieben?«

Da Jack gern über sich selbst sprach, ging er bereitwillig auf ihre Fragen ein. »Die Wildnis hat mich schon immer fasziniert. Jedes Mal, wenn ich von meinem Bürofenster auf die Berge blickte, wäre ich am liebsten sofort losgefahren. Bis zum Mount Whistler und zum Fraser River haben wir es öfter mal geschafft, sind dort gewandert und mit einem Schlauchboot durch die Stromschnellen gefahren, aber unter Wildnis verstehe ich etwas anderes. Die beginnt hier am Yukon, wo es im Winter noch richtig kalt wird. Leider mussten wir öfter zu Janices Eltern nach San Diego reisen. Dort scheint fast jeden Tag die Sonne. Eine Weile ist das ganz schön, aber auf Dauer … todlangweilig.«

»Jetzt tu bloß nicht so, als hättest du den ganzen Tag in der Sonne liegen müssen«, mischte sich Janice ein. »Auch in der Mission Bay kann man viel erleben. Zum Beispiel segeln und Wasserski laufen und tausend andere Sachen machen.«

»Ich fand San Diego ziemlich schrecklich.«

»Weil du dich dauernd mit meinem Vater anlegen musstest!«

Ihr Gesicht war bereits wieder gerötet, und Cheryl fragte schnell: »Was für einen Job haben Sie denn in Vancouver?« Sie blickte beide fragend an.

»Nichts Aufregendes«, räumte Jack beinahe entschuldigend ein. »Ich bin für die Stadtverwaltung tätig. Infrastruktur, Bebauungspläne, neue Wohnviertel, so was. Ich kann einigermaßen gut planen und mit Zahlen umgehen.«

»Das ist sicher spannend.« In Wirklichkeit meinte Cheryl das Gegenteil.

»Es geht zu viel um Politik. Ich bin kein guter Diplomat, wissen Sie.«

Das hatte sich Cheryl schon gedacht. »Und Sie, Janice?«

»Ich arbeite für BC Ferries. Die Fähren von British Columbia. Auch ein Bürojob. In unserer Abteilung geht es hauptsächlich um die Ausarbeitung von Fahrplänen und die Bewertung eventueller neuer Strecken. An Bord eines Schiffes komme ich nur alle hundert Jahre mal, aber ich bin sehr zufrieden mit meiner Arbeit.«

»Und warum sind Sie aus San Diego weggezogen?«

»Wegen Jack«, antwortete sie lächelnd, »und ich habe das bisher nicht bereut, ehrlich. Auch wenn wir öfter mal unterschiedlicher Meinung sind. Ich liebe Kanada und Vancouver ist eine wunderschöne Stadt. Ich brauchte mich nicht mal groß umzustellen. San Diego und Vancouver liegen beide am Pazifik und an großen Buchten.« Sie lächelte. »Nun ja, bis auf das Wetter vielleicht.«

»Ich hab nie was für Kalifornien übriggehabt«, räumte Jack ein. »Dort ist es viel zu heiß im Sommer und viel zu ... künstlich. Sehen Sie sich doch Hollywood an. Oder Disneyland und den Highway One. Das ist alles nur ein großer Vergnügungspark.«

»Und Yosemite und den Lake Tahoe. Wir haben auch Wildnis.«

Cheryl hatte inzwischen das Geschirr abgeräumt und mit heißem Wasser gespült. Janice hatte ihr mit einer Geste Hilfe angeboten, aber sie hatte abgewinkt. Die vier Teller und das bisschen Besteck schaffte sie auch allein.

»Sie schlafen im Nachbarzimmer«, erklärte Matt den beiden. Es gab zwei Zimmer in der Hütte, eine weitere Schlafstelle war durch einen Vorhang vom Wohnzimmer getrennt. »Waschen können Sie sich morgen früh, während Cheryl und ich die Huskys füttern. Dann sind wir beide aus dem Weg.« Er grinste ein wenig anzüglich. »Ruhen Sie sich gut aus, der Trail morgen ist wesentlich anstrengender als heute. Dagegen ist die Hunker Creek Road ein Highway.«

»Puh«, sagte Cheryl leise, als das Paar verschwunden war.

»Morgen kann er seine Wildnis haben!«, flüsterte Matt grinsend.

Wenig später hatten sich auch Cheryl und Matt zur Ruhe begeben. Dass sie nur durch einen Vorhang voneinander getrennt waren und man jedes noch so kleine Geräusch des anderen hören konnte, machte Cheryl etwas nervös, störte sie aber nicht wirklich. Von Matt hatte sie nichts zu befürchten. Anders hätte es sich verhalten, wenn sie allein mit Matt unterwegs gewesen wäre, dann hätte er sicher versucht, sich an sie ranzumachen. Genau wie John. Es waren immer die falschen Kerle, dachte sie.

Matt schlief schon bald und schnarchte fürchterlich. Cheryl brauchte etwas länger, um einzuschlafen. Sie musste sich erst an die rauen Wolldecken gewöhnen. Sie träumte wirres Zeug, sah Snowball in weiten Sätzen über den zugefrorenen Fluss hetzen und hörte die inzwischen schon vertrauten Klänge von »Snowflake Kisses«, als sie mit ihrem Schlitten durch ein weites Tal fuhr. Über ihr zuckte das Nordlicht in verwaschenen Mustern über den Himmel. »Snowflake Kisses, warmer than the sun, softly touching, you're the only one«, verstand sie sogar ganze Zeilen. Und dann war da dieses unbeschreibliche Gefühl, als tatsächlich einige Schneeflocken auf ihren Lippen schmolzen und sie Rick ganz in ihrer Nähe zu spüren glaubte. Sie ließ sich fallen, fühlte seinen heißen Atem und schreckte urplötzlich aus dem Schlaf auf.

Nebenan stritten sich die Farleys. Anstatt sich auszuschlafen, um für den anstrengenden nächsten Tag gerüstet zu sein, gingen sie wieder mal aufeinander los. Da ihr Nachbar so laut schnarchte, verstand sie nur Bruchstücke. »... musst mich blamieren ... bist wohl auf dem Egotrip ... fährst du allein zu deinen Eltern ... Vergiss es ... ich hab sowieso die Nase voll ... überhaupt ...«

Die beiden gaben ihr Rätsel auf. Warum versuchte Jack ständig, den großen Macker zu markieren und alles zu bestimmen, und warum freute er sich nicht, dass Janice nun doch noch Gefallen am hohen Norden gefunden hatte? Weil sie ihn bei einem harmlosen Schlittenrennen geschlagen hatte? Warum hatte sich Janice so lange von ihm herumkommandieren lassen, und warum genügte eine erfolgreiche Schlittenfahrt, um sie gegen Jack aufbegehren zu lassen? Warum stritten die beiden ständig? Wie war es wohl gewesen, als sie sich kennengelernt hatten? Cheryl konnte es sich gut vorstellen. Ihre Verliebtheit hatte vieles kaschiert, und Janice war es wohl gar nicht in den Sinn gekommen, ihm zu widersprechen. Aber selbst Frauen wie Janice ließen sich nicht alles gefallen.

»Jetzt reicht's mir aber!«, hörte Cheryl sie schimpfen. Ein dumpfes Geräusch verriet, dass sie gerade aus dem Bett sprang. Gleich darauf klappte die Tür nach innen, und Cheryl bekam mit, wie Janice in Unterwäsche in die Kälte hinausrannte. »Wenn du meinst, ich bin überflüssig, dann kann ich ja gehen!«

Cheryl reagierte augenblicklich und hetzte ihr nach. Hinter ihr sprang Matt aus dem Bett. »Janice! Komm zurück! Willst du dich etwa umbringen?«

Die Huskys schreckten ebenfalls aus dem Schlaf und stimmten ein lautes Heulkonzert an. Sie spürten instinktiv, dass mit den Zweibeinern etwas nicht stimmte. Die junge Frau in Unterwäsche rannte an ihnen vorbei und stürzte schon nach wenigen Metern weinend in den Schnee. Sie fluchte lauthals.

Cheryl und Matt waren bereits bei ihr und führten sie ins Haus zurück. Jack empfing sie mit einer Wolldecke und legte sie seiner Frau um die Schultern. »Tut mir leid, mein Schatz! Ich wollte dich nicht beleidigen«, säuselte er. »Tut mir leid«, sagte er dann auch zu Cheryl und Matt. »Ich weiß, ich hab mich danebenbenommen.« Er nahm seine Frau in den Arm. »Es wird alles wieder gut, Janice. Wir haben uns doch bisher gut verstanden. Entschuldige bitte.«

Sie gingen in ihr Zimmer und ließen Cheryl und Matt verwirrt zurück. Die beiden blickten einander nur an und verschwanden dann ratlos in ihren Betten. Schon zwei Minuten später hallte Matts Schnarchen durch den

Raum. Cheryl brauchte etwas länger, versank dann aber in einen diesmal traumlosen Schlaf, der bis zum frühen Morgen dauerte. Als sie aufwachte, war Matt bereits draußen bei seinen Hunden. Im Ofen knisterte ein neues Feuer. Sie wusch sich hastig in der Waschschüssel, die er auf eine Anrichte gestellt hatte, und zog sich an.

Bevor sie nach draußen ging, klopfte sie an die Tür von Janice und Jack und rief: »Raus aus den Federn! Wie wär's, wenn einer von Ihnen schon mal Kaffee aufsetzen würde? Die Waschschüssel steht auf der Anrichte, okay?«

»Okay«, tönte es verschlafen aus dem Nachbarzimmer.

Beim Frühstück verhielten sich die beiden Streithähne wieder ganz normal. Sie lobten den French Toast, den Matt in der Pfanne gebraten hatte, und lächelten einander sogar zu. Cheryl schüttelte in Gedanken den Kopf. Sie hatte ja schon einiges erlebt, aber die Berg- und Talfahrt der Gefühle, die diese beiden erlebten, übertraf alles. Janice war gestärkt aus diesem Streit hervorgegangen. Die Hundeschlitten-Tour war wie eine Therapie für sie gewesen und hatte ihr ein völlig neues Selbstwertgefühl gegeben. Und Jack hatte erkannt, dass er kein williges Mäuschen, sondern eine selbstständige Frau mit einem eigenem Willen geheiratet hatte. Manche brauchten anscheinend Jahre, um das zu erkennen. Matts leicht spöttisches Grinsen verriet, dass er ebenso dachte.

Auf dem Trail wurden sie gleich gefordert. Der steile Anstieg zum King Solomon Dome verlangte ihnen alles ab. Weil der Trail hier besonders anspruchsvoll war, standen Cheryl und Matt selbst auf den Kufen und hatten große Mühe, ihre Schlitten in der Spur zu halten. »Dieser Trail gehört zur Route des Yukon Quest«, erklärte Matt, als sie auf der Passhöhe im Windschatten einiger Bäume hielten. »Das ist das härteste Schlittenhunderennen der Welt. Wer da bestehen will, muss schon einiges draufhaben.« Er verriet Janice und Jack, die wesentlich kleinlauter geworden waren, dass der Solomon Dome wegen seiner ehemals reichen Goldvorkommen nach dem reichen König Solomon, zu Deutsch Salomon, aus der Bibel benannt war, und fuhr weiter ins Tal zum Bonanza Creek hinab.

»Hier begann der Klondike-Goldrausch«, übernahm nun Cheryl, auch um Matt zu zeigen, dass sie die Fakten beherrschte. »Am 16. August 1896 stießen der Indianer Skookum Jim und seine Schwester Kate Carmack auf reiche Goldvorkommen. Wegen der damaligen Vorbehalte gegen Indianer ließ Kates Ehemann George Carmack den Claim auf seinen Namen eintragen. Erst ein Jahr später war die Kunde von den Funden nach Kalifornien vorgedrungen und eine Zeitung erschien mit der Schlagzeile ›Gold! Gold! Gold! Gold!‹«

Jack war weniger an der Geschichte als daran interessiert, den Hundeschlitten wieder selbst zu steuern. Eigentlich hatte Matt vorgehabt, ihn erst nach einem

Drittel der Strecke an einem der Campgrounds umsteigen zu lassen, aber er gab keine Ruhe. »Wenn die Goldsucher da mit ihren Wagen durchgekommen sind, schaffe ich das schon lange«, tönte er wie eh und je.

»Meinetwegen«, ließ sich Matt breitschlagen. »Versuchen Sie's!«

16

Die Ridge Road war von einem anderen Kaliber als die Hunker Creek Road. Besonders auf den ersten Kilometern ging es ständig auf und ab, und die tiefen Furchen im hart gefrorenen Boden machten den Mushern das Leben schwer. Jack sprang alle paar Meter von den Kufen und stemmte sich gegen den Schlitten, besonders auf den steilen Anstiegen, und er feuerte die Huskys mit aufgeregten Zurufen an. Cheryl verhielt sich geschickter, sie fuhr oberhalb der Furchen und hatte es so wesentlich leichter, die schwierigen Anstiege zu meistern.

»Aus den Furchen raus!«, rief Matt. Er machte keine Anstalten, von der Ladefläche zu springen, obwohl es ohne sein Gewicht wesentlich leichter gewesen wäre, den Schlitten zu lenken. Als hätte er es darauf abgesehen, Jack eine Lektion zu erteilen. »Verkrampfen Sie sich nicht, Jack! Bleiben Sie locker!«

Jack gab sich alle Mühe und nahm mit einem heiseren Schrei die letzte Anhöhe. Befreit ließ er die Huskys laufen. Jetzt erst dachte er daran, sie anzufeuern, war sichtlich mit sich zufrieden und blickte sich triumphierend zu seiner Frau um. »Was sagst du jetzt? Hast du gesehen, wie ich die Steigung hinauf bin? Solche Anstiege schaffen sie nur beim Yukon Quest.« Das war maßlos übertrieben, zeigte aber, wie überlegen sich Jack in diesem Augenblick fühlte.

Seine Frau drehte sich zu Cheryl um. Man sah ihr an, wie sehr ihr das Triumphgeschrei ihres Mannes auf die Nerven ging und wie gerne sie sich wieder mit ihm messen würde. »Lassen Sie mich auch wieder fahren, Cheryl?«, fragte sie unruhig.

Die Ridge Road war jetzt breiter und zog sich in weiten Schleifen an den Bergkämmen entlang, es war die ideale Piste für eine Anfängerin wie Janice. »Okay, aber keine Wettfahrten mehr. Bleiben Sie hinter Jack! Alles andere ist zu gefährlich. Der Trail sieht einfach aus, aber man weiß nie.« Cheryl hielt den Schlitten an und sie wechselten die Plätze. »Achten Sie auf den Boden! Dort, wo der Wind hinkommt, ist der Schnee oft verkrustet oder vereist, und Sie müssen höllisch aufpassen. Bei einer Wettfahrt können Sie nur verlieren, okay?«

»Okay«, erwiderte sie.

Janice hielt sich an ihre Anweisungen. Sie blieb hinter ihrem Mann, hielt sogar einen größeren Abstand als am Tag zuvor und lenkte den Schlitten so, als ob sie schon mehrere Touren hinter sich hätte. Sie besaß Talent. Nachdem sich ihre Verkrampfung und ihre Angst gelöst hatten, stand sie geschmeidig auf den Kufen, stets bereit, in die Knie zu gehen und ihr Gewicht zu verlagern, um in eine Kurve zu gehen oder einem Hindernis auszuweichen.

»Weiter so!«, munterte Cheryl sie auf. »Das machen Sie perfekt!«

Ihr Lob war nicht übertrieben. Janice fuhr besser als ihr Mann, nicht so steif und ungeduldig, und zeigte auch auf den vereisten Strecken, wie schnell sie gelernt hatte. Indem sie viel mit ihrem Körper und auch mit ihren Füßen arbeitete, gelang es ihr, den Schlitten in der Spur zu halten und nicht den Halt zu verlieren. Nur in einer besonders scharfen und vereisten Kurve verlor sie die Kontrolle und wurde so weit hinausgetrieben, dass sie gegen die Böschung stieß. »Gee! Gee! Nach rechts! Nach rechts!«, rief sie den Hunden zu.

Beim ersten der beiden Campgrounds, die den Trail säumten, hielt Janice an. »Whoaa!«, rief sie den Huskys zu. »Das habt ihr toll gemacht! Snowball, ohne dich wäre ich vorhin auf die Nase geflogen. Du bist der Beste!« Sie schnaufte ein paarmal kräftig durch und lächelte stolz. »Das war okay, oder?«

»Und ob«, erwiderte Cheryl. »Noch ein paar Touren und Sie können sich beim Yukon Quest anmelden. Nein, ehrlich, Sie schlagen sich sehr tapfer.«

Nach einer kurzen Pause fuhren sie weiter. Cheryl blieb auf dem Schlitten und fühlte sich mit Janice auf den Kufen immer sicherer. Ihr gefiel auch, wie die junge Frau mit den Huskys sprach, sie vergaß niemals, sie zu loben und anzufeuern. Die Straße war jetzt eben und verlief geradeaus, eine Einladung für Janice, das Tempo zu beschleunigen, um wieder auf Sichtweite an ihren Mann heranzukommen, der anscheinend auf eine Pause verzichtet hatte. Über den nahen Bergen zeigte sich die Sonne mit dem ersten zaghaften Tageslicht.

Vor einer steilen Abfahrt, die zwischen mehreren Felsen ins nächste Tal hinabführte, hatte Janice ihren Mann eingeholt. Cheryl ermahnte sie, etwas langsamer zu fahren und sich nicht durch Jack ablenken zu lassen. Janice hielt sich daran und blieb ungefähr zehn Schlittenlängen hinter ihm. Sie reagierte nicht auf die herausfordernden Blicke ihres Mannes, der sie anscheinend zu einem weiteren Rennen bewegen wollte. »Lassen Sie ihn!«, rief Cheryl ihr zu.

Cheryl hörte, wie Matt versuchte, auch Jack von einem Rennen abzuhalten, doch bei ihm saß der Ärger über die Niederlage gegen seine Frau wohl zu tief, und er feuerte die Huskys beinahe wütend an. Noch einmal wollte er sich nicht von seiner Frau demütigen lassen. In seiner Aufregung vergaß er jedoch, auf die Straße zu achten, und Cheryl erkannte sogar aus der Ferne, wie er mit seinem Schlitten in einer vereisten Kurve ins Schleudern geriet und mit voller Wucht gegen den Schneewall am Straßenrand prallte. Er stürzte von den Kufen und fiel zu Boden, schrie vor Schmerzen, als er unglücklich mit dem linken Fuß aufkam und gekrümmt auf dem vereisten Boden liegen blieb.

»Whoaa!«, rief Matt. Er hielt sich mit beiden Händen am Schlitten fest und blieb einen Moment liegen, als die Huskys stoppten. Dann stand er auf, froh darüber, dass er unverletzt war, und rannte zu dem stöhnenden Jack zurück.

Beinahe gleichzeitig hielten Cheryl und Janice vor dem Gestürzten. Janice sprang von den Kufen und rannte zu ihrem Mann, beugte sich über ihn und fragte: »Bist du okay, Jack? Dir ist doch nichts passiert? Ich helfe dir, Jack.«

Zusammen mit Matt zog sie ihren Mann vom Boden hoch und schloss ihn in ihre Arme. Vergessen waren der hitzige Streit vom Vortag und die Rivalität auf dem Trail. Als sie merkte, dass er sich kaum auf den Beinen halten konnte, sagte sie: »Was ist mit deinem Fuß, Jack? Es ist doch nichts Ernstes?«

»Er ist nur verstaucht, aber … es tut höllisch weh, Janice.«

Matt holte den Schlitten und bereitete ein bequemes Deckenlager. Mit vereinten Kräften halfen sie Jack auf die Ladefläche. »Ich gebe Ihnen eine Schmerztablette«, sagte Matt, »und sobald wir in Dawson City sind, bringen wir Sie ins Krankenhaus und lassen Sie röntgen. Wir sind gut versichert.«

»Tut mir leid. Ich hab wohl Mist gebaut.«

»Das hätte jedem passieren können«, sagte Matt.

Bald darauf waren sie wieder unterwegs, diesmal mit Cheryl und Matt auf den Kufen. Sie wollten so schnell wie möglich nach Dawson City, bevor Jacks Schmerzen noch schlimmer wurden. Leider gab es keine Möglichkeit, die Ridge Road zu verlassen und einen breiteren und weniger anstrengenden Trail zu erreichen. Ihnen blieb nichts anderes übrig, als die Herausforderung auf der Ridge Road anzunehmen und sich durch die ehemaligen Goldfelder zu quälen. Normalerweise war dies ein tolles Abenteuer, mit einem Verletzten war es nur eine Plage.

Wieder in Dawson City, kümmerte sich Matt um Jack und Janice. Er fuhr die beiden ins nächste Krankenhaus und kehrte nach einer Stunde erleichtert zurück. Cheryl war bei John und Lisa im Büro. »Es ist nur eine Verstauchung«, erklärte Matt. »Er muss den Fuß ruhig halten und starke Tabletten nehmen.« Er schenkte sich einen Becher Kaffee ein. »Ich hab Ihnen angeboten, dass wir Ihnen das Geld zurücküberweisen. Ich denke, das war in deinem Sinne.«

»Was anderes bleibt uns wohl nicht übrig«, erwiderte John. Cheryl hatte ihm von der Tour berichtet. »Man kann sich seine Kunden nicht aussuchen.«

»Ich hatte ihn gewarnt«, sagte Matt.

»So, wie die beiden sich benommen haben, können wir froh sein, dass nicht noch mehr passiert ist. Lisa, erinnere mich daran, dass ich morgen früh bei ihnen auf dem Campground vorbeifahre und Janice einen Blumenstrauß bringe. Ich will nicht, dass die beiden uns verklagen.« Er wandte sich an Cheryl. »Und für Sie ist alles gut gelaufen? Ich hoffe, Sie haben sich mit Matt vertragen.«

»Er kann etwas einstecken, das ist doch schon mal was.«

»Und sie ist eine gute Musherin. Man kann sich ja auch mal irren.«

»Es gibt Neuigkeiten«, sagte John und nickte dankbar, als Lisa einen Teller mit Keksen auf den Tresen stellte. »Im Dezember wartet ein neuer Event auf uns. Mountie Day. Ein neues Festival zu Ehren der Royal Canadian Mounted Police. Mit Vorträgen und Filmen, einer Parade im Schnee und einem Abenteuer, das an eine wahre Begebenheit im 19. Jahrhundert erinnert. Damals verirrten sich vier Goldgräber in den Ogilvie Mountains. Etliche Mounties und eine Siedlerfrau zogen mit ihren Hundeschlitten los und suchten nach den Männern. Nach einer abenteuerlichen Fahrt konnten sie alle vier Männer retten und nach Dawson bringen. Den letzten spürte die Siedlerfrau in einem Sturm auf.«

Matt grinste. »Ich ahne, was jetzt kommt.«

»Genau«, erwiderte John ebenfalls grinsend, »du und Cheryl, ihr übernehmt den Part eines Mounties und der Siedlerfrau. Aber das ist noch nicht alles. Das Ganze soll kein langweiliges Reenactment sein, sondern ein Wettbewerb, der auch vom Fernsehen übertragen wird und bei dem die Zuschauer mitfiebern können. Eine bessere Werbung könnten wir nicht haben.«

Cheryl gewöhnte sich nur schwer an die Vorstellung. »Und wie stellen sich die Macher das vor? Wollen uns die Fernsehleute mit Schlitten verfolgen?«

»Mit Hubschraubern.«

»Mit Hubschraubern?«, fragte sie staunend.

»Ich sage ja, der Mountie Day ist eine große Sache. Wenn alles so läuft, wie sich die Verantwortlichen das vorstellen, soll er jedes Jahr stattfinden, und wir wären immer dabei. Die Fernsehleute stören uns nicht, im Gegenteil, ohne sie würde man kaum etwas von dem Event mitbekommen. Beim Yukon Quest oder Iditarod ist noch mehr los. Den Huskys macht das wenig aus.«

Cheryl war immer noch skeptisch. »Ich weiß nicht, das klingt mir alles zu sehr nach Realityshow. Das macht doch keinen Spaß, wenn die neben jedem Lagerplatz landen und ein Interview wollen. Ich bin doch kein Fernsehstar.«

»Vielleicht werden Sie einer«, sagte John, wiegelte aber gleich darauf ab. »Nein, Cheryl, Sie brauchen keine Angst zu haben, eine Realityshow will keiner der Verantwortlichen. Die Berichterstattung läuft eher wie bei einem bekannten Rennen. Ein Interview vor dem Start und unterwegs höchstens mal ein kurzes Statement. Die Reporter werden angewiesen, sich möglichst zurückzuhalten, und dürfen nur einmal bei jedem Teilnehmer landen. Es sei denn, es kommt zu einem Notfall. Niemand soll den Wettbewerb stören.«

»Welchen Wettbewerb?«, fragte Cheryl.

John nippte an seinem Kaffee. »Die Einzelheiten stehen noch nicht fest, aber soviel ich weiß, werden sechs Mounties an den Start gehen. Natürlich keine echten, eher erfahrene Musher, die in der Wildnis groß geworden sind. Sechs Mounties und eine Frau. Von den vier Siedlern, die sich in den Ogilvie Mountains verirrt haben sollen, weiß man nur den ungefähren Aufenthaltsort. Handys und GPS sind tabu. Wer zuerst einen Siedler gefunden hat und mit ihm über die Ziellinie in Dawson City fährt, hat gewonnen.«

»Wow!«, sagte Matt begeistert. Er blickte Cheryl an. »Dann können wir uns das Privatrennen ja sparen. Ich zeige Ihnen in den Ogilvies, dass Sie noch eine Menge lernen müssen, um an mir vorbeizukommen. Trauen Sie sich das zu?«

Cheryl nahm die Herausforderung sportlich. Er behandelte sie nicht mehr von oben herab, er lächelte sogar bei seinen Worten. »Und ob, mein Lieber! Ich werde schon in Dawson bei einem heißen Tee sitzen, während Sie noch in den Bergen herumirren und vergeblich nach dem frierenden Siedler suchen.«

»Abwarten, Cheryl.«

»Und wie lange soll das alles dauern?«, fragte Cheryl den Chef.

John griff nach einem Schokokeks. »Keine Ahnung. Ein paar Tage, nehme ich an. Die Fernsehleute wären ganz scharf darauf, Bilder von einem Nachtlager zu bekommen. Wie Sie im Feuerschein die Huskys füttern, mit der Waffe in der Hand die Gegend nach wilden Tieren absuchen, wie im Western.«

»Cheryl Robinson als Westernheldin. Na toll!«

»Ich gehe nächste Woche zu einem Meeting mit den Verantwortlichen«, erklärte John, »dann klären wir die ersten Einzelheiten. Ich kann Sie natürlich nicht zwingen, Cheryl, aber ich hoffe, Sie sind dabei. Die Rolle der Siedlerfrau ist Ihnen auf den Leib geschrieben, und wenn Sie gewinnen, wartet sogar ein Preisgeld auf Sie. Eine Bank spendet tausend Dollar für den Sieger.«

»Tausend Dollar?«, rief Cheryl. »Die könnte ich gut brauchen, wenn ich auf dem College bin. Damit komme ich locker über das erste halbe Jahr.«

»Dann strengen Sie sich an.«

Cheryl hatte sich längst entschieden. »Eigentlich wollte ich beim Yukon Quest mitmachen, aber daraus wird sowieso nichts, solange ich auf dem College bin und keine Zeit zum Trainieren habe. Wer weiß, was in vier Jahren ist? Mir wird wohl nichts anderes übrig bleiben, als den Event zu gewinnen.«

»Und Sie, Matt?«

»Ich will mir einen neuen Jeep kaufen«, sagte Matt. »Mit tausend Dollar könnte ich ihn zumindest anzahlen.« Er griff nach einem Keks, war schon wieder kampfeslustig. »Ich kenne mich in den Bergen aus, da macht mir so schnell keiner was vor. In den Ogilvies finde ich mich blind zurecht.«

»Okay, dann sehen wir uns morgen«, sagte John. »Wir haben keine Tour, aber einige Leute wollen sich Snowmobile leihen. Wir sollten also vollzählig sein.«

Cheryl zog den Reißverschluss ihres Anoraks zu und

wollte schon gehen, als sie mitbekam, wie Lisa mit John tuschelte. »Wollten wir nicht mal wieder ins Kino gehen?«, sagte sie. »Ich glaube, da läuft der neue Film mit Leonardo DiCaprio. Der interessiert dich bestimmt auch. Tu mir den Gefallen, John!«

»Ich hab heute leider keine Zeit, Lisa.«

»Lass uns wenigstens einen trinken. Gegenüber in der Bar.«

»Es geht nicht, Lisa. Tut mir leid.«

»Was gibt es denn so Wichtiges?«

»Geschäfte«, sagte John ausweichend, »es hat mit dem neuen Event zu tun. Der kam ziemlich plötzlich und es gibt noch einiges zu entscheiden. Demnächst gerne.«

»Demnächst gerne«, wiederholte Lisa beleidigt, »das sagst du jedes Mal.«

»Einer muss doch die Firma am Laufen halten.«

»Willst du mich etwa loswerden, John?«

John reagierte ausweichend. »Natürlich nicht, mein Schatz.« Er küsste sie flüchtig. »Ich hab gerade nur eine Menge um die Ohren. Nächste Woche habe ich mehr Zeit. Warum gehst du nicht mit Cheryl einen trinken?«

»Nächste Woche? Das versprichst du mir?«

»Sicher, mein Schatz. Geh jetzt.«

Cheryl wandte sich rasch der Tür zu und tat so, als hätte sie den Wortwechsel der beiden nicht mitbekommen. Scheinbar überrascht blickte sie sich nach Lisa um. »Lisa! Ich dachte, du wärst schon nach Hause gegangen. Sollen wir uns zwei leckere Thunfisch-Sandwiches gönnen? Die sind meine Spezialität.«

»Klingt nicht übel«, erwiderte Lisa, ohne zu lächeln. »Und danach gehen wir in die kleine Bar gegenüber und ertränken meinen Kummer in Prosecco.«

»Lass mich raten: John?«

»Wer sonst? Aber zuerst gibt's heißen Tee und Thunfisch-Sandwiches.«

Während Cheryl sich um die Zubereitung der Sandwiches kümmerte und den Thunfisch mit Mayonnaise und gehackten Zwiebeln vermengte, setzte Lisa das Teewasser auf und schaltete den Fernseher ein. Über den Tresen hinweg konnte auch Cheryl auf den Bildschirm sehen. Eine Gruppe von Cheerleaderinnen in kurzen Röcken, die auf einer Bühne in einer Turnhalle auftrat und frenetisch gefeiert wurde. »Die Whitehorse High School Cheerleaders«, rief ein Moderator, »die Supporters unserer diesjährigen Football-Champions.«

Wieder brandete Applaus auf, einige Besucher hielten Spruchbänder hoch oder schwenkten Fahnen. Von irgendwoher erklang ein Tusch, als der Moderator die Bühne betrat und um Ruhe bat. »Willkommen zur jährlichen Talentshow der Whitehorse High School. Wie jedes Jahr halten wir auch diesmal wieder einige Überraschungen für Sie bereits, so auch diesen Sänger, der eigentlich nur auf der Durchreise war und einem unserer Scouts in einem Lokal auffiel. In seinem Song geht es um Küsse, so sanft wie Schneeflocken …«

Lisa drückte den Sender weg und erwischte eine Realityshow mit einer kinderreichen Familie, die selbst mit neunzehn Kindern noch nicht genug hatte. »Hey, hast du die Show mal gesehen?«, rief sie. »Total abgefahren und …«

»Schalt zurück! Schalt sofort zurück!«, rief Cheryl.

Lisa blickte sie erstaunt an. »Du willst dieses blöde Highschool-Konzert sehen? Wie kommst du denn darauf? Wenn es ›American Talent‹ wäre, würde ich ja nichts sagen, aber was interessieren dich diese albernen Amateure? Sieh dir lieber diese Verrückten an, die brauchen einen riesigen Bus für ihre Kids! Und wenn sie so weitermachen, einen mit Anhänger.«

»Schalt zurück! Auf den Sender mit der Talentshow!«

Lisa zuckte die Achseln. »Meinetwegen … wenn du meinst.«

Sie drückte auf die Fernbedienung, die Kamera richtete sich auf den Sänger auf der erleuchteten Bühne. Noch konnte sie ihn nicht erkennen, doch als er seinen Song anstimmte, ließ sie vor Schreck beinahe das Messer fallen.

»Rick!«, flüsterte sie überrascht.

17

Rick saß auf einem Barhocker, die Gitarre auf den Oberschenkeln, und sang den Refrain mit solcher Inbrunst, dass ihr Tränen in die Augen traten. »Snowflake kisses, warmer than the sun, your lips are softly touching, you're the only one.« Beinahe genau dieselben Worte wie in ihrem Traum, das liebevolle Funkeln in seinen Augen, nach dem sie sich so gesehnt hatte, und eine Stimme, die trotz der großen Halle noch intimer klang als unterwegs im Pick-up.

Cheryl stand wie gebannt vor dem Bildschirm und starrte auf den jungen Mann, als wäre er von den Toten auferstanden. Es ist nur ein Traum, dachte sie, eine bloße Illusion, die gleich wieder verschwinden würde, doch die Bilder blieben, und seine Stimme hallte verheißungsvoll durch die Halle. Die letzten Takte gingen im tosenden Applaus unter. Fast alle Zuhörer ehrten ihn mit Standing Ovations und beklatschten ihn wie einen Superstar. Nicht wie einen Cowboy, der bisher lediglich in seiner Freizeit gesungen hatte und gerade seine ersten Versuche als Sänger machte. Aus dem draufgängerischen Cowboy war ein sensibler Künstler geworden, eine Wandlung, die auch Cheryl schon an ihm bewundert hatte. »Dieser Song ist Cheryl gewidmet«, sagte er.

Cheryl lehnte sich benommen gegen den Tresen. Hatte er das wirklich gesagt? Oder bildete sie sich seine Worte bloß ein? Was würde seine Freundin sagen, wenn er seinen neuen Song einer anderen jungen Frau widmete? Er konnte sie doch nicht so vor den Kopf stoßen, nein, er hatte bestimmt etwas anderes gesagt. Er musste etwas anderes gesagt haben. Und doch ... es war ihr Song. Snowflake Kisses. Er hatte das Lied tatsächlich zu Ende geschrieben.

»Hast du das gehört?« Lisa vergaß für einen Moment ihren eigenen Kummer. »Er hat den Song dir gewidmet. Vor dem Publikum und den Fernsehkameras! Ich werde verrückt. Der Kerl liebt dich, sonst hätte er das doch niemals getan.« Sie schüttelte den Kopf. »War da nicht eine Freundin im Spiel?«

»Amy«, antwortete Cheryl immer noch geschockt. »Sie heißt Amy.«

»Also, an Amys Stelle wäre ich jetzt ziemlich sauer. Um es milde auszudrücken. Soll heißen, ich würde ihm sagen, dass er sich seine Snowflake Kisses sonst wohin stecken kann, und ihn zum Teufel jagen. Wenn alles stimmt, was er gesungen hat, liebt er nur eine, und das bist du, Cheryl. Du allein.«

Inzwischen stand ein anderer Sänger auf der Bühne und Lisa hatte den Fernseher ausgeschaltet. Cheryl starrte immer noch auf den Bildschirm. »Aber ... das ist unmöglich!«, sagte sie. »Du hättest ihn sehen sollen! Wie er diese Amy umarmt und geküsst hat! Das sah eher so aus, als würden sie sobald wie möglich heiraten! So kann sich niemand verstellen, auch er nicht!«

»Weiß er, dass du in Dawson bist?«, fragte Lisa nach einer Weile.

»Ich hab kein Geheimnis draus gemacht.«

»Dann taucht er auch hier auf. Oder meinst du, mit so einem Song lässt er dich links liegen? Keine Ahnung, wer diese Amy ist, vielleicht nur eine Ex-Freundin, von der er sich verabschiedet hat, aber dich liebt er, und ich gehe jede Wette ein, dass er dir das auch persönlich sagen wird.« Sie lehnte sich seufzend in ihrem Sessel zurück. »Ich wollte, ich hätte auch jemand, der mich so verehrt.«

»Das hast du doch.«

»John? Dass ich nicht lache!«

»Das wird schon, Lisa.«

Lisa blies schon wieder Trübsal. »John hält mich doch nur hin. Der ist genauso wie sein Bruder. Vor den beiden ist keine Frau sicher.« Sie blickte seufzend auf den stummen Fernseher. »Ich würde ja über manches hinwegsehen, aber jedes Mal, wenn wir zusammen sind, schwört er, dass er nur mich liebt und es niemals eine andere für ihn geben wird, aber wenn ich zwei Tage später mit ihm ausgehen will, speist er mich mit irgendeiner Ausrede ab.«

»So, wie ich dich kenne, kriegst du ihn früher oder

später rum«, sagte Cheryl. Tatsächlich glaubte sie allerdings genau das Gegenteil. »Lass uns erst mal meine Super-Tuna-Salad-Sandwiches essen, dann sieht die Welt schon wieder anders aus.«

Lisa lächelte über ihren Kummer hinweg. »Ich weiß noch was Besseres. Nach dem Essen gehen wir in die Bar gegenüber und gießen uns einen hinter die Binde.«

»Ich muss morgen früh raus.«

»Ich auch«, sagte Lisa. »Nur zwei, drei von diesen göttlichen Drinks. Northern Lights Special. Rum, Kokosmilch und Blue Curaçao. Eigentlich was für Karibik-Urlauber, passt aber auch zum Nordlicht. Was meinst du?«

Cheryl wollte sie nicht enttäuschen. »Ich stehe nicht so auf Alkohol, aber die Mischung klingt verlockend. Ein Drink kann bestimmt nicht schaden.«

Mit den Thunfisch-Sandwiches schufen sie sich eine gute Grundlage für die Drinks. So schlecht war die Idee mit dem »Northern Lights« gar nicht, musste Cheryl zugeben, auch sie brauchte nach Ricks Auftritt dringend etwas Starkes. Sie konnte noch immer nicht glauben, ihn wirklich gesehen zu haben. Wie war er bloß darauf gekommen, dieselben Worte wie sie für sein Lied zu verwenden? Das konnte nur Zufall sein. Oder waren ihre Seelen auf der gleichen Wellenlänge? Der Gedanke gefiel ihr und ließ sie zaghaft lächeln.

Die Bar hieß genauso wie ihr berühmter Drink und war so eingerichtet, wie es Urlauber von einer Bar in

Dawson City erwarteten. Ein langer Tresen aus poliertem Holz, wie man ihn aus Western kannte, die Flaschen im Regal dahinter, an den Wänden ein ausgestopfter Elchkopf, historische Schneeschuhe und ein Karibugeweih und einige runde Tische im lang gestreckten Gastraum.

Der Wirt, ein betagter Ex-Hippie, dessen lange weiße Haare von einem Stirnband zusammengehalten wurden, kannte Lisa und begrüßte sie mit einem lockeren »Hey Lisa! Sie waren ja schon eine ganze Weile nicht mehr hier.«

»Wir hatten viel zu tun, Barney«, erwiderte sie. »Das ist Cheryl, meine neue Kollegin. Wir möchten gerne zwei Northern Lights. Besonders kräftige, okay?«

»Haben Sie Kummer?«, fragte er während des Mixens.

»Nichts, was ich Ihnen beichten müsste, Barney.«

Um unter sich zu sein, zogen sich Cheryl und Lisa an einen der Tische zurück. Auch die meisten anderen Tische waren besetzt, meist von Einheimischen, die Lisa kannten und ihr freundlich zunickten. Das »Northern Lights« war keine Aufreißer-Bar, und sie mussten nicht befürchten, von irgendwelchen Männern angemacht zu werden. Aus den Lautsprechern drang Musik, ein Countrysong über einen Cowboy, der seiner Liebsten hinterherweinte.

»Cheers!«, prosteten sie einander zu.

Cheryl schob ihre eigenen Probleme beiseite und

konzentrierte sich auf ihre neue Freundin. Lisa brauchte dringend Zuspruch. Ihre Lockerheit war nur gespielt. Wie Cheryl wusste, hatte sie gerade eine schmerzhafte Abfuhr von ihrem Chef bekommen, dem Mann, den sie anscheinend über alles liebte, und war sichtlich niedergeschlagen. Selbst zehn starke Drinks würden die Tränen in ihren Augen nicht trocknen können. Die Arme fühlte sich gedemütigt.

»Ich bin ja einiges gewohnt von Männern«, begann sie nach dem ersten kräftigen Schluck. »Ich weiß, dass man ihre Worte nicht so genau nehmen darf, wenn sie was von einem wollen. Dann sagen sie alles Mögliche. Aber John verhielt sich nicht wie ein Aufreißer. Er blieb auch bei mir, nachdem wir miteinander … Du weißt schon. Ich dachte, John liebt mich.«

»Du bist ganz schön verknallt in ihn, was?«

»Ich liebe ihn, Cheryl.«

Cheryl trank von ihrem Drink. Er schmeckte ihr nicht besonders, aber das erzählte sie Lisa nicht. »Wenn er wirklich meint, was er sagt, wird er auch wieder mit dir ausgehen. Wer weiß, vielleicht bildest du dir alles nur ein. Er ist schließlich der Chef von Dog sledding Adventures und hat sicher eine Menge zu erledigen. Da will er bestimmt auch mal seine Ruhe haben. Daran, dass er mit anderen Frauen flirtet, solltest du dich nicht stören. Du hast ihn doch fast den ganzen Tag um dich. Ist sicher alles nur halb so schlimm.«

»Ich weiß nicht, Cheryl.« Lisa bat den Barkeeper um

einen weiteren Drink, blickte sie fragend an und erntete ein Kopfschütteln. »Nur einen, Barney.«

Cheryl beobachtete sorgenvoll, wie Lisa den Drink in sich hineinkippte. Anscheinend wollte sie sich in dieser Nacht sinnlos betrinken. »Und wenn er dich tatsächlich betrügen sollte, stellst du ihn zur Rede und jagst ihn zum Teufel. Was willst du mit einem Mann, der dir nicht treu ist?«

»Ich hab ihn vor ein paar Tagen gefragt, ob er sich mit anderen Frauen trifft«, räumte sie ein. »Da wurde er ziemlich wütend. Ich würde klammern und hätte kein Vertrauen zu ihm. Erst als ich zu weinen anfing, nahm er mich in den Arm und entschuldigte sich bei mir. Er würde mich über alles lieben und ich solle ihm ein bisschen Raum lassen. Als ob ich ihm einen Antrag gemacht hätte. Ich will doch nur, dass er zu seiner Liebe steht und mich wie seine Lebensgefährtin behandelt. Ich bin keine Frau für zwischendurch.« Ihr Kummer schlug in Wut um und sie stürzte ihren zweiten Drink hinunter. »Bring mir noch einen, Barney! Und sei ein bisschen großzügiger mit dem Rum, okay?«

»Trink nicht so schnell, Lisa!«

»Willst du mir etwa Vorschriften machen?« Sie lallte bereits.

»Natürlich nicht.«

»Dann halt die Klappe, okay?«

Cheryl wollte keinen Streit und flüchtete auf die Toilette. Vor dem Spiegel stützte sie sich erschöpft auf das Waschbecken. Als ob sie nicht schon genug eigene Probleme hätte. Sie sollte besser versuchen, sich mit Rick in Verbindung zu setzen, ihm sagen, dass sie ihn im Fernsehen gesehen hatte. Sie musste ihn wiedertreffen. Nur aus Mitleid mit Lisa war sie in die Bar mitgegangen. Noch bis zum Ende des nächsten Drinks, dann würde sie nach Hause gehen.

Doch als sie von der Toilette zurückkehrte, war Lisa verschwunden.

»Lisa ist gegangen«, erklärte Barney. »Sie war ziemlich aufgebracht. Keine Ahnung, was mit ihr los war. Leider hat die Gute Sie auch mit der Rechnung sitzen lassen. Weil Sie's sind, nur zwanzig Dollar.«

Cheryl zahlte und verließ eilig das Lokal. Nach der überheizten Bar kam ihr die Kälte noch eisiger vor. Sie blickte nach links und rechts und sah Lisa in Richtung Innenstadt laufen. Sie torkelte leicht. »Lisa!«, rief sie. »Wo willst du denn hin? Komm zurück! Das bringt doch nichts. Wir gehen nach Hause.«

»Lass mich in Ruhe!«, rief Lisa genervt.

Cheryl hatte nicht vor, sie sich selbst zu überlassen, und folgte ihr. In ihrem Zustand beging sie bestimmt eine Dummheit, vor allem dann, wenn sie in einem weiteren Lokal einkehrte und noch einen Drink bestellte. Sie verstand ihren Frust, war sogar überzeugt davon, dass John keine ernsthaften Absichten bei ihr hatte, aber ein schmerzhafter Kater würde daran auch nichts ändern.

Bis auf einen Mann, der seinen Hund ausführte, waren Lisa und sie die einzigen Fußgänger. Alle anderen, die jetzt noch in der Stadt unterwegs waren, saßen in einem Auto. Die leuchtenden Neonschilder vor vereinzelten Restaurants und Bars spiegelten sich im Schnee. Am dunklen Himmel waren weitere Wolken aufgezogen und es schneite leicht. Der Wind trieb Schneefahnen vor sich her und zwang sie, den Kragen ihres Anoraks hochzustellen.

Zwei Häuserblocks weiter beobachtete sie gerade noch, wie Lisa im Can-Can-Saloon verschwand, einer Touristenkneipe, die im Winter nur sporadisch geöffnet hatte und mit leicht bekleideten Can-Can-Girls lockte. Weil dort auch traditionelle Countrymusik aus den Lautsprechern klang und das Essen und die Drinks nicht schlecht waren, gingen auch Einheimische gern hin.

Der Saloon befand sich in einem stabilen Blockhaus. In den Fenstern leuchteten Bierreklamen. Schon auf dem Parkplatz, als Cheryl den Geländewagen ihres Chefs erkannte, ahnte sie, dass es Ärger geben könnte. Auch um Lisa vor einer großen Dummheit zu schützen, betrat sie den Saloon.

Das Lokal war gut besucht. Entlang des hufeisenförmigen Tresens standen vor allem männliche Gäste und hielten sich an ihren Bierflaschen fest, an den Tischen saßen vereinzelte Paare, und auf der kleinen Tanzfläche vergnügten sich einige Pärchen beim Twostepp. George

Strait sang über seine Exfrauen, die alle in Texas lebten, ein betagter Hit aus den Country Charts. *All My Exes Live in Texas*, nicht gerade der Song, der Lisa aufmuntern würde. Die Bühne wurde von einem bunten Vorhang verhüllt, die Can-Can-Girls hatten Pause.

Lisa stand vor dem Tresen und starrte auf ein Pärchen, das sich unter einer Bierreklame innig umarmte. Er küsste sie zärtlich und prostete ihr mit seiner Bierflasche zu. Auch das noch, Cheryl befürchtete das Schlimmste.

»John!«, stieß Lisa so heftig hervor, dass John und seine Begleiterin sie selbst bei der lauten Musik hören mussten. »Wie kannst du mir das antun?«

»Lisa!« John befürchtete wohl, dass sie ihm eine Szene machen würde, und kam rasch auf sie zu. »Ich hatte schon gehofft, dass du kommst. Es ist nicht so, wie es aussieht, weißt du? Julia und ich haben uns über den Mountie Day unterhalten. Wir sind beide im Veranstaltungskomitee, verstehst du?«

»Ich verstehe was ganz anderes«, wehrte sie seine Entschuldigung ab. »Ich verstehe, dass du dich mit Constable Julia Doyle in einer dunklen Kneipe herumtreibst und sie vor meinen Augen küsst. Gehörte der Kuss vielleicht auch zu eurer Besprechung? Du machst mit anderen Frauen rum, John!«

John versuchte alles, um sie zu beschwichtigen. »Du bist aufgeregt und durcheinander. Das verstehe ich, Lisa. Aber du siehst das falsch. Julia und ich sind miteinander befreundet, weiter nichts. Wir haben nichts miteinander.«

»Ich bin nicht blind, John. Und Sie …« Sie wandte sich an die Polizistin. »Sie sind nicht im Dienst und haben mir gar nichts zu sagen. Erst mit Matt und dann mit John rummachen, Sie sind mir die Richtige! Schämen Sie sich!«

»Ich habe nichts getan, Lisa.«

»Und ich bin die Königin von Saba, na klar.«

Cheryl wollte nicht, dass Lisa sich lächerlich machte, und legte rasch einen Arm um ihre Schultern. »Beruhige dich, Lisa. Sag nichts, was du vielleicht später bereust. Komm, wir gehen nach Hause und vergessen das alles.«

»Auf keinen Fall!« Sie riss sich von ihr los.

»Das bringt doch nichts, Lisa.«

»Zuerst soll die Polizistin gehen!« Lisa war puterrot im Gesicht, von der Aufregung und dem Alkohol. »Wenn sie ehrlich wäre, würde sie zugeben, dass sie was mit John hat, aber dazu hat sie wahrscheinlich nicht den Mut. Strafzettel schreiben, das kann sie. Aber zuzugeben, dass sie einer anderen Frau den Freund ausspannt, dazu ist sie zu feige. Stimmt doch, oder?«

Julia schlüpfte in ihren Anorak und griff nach ihrer Handtasche. »Also ich gehe jetzt. Ich hab keine Lust, mich dauernd beleidigen zu lassen.«

»Ich bringe dich nach Hause«, sagte John schnell. Er zog ebenfalls seinen Anorak an und legte ein paar

Dollarscheine auf den Tresen. »Und du wartest hier auf mich, Lisa. Ich muss mit dir reden. Ich habe nichts Verbotenes getan. Bestell dir einen Tee und warte hier. Ich bin in zehn Minuten wieder da.«

»Aber ich nicht«, geiferte sie. »Und ab morgen kannst du dir eine neue Assistentin suchen. Vielleicht hat deine Polizistin ja Lust, den Job zu wechseln.«

»Reiß dich zusammen, Lisa!«, warnte Cheryl sie flüsternd.

John und Julia gingen grußlos an ihnen vorbei und verließen das Lokal. Als Lisa ihnen nachlaufen wollte, hielt Cheryl sie zurück. »Bleib hier, Lisa! Du bist beschwipst und es würde da draußen nur ein Unglück geben. Wir bleiben hier und trinken Kaffee, und wenn er in einer Viertelstunde nicht zurück ist, gehen wir nach Hause und du schläfst deinen Rausch aus.«

»Ich kündige!«, schimpfte Lisa wütend.

»Das klären wir alles morgen früh.« Sie führte ihre neue Freundin an einen der freien Tische und bestellte Kaffee. Die Gäste, die den Streit zwischen Lisa und John mitbekommen hatten, beruhigten sich und kümmerten sich wieder um ihre eigenen Dinge. »Du wirst sehen, morgen sieht die Welt ganz anders aus und du und John, ihr werdet euch wieder vertragen. Beruhige dich!«

Der Barkeeper brachte den Kaffee und Lisa ließ sich erschöpft gegen die Lehne sinken. Die Tränen in ihren Augen glänzten im Licht der bunten Bierreklamen. Sie trank einen Schluck und zuckte die Achseln, als würde ihr in diesem Augenblick klar, wie sinnlos ihre Attacke gegen John war.

Nur um etwas zu tun, griff Cheryl nach einer zerfledderten Zeitung, die neben ihr auf einem freien Stuhl lag. Sie stammte aus Whitehorse. Cheryl blätterte nur darin, um sich nicht weiter über John unterhalten zu müssen, und hielt überrascht inne, als sie ein Foto von Rick und seiner Freundin entdeckte.

»Das sind Rick und Amy!«, sagte sie laut.

Lisa blickte sie erstaunt an. »Rick? Der Typ aus dem Fernsehen?«

Cheryl starrte wie gebannt auf das Foto. »Nachwuchssänger Rick Johnson freut sich mit seiner gesunden Schwester«, stand darunter. Es dauerte eine ganze Weile, bis die Worte in ihr Bewusstsein drangen. Seine Schwester, um Gottes willen! Wie konnte ich nur so dumm sein! Amy ist seine Schwester!

Rasch las sie den ganzen Artikel: »Rick Johnson, ein Cowboy aus Williams Lake und durch die Talentshow der Whitehorse High School bekannt geworden, hat doppelten Grund zur Freude: Er hat mit seinem Song ›Snowflake Kisses‹ einen Preis gewonnen und er konnte seine krebskranke Schwester Amy aus Watson Lake vom Krankenhaus abholen. Er war aus Williams Lake gekommen, um sie bei ihrem Kampf gegen die Krankheit zu unterstützen. Inzwischen ist sie außer Lebensgefahr und hat gute Chancen auf ein langes Leben, wie die Ärzte ihr versicherten. ›Rick ist ein ganz besonderer Mensch‹, lobte sie ihren Bruder, ›ohne ihn hätte ich es nicht geschafft.‹«

Deshalb hat er so geheimnisvoll getan, durchfuhr es Cheryl, er wollte mich nicht mit seinen Problemen und der Krankheit seiner Schwester belasten!

»Was ist denn?«, fragte Lisa. Sie wirkte fast schon wieder nüchtern.

»Du wirst es nicht glauben«, sagte Cheryl.

18

Auf dem Rückweg zu ihrer Blockhütte musste Cheryl ihre neue Freundin stützen. Lisa hatte vor lauter Wut noch zwei Bier im Can-Can-Saloon getrunken und konnte sich kaum noch auf den Beinen halten. In ihrer Blockhütte sank sie aufs Bett und war schon eingeschlafen, bevor Cheryl ihr die Schuhe und den Anorak ausziehen konnte. »Verfluchter Mistkerl!«, lallte Lisa und schnarchte schon im nächsten Augenblick. Sie stank nach Schnaps und Bier.

Cheryl hatte kaum Alkohol getrunken, war aber müde und erschöpft und ebenfalls froh, endlich ins Bett zu kommen. Immerhin schaffte sie es noch, sich auszuziehen und ihre Kleider im Bad aufzuhängen. An Einschlafen war jedoch nicht zu denken. Noch immer ging ihr der Zeitungsartikel über Rick durch den Kopf. Sie hatte ihn ein paarmal gelesen und kannte ihn schon auswendig, konnte nicht fassen, was dort geschrieben stand, und war noch dabei, das Gelesene zu verarbeiten. Oh, wie sie sich schämte! Wie hatte sie nur an seiner Aufrichtigkeit zweifeln können! Jemand wie Rick würde niemals seine Freundin betrügen. Mit ihr zu flirten und ihr einen Song über sie zu versprechen, während er eine Freundin in Watson Lake hatte, entsprach ganz und gar nicht seinem Charakter und seinem Stil. Sie hatte ihm unrecht getan. Selbst allein in ihrem dunklen Zimmer schoss ihr das Blut ins Gesicht, so schuldig fühlte sie sich.

Dass er ihr nichts von seiner krebskranken Schwester erzählt hatte, war verständlich. Über so ernsthafte Probleme sprach man nicht mit einem Mädchen, das man erst flüchtig kannte. Wahrscheinlich hatte Amy ihn sogar gebeten, über ihre Krankheit Stillschweigen zu bewahren. Rick war vollkommen selbstlos zu seiner Schwester gefahren, hatte ihr beistehen wollen, ohne sich das Mitgefühl anderer Menschen zu erschleichen. Der Zeitungsartikel war ihm sicher oberpeinlich.

Ihr gab der Artikel neue Hoffnung. Wenn Rick tatsächlich nach Dawson weiterfuhr, würden sie sich wiedersehen, und aus ihrer flüchtigen Begegnung würde vielleicht eine feste, dauerhafte Beziehung werden. Dann würde kein Geheimnis mehr zwischen ihnen stehen. Sie musste lachen. Für eine junge Frau, die erst mal die Nase voll von Männern hatte und ihre Ruhe haben wollte, dachte sie ganz schön intensiv über Rick nach. Aber so war das wohl oft. Immer dann, wenn man es am wenigsten vermutete, traf einen der Liebespfeil.

Mit einem Lächeln auf den Lippen schlief sie ein. Im Traum sang Rick sein neues Lied für sie, und sie lief in einem weißen Kleid auf ihn zu, wie eine Prinzessin in einem Disney-Film, und er trug sie auf seinen Armen in sein prächtiges Dornröschenschloss. Als sie früh am nächsten Morgen aufwachte, verschwanden auch die kitschigen Bilder, und sie blickte stattdessen auf ihren Wecker. 5 Uhr 32 zeigte er an, selbst zum Füttern der Huskys war es noch zu früh.

Das Rauschen der Dusche im Bad und die tapsenden Schritte ihrer Mitbewohnerin ließen sie aufhorchen. Sie quälte sich ächzend aus dem Bett. Nur mit einem ihrer langen Schlaf-T-Shirts bekleidet, verließ sie ihr Zimmer und sah Lisa angezogen mit einem Koffer und einem Rucksack an der Tür stehen. »Sag bloß, du willst heimlich, still und leise verschwinden!«, rief sie entsetzt.

Lisa war immer noch aufgebracht und ihr Anorak stank nach Alkohol. »Soll ich etwa weiter für diesen Dreckskerl arbeiten?« Sie war noch genauso wütend wie am Abend zuvor. »Das mit dieser Polizistin war doch kein Einzelfall. Er betrügt mich schon die ganze Zeit. Lügt mir im Bett vor, dass er mich liebt und immer mit mir zusammen sein will, und treibt sich schon am nächsten Abend mit einer anderen herum. Bisher habe ich ihm geglaubt, aber seit gestern sehe ich einiges klarer. Richte John aus, dass ich kündige.«

»Und wo willst du hin? Zu deinen Eltern?«

»Um mir anzuhören, was ich für eine Versagerin bin? Und dass sie mir immer schon gesagt hätten, dass ich mit meiner aufdringlichen Art alle Männer vergraulen würde? Nein, ich finde schon was anderes.« Sie schlüpfte in ihren Anorak und hob die Schultern. »Vielleicht gehe ich nach Whitehorse, wer weiß? Da wäre ich wenigstens sicher, John nicht alle paar Stunden über den Weg zu laufen.« Sie zog den Reißverschluss zu. »Aber erst mal brauche ich meine Ruhe. Am liebsten würde ich mich in einem tiefen Loch verstecken.«

»Das bringt doch nichts, Lisa. Ich weiß, John scheint so einige Frauen angebaggert zu haben, aber vielleicht war da wirklich nichts mit dieser Polizistin und er ist tatsächlich nur an dir interessiert. Als ich hier ankam, dachte ich, ihr beide wärt ein glückliches Paar. Du kannst doch jetzt nicht wie ein beleidigtes Highschool-Girl abrauschen und irgendwo untertauchen.«

Lisa schüttelte den Kopf. »Du hast doch selbst gesehen, wie er sie geküsst hat. Willst du mir wirklich weismachen, das hätte nichts zu bedeuten?«

»John hat gesagt, er wolle mit dir sprechen«, versuchte Cheryl, ihr Mut zu machen. »Gib ihm eine Chance, Lisa. Du hattest zu viel getrunken gestern und John war auch nicht gerade fit. Schau mich an. Ich dachte auch, Rick hätte eine andere, und hab ihm unrecht getan. Es ist noch nicht entschieden!«

»Doch, Cheryl.« Lisa wirkte müde und mutlos. »Du hast ja keine Ahnung, wie oft ich ihm schon verziehen habe. Ich hab endgültig genug.«

»Ich kann dich nicht umstimmen?«

»Nein, Cheryl.« Lisa umarmte sie und griff nach ihrem Koffer. »Ich werde nicht nur John und dich, sondern auch meinen Job vermissen, er hat mir wirklich Spaß gemacht, aber irgendwann ist Schluss. Mach's gut, Cheryl!«

Sie trat in die Kälte hinaus und lud ihr Gepäck in ihren Jeep, der wie alle Wagen mit einer Steckdose verbunden war. Bei der Kälte wäre der Motor sonst niemals angesprungen. Sie kappte die Verbindung, winkte Cheryl noch einmal zu und stieg ein. Mit aufgeblendeten Scheinwerfern fuhr sie davon.

Die meint es wirklich ernst, dachte Cheryl.

Nachdem sie heiß geduscht und sich angezogen hatte, gönnte sie sich ein kleines Frühstück mit einem Donut und heißem Tee. Erst jetzt bemerkte sie, dass auf dem Tisch ein Umschlag mit Schlüsseln lag. »Für John. Meine Kündigung«, stand darauf. Cheryl steckte den Umschlag in ihre Anoraktasche und verließ die Blockhütte. Im Büro holte sie das Hundefutter aus dem warmen Vorratsraum und begrüßte ihre Huskys, die inzwischen aufgewacht waren und ungeduldig auf ihr Futter warteten. »Nicht so hektisch, ihr Lieben, ich bin ja schon unterwegs. Heute haben wir es nicht so eilig.«

Snowball war bereits fertig mit Fressen, als Matt vor dem Bürogebäude hielt. Er grinste über beide Backen, was nur bedeuten konnte, dass er ausnahmsweise mal bei einer Frau Erfolg gehabt hatte, und begrüßte Cheryl. »Ist Lisa noch nicht auf?«, fragte er irritiert, während er ihr den Futtereimer abnahm und das Fressen in die Futternäpfe seiner Huskys füllte. »War sie mit John unterwegs?«

»So kann man's auch nennen«, erwiderte Cheryl. »Sie hat keine Lust mehr, ständig von ihm betrogen zu werden, und hat gekündigt. Vor einer Viertelstunde ist sie abgefahren, und ich glaube nicht, dass sie zurückkehrt.«

Matt richtete sich auf. »Nimmt sie das alles nicht ein bisschen zu ernst? Sie und John haben doch ihren Spaß miteinander. Ich wusste gar nicht, dass sie so 'ne Drama Queen ist. So führen sich doch sonst nur diese schrägen Mädels in den Soaps auf.«

»Sie hat endgültig genug, Matt. Das waren ihre Worte.«

In etwa das Gleiche sagte Cheryl zu John, als er aus seinem Geländewagen stieg und sie ihm den Umschlag mit der Kündigung und den Schlüsseln gab. Er las Lisas Brief mehrmals und blickte dann Cheryl nachdenklich an. »Ich hoffe, Sie haben sie nicht noch in ihrem Vorhaben unterstützt. Haben Sie?«

»Natürlich nicht.« Cheryl folgte ihm ins Büro und schaltete sofort die Kaffeemaschine ein. »Im Gegenteil. Ich hab ihr gesagt, dass sie nicht alles so dramatisch sehen und sich erst mal anhören soll, was Sie zu sagen haben.«

Er fuhr mit einer Hand über das Schreiben. »Das kann sie doch nicht ernst meinen, oder? Einen so guten Job findet sie in ganz Dawson nicht mehr.« Er zerriss den Brief und warf die Schnipsel in den Papierkorb. »Das kann sie nicht wollen. Sie kommt bestimmt wieder. Was soll ich denn ohne sie hier machen?«

»Sie hat all ihre Sachen mitgenommen, John. Und sie hat gesagt, dass sie vielleicht nach Whitehorse zieht. Sie möchte Ihnen nicht mehr begegnen.«

Er warf die Schlüssel auf den Tisch. »So ein Blödsinn! Und das alles nur, weil ich mit Julia geflirtet habe? Ich bin nicht mit ihr ins Bett gegangen, verdammt, und ich habe auch gar nicht die Absicht. Ich wollte nur mal mit einer anderen Frau ausgehen. Lisa klammert in letzter Zeit so, sie hängt wie eine Klette an mir. Das kann ich nicht leiden. Ich habe ihr nie versprochen, dass ich sie heiraten werde, und sie sollte froh darüber sein. Ich bin alles, nur nicht der geborene Ehemann. Dazu liebe ich meine Freiheit viel zu sehr.« Er schenkte sich einen Kaffee ein und ließ sich auf einen Stuhl fallen. »Warum macht sie so was nur? Als wir neulich zusammen ausgegangen sind, haben wir uns noch bestens verstanden. Was ist bloß los mit ihr?«

Cheryl war einige Jahre jünger als John und zudem seine Angestellte, also verkniff sie sich, ihm die Meinung zu sagen. Für sie bedeutete eine feste Beziehung nicht den Verlust von Freiheit. Im Gegenteil, indem man die Welt gemeinsam eroberte, fühlte und spürte man auch alles zusammen. »Cheryl liebt Sie«, sagte sie stattdessen, »und möchte so oft wie möglich mit Ihnen zusammen sein, das ist doch nichts Verwerfliches. Und dass sie sauer ist, wenn Sie mit anderen Frauen ausgehen, ist doch auch verständlich. Ich würde das auch nicht wollen.«

»Das war doch völlig belanglos.« Er trug immer noch seinen Anorak und hielt sich an seiner Kaffeetasse fest. »Außerdem war sie gestern betrunken, und ich war, ehrlich gesagt, auch leicht beduselt. Da darf man nicht jedes Wort auf die Goldwaage legen. Ich dachte, wir reden heute Morgen miteinander und bringen alles wieder in Ordnung. Das mit Julia ist sowieso nichts Ernstes.«

»Ich will mich da nicht einmischen«, sagte Cheryl. »Sie ist eine Nette und ich könnte mir keine angenehmere Mitbewohnerin vorstellen. Wenn es nach mir ginge, würde ich sie sofort zurückholen, aber ich verstehe auch, dass Sie nicht mehr zusammen in einer Firma arbeiten können, wenn Sie nicht miteinander klarkommen.« Das Telefon klingelte und John meldete sich mit dem Namen der Firma. Er hörte eine Weile zu und antwortete dann: »Doch, Sie können gleich vorbeikommen. Nein, Sie brauchen keine Vorkenntnisse. Unsere Musherin nimmt Sie und Ihren Sohn auf eine kurze Tour mit. Für zwei Stunden.« Er nannte den Preis und notierte Namen und Adresse der Kundin. »Bis gleich, Ma'am.«

»Arbeit?«, fragte Cheryl, froh über den Themawechsel.

»Eine Mutter mit ihrem sechsjährigen Sohn. Die

beiden wollen unbedingt mal mit einem Hundeschlitten fahren. Nehmen Sie sie auf einen kurzen Trip über die Hunker Creek Road mit und lassen Sie den Jungen mal auf den Kufen stehen.« Er blickte auf seine Notizen. »Karen und Sonny Newton.«

»Und Matt?«

»Der muss noch ein paar Besorgungen machen«, erwiderte John. Er blickte auf einen Aktenordner neben dem Computer. »Dabei müsste heute die Steuer erledigt werden. Lisa wollte das eigentlich machen.« Er seufzte. »Ich werde wohl um einen Aufschub bitten müssen. Es ist wirklich blöd, dass sie weg ist.«

Eine halbe Stunde später trafen Karen Newton und ihr Sohn ein. Sie trugen brandneue modische Winterkleidung, ein deutliches Zeichen dafür, dass sie zum ersten Mal so hoch im Norden waren, und gingen sofort auf die Huskys zu.

»Halt, halt, nicht so stürmisch!«, hielt Cheryl sie zurück. »Huskys sind ein bisschen wilder als andere Hunde. Die werden schon mal nervös, wenn man ihnen zu nahe kommt. Kommen Sie, ich stelle Sie meinem Gespann erst mal vor.« Sie führte die beiden zum Schlitten. Sie hatte die Hunde bereits angespannt und Decken auf die Ladefläche gepackt. »Snowball, Lobo, Candy, Kodiak, Rufus, Woody«, zählte sie die Namen aller Huskys auf. »Ich habe Besuch für euch. Das sind Karen und Sonny. Wollen wir sie auf eine kleine Tour mitnehmen?«

Die Huskys schienen einverstanden zu sein, sie freuten sich wohl darüber, dass sie überhaupt wieder laufen durften. Cheryl tätschelte zuerst Snowball und dann die zahme Candy, ließ den Jungen ihr weiches Fell berühren und sie zwischen den Ohren kraulen. Sonny war begeistert und setzte sich bereitwillig zu seiner Mutter auf die Ladefläche. »Gut festhalten!«, rief Cheryl den beiden zu. »Wir fahren zur Hunker Creek Road, einer der vielen Straßen, die vor mehr als hundert Jahren von den Goldgräbern benutzt wurden.« Sie stieg auf die Kufen und griff nach der Haltestange. »Sehen Sie, wie ungeduldig die Huskys sind? Sie laufen für ihr Leben gern und können es gar nicht erwarten. Der mit dem schwarzen Fleck ist Snowball, mein Leithund. Er ist der Chef des Gespanns.«

Die Fahrt am Klondike River entlang führte über einen Trail, der gerade breit genug für ein Gespann war. Sonny jauchzte jedes Mal vor Begeisterung, wenn der Schlitten über eine Bodenwelle fuhr und sie von der Ladefläche gehoben wurden, ganz im Gegensatz zu seiner Mutter, die sich die Fahrt wohl etwas weniger turbulent vorgestellt hatte. »Gleich wird es ruhiger«, rief ihr Cheryl zu.

Auf der Hunker Creek Road hielt Cheryl an. Sie erzählte den Newtons vom großen Goldrausch, der nur wenige Männer zu Millionären gemacht hatte, und erklärte ihnen, wie man einen Schlitten steuerte. »Na, wie sieht's aus?«, fragte sie den Jungen. »Willst du deiner

Mutter mal zeigen, wie du fahren kannst? Dann komm mal zu mir und stell dich vor mir auf die Kufen.«

Sonny folgte ihrer Einladung und hielt sich an den beiden Streben der Haltestange fest. »Nicht loslassen!«, schärfte Cheryl dem Jungen ein. Sie blieb direkt hinter ihm, war mit einem Fuß auf der Bremse, als die Huskys losliefen, und behielt Sonny ständig im Auge. »Ganz sachte, Snowball!«, rief sie ihrem Leithund zu. »Sonny muss sich erst an seinen neuen Job gewöhnen.«

Sie fuhren ungefähr einen Kilometer auf der ebenen Straße, bevor Sonny auf seinen Platz zurückkehrte. »Wie steht's mit Ihnen, Karen?«, fragte Cheryl. »Wollen Sie auch mal fahren? Auf dieser Straße kann gar nichts passieren.«

»Lieber nicht«, antwortete Karen. »Ein Musher in der Familie reicht. Es wird bestimmt nicht einfach, meinem Sohn klarzumachen, dass wir keinen Hundeschlitten kaufen können. In Vancouver könnten wir nicht viel damit anfangen.«

»Treiben Sie denn gar keinen Wintersport?«

»Mein Mann arbeitet für eine Anwaltskanzlei und kommt, wenn überhaupt, nur mal am Wochenende weg. Ich fahre ein wenig Ski, stand aber seit meiner Schwangerschaft nicht mehr auf der Piste und bin etwas eingerostet.«

»Dann ist Ihr Mann gar nicht mitgekommen?«

»Nein, aber Sonny hat sich diese Fahrt zu Weihnachten gewünscht und Santa Claus legte einen Gutschein zu den anderen Geschenken. Unser Sohn liebt Hunde über alles. Ich habe mir sagen lassen, dass man Huskys nicht in der Stadt halten sollte, deshalb haben wir uns einen Boxer zugelegt. Mister Bob.«

»Ein hübscher Name«, erwiderte Cheryl.

»Den hab ich ihm gegeben«, meldete sich Sonny zu Wort. »So hieß der Hund in einem Film, den ich mal im Fernsehen gesehen hab. Mister Bob.«

»Snowball heißt so, weil er so gern durch den Schnee läuft und manchmal schneller als ein Schneeball ist.« Sie erhob ihre Stimme. »Was meinst du, Snowball? Wir sollten langsam mal umkehren, sonst kommen wir zu spät zurück.«

Auch auf der Rückfahrt ließ Cheryl den Jungen noch mal auf den Kufen stehen. Und bevor sie den Ufertrail am Klondike River erreichten, hielt sie noch einmal an und ließ ihn einige der Hunde streicheln. Sogar Snowball ließ sich von ihm kraulen, eine seltene Ehre, die nicht jedem Zweibeiner zuteilwurde. »Darauf kannst du dir was einbilden, Sonny!«, sagte Cheryl. »Snowball schließt längst nicht mit jedem Freundschaft. Er scheint dich sehr zu mögen. Kraule ihn zwischen den Ohren, das hat er am liebsten. Ja, so ist es recht, Sonny.«

Voller Stolz setzte sich der Junge wieder zu seiner Mutter. »Sie sind sehr nett zu meinem Jungen!«, bedankte sich Karen bei ihr. Ihre Augen glänzten feucht. Sie ist wohl eine von diesen besserverdienenden Frauen, die die meiste Zeit über mit ihrem Kind allein waren, dachte Cheryl betrübt. Ihr Mann arbeitete sieben Tage in der Woche, und wenn er mal zu Hause war, sank er sicher erschöpft auf die Couch. So einen Mann würde sie niemals heiraten, schwor sich Cheryl. Der Beruf war wichtig, sehr wichtig sogar, aber noch wichtiger war die Familie, auch wenn das altmodisch klang. Der Job durfte niemals die erste Rolle spielen.

Cheryl lenkte den Schlitten auf den Ufertrail und fuhr nach Dawson zurück. Zwischen den Wolken drang das erste Tageslicht hindurch und spiegelte sich auf dem Eis des Klondike River, begleitet von vereinzelten Schneeflocken, die vom Wind über den Fluss getrieben wurden. Es war noch kälter geworden. Karen und Sonny hatten ihre Schals bis über die Nasen gezogen und warteten inzwischen wohl ungeduldig darauf, dass sie die Stadt erreichten. Was man von den Huskys sicher nicht sagen konnte. Für sie war der Ausflug nur ein lockerer Trainingslauf gewesen, der sie kaum angestrengt hatte.

Ein Truck fuhr mit röhrendem Motor an ihnen vorbei. Sie waren nur durch einen Schneewall vom Klondike Highway getrennt. Automatisch blickte sie zur Fahrerkabine empor und sah einen jungen Mann auf der Beifahrerseite sitzen. Vor Überraschung trat sie so fest auf die Bremse, dass die Huskys anhielten und Karen und ihr Sohn beinahe vom Schlitten rutschten. »Tut mir leid«, entschuldigte sie sich. »Das war mein Fehler. Es kann weitergehen, Snowball!«

Ihre Worte kamen, ohne dass sie lange nachdenken musste. Ihr Blick war immer noch auf den Truck gerichtet, obwohl er längst vorbeigefahren war und gerade um die nächste Biegung verschwand. Sie hatte den jungen Mann auf dem Beifahrersitz nur undeutlich sehen können, die Spiegelung im Fenster war zu stark gewesen, aber sie war dennoch sicher, ihn erkannt zu haben.

Rick … er war nach Dawson City gekommen.

19

Mit gemischten Gefühlen steuerte Cheryl den Schlitten durch die Stadt zurück. Sie nahm ihre Umwelt kaum wahr, weder die wenigen Autos noch die Fußgänger, die mit hochgestellten Kragen durch die Kälte gingen und sich beeilten, so schnell wie möglich aus der Kälte zu kommen. Nur Huskys blieben freiwillig bei diesem Wetter draußen und hatten auch noch Spaß dabei.

Ihr Lächeln galt Rick, der tatsächlich nach Dawson gekommen war und sie nicht vergessen hatte, sonst hätte er bestimmt nicht »Snowflake Kisses« fertig geschrieben und im Fernsehen gesungen. Oder hatte er sich nur durch sie inspiriert gefühlt und empfand gar nicht so tief, wie sie dachte? Sie musste ihn so schnell wie möglich finden und sich mit ihm aussprechen. Ihm erklären, warum sie manchmal so kühl reagiert hatte. Ihr Selbstbewusstsein würde einige Dellen bekommen, vielleicht würde er sie sogar auslachen, aber das war ihr egal, solange er ähnlich fühlte, wie es in seinem Song rüberkam. Der Gedanke an sanfte »Snowflake Kisses« zauberte ein Lächeln auf ihr Gesicht.

Schon komisch, dachte sie, da beschäftige ich mich

tagelang mit dem Liebeskummer anderer Leute, leide mit Lisa und versuche die streitlustigen Farleys zu beruhigen, dabei habe ich genug mit mir selbst zu tun. Wie konnte ich nur so dumm sein und ihn für einen Weiberhelden halten? In ihre Freude, ihn bald wiederzusehen, mischte sich die Wut, ihn enttäuscht zu haben. Ich müsste doch wissen, dass nicht alle jungen Männer so nervig wie Andy sind.

Sie hielt vor dem Bürogebäude und bedankte sich bei den Newtons. Weil er sich so gut mit den Huskys verstand, durfte Sonny beim Ausspannen helfen und Snowball noch einmal zwischen den Ohren kraulen, bevor er sich von ihm verabschiedete. »Sonny hat sich wacker gehalten, nicht wahr?«, sagte Cheryl zu ihrem Leithund. Sie tätschelte ihm den Rücken. »Wenn er groß ist, wird er sicher ein begabter Musher. Sag ihm auf Wiedersehen, Snowball!«

Snowball jaulte leise und leckte dem Jungen die Hand. Er schien tatsächlich etwas für den Jungen übrigzuhaben. So zutraulich war er ganz selten.

Nachdem Sonny und seine Mutter gefahren waren, betrat Cheryl das Büro. »Verdammter Mist!«, schallte es ihr entgegen. John saß an Lisas Arbeitsplatz und hackte wütend auf ihrem Computer herum. »Wenn das so weitergeht, kriege ich die Steuer nie fertig. Was hat sie sich bloß dabei gedacht?«

Cheryl holte sich einen Kaffee, goss reichlich Milch hinein, damit er möglichst wenig nach Kaffee schmeckte, und blickte ihm über die Schultern. Er nutzte ein einfaches Buchhaltungsprogramm, das erkannte sie sofort. Vielleicht hatte Lisa einige Einstellungen an ihre Arbeitsweise angeglichen. Cheryl hatte ihren Eltern oft bei der Buchhaltung geholfen und kannte sich einigermaßen damit aus. »Das Programm kenne ich«, sagte sie, »ist nicht so schwer, wie es aussieht.«

Er lehnte sich zurück und blickte sie flehentlich an. »Könnten Sie den Bürodienst übernehmen, Cheryl? Nur für eine Weile, bis wir mit der Buchhaltung wieder auf dem aktuellen Stand sind. Das schaffen Sie doch mit links, oder?«

»Sie haben mich aber als Musherin eingestellt.«

»Ich weiß, aber so schnell werde ich keinen Ersatz für Lisa finden.«

Cheryl blickte ihn prüfend an und entdeckte etwas in seinen Augen, das sie bisher noch nicht gesehen hatte. Sie musste lächeln. »Sie wollen Lisa doch gar nicht ersetzen. Sie wollen, dass sie zurückkommt, stimmt's? Und nicht nur, weil sie besser mit dem Computer umgehen kann. Sie mögen sie tatsächlich, oder?«

»Sie ist ganz in Ordnung«, erwiderte er mürrisch.

»Mehr nicht?« Cheryls Lächeln wurde breiter.

Er schob die Tastatur von sich und stand auf. »Okay, okay, ich mag sie. Ich mag sie sogar sehr, und es tut mir verdammt noch mal leid, dass ich sie so vor den Kopf gestoßen habe. Am liebsten würde ich sie sofort zurückholen.«

»Worauf warten Sie dann noch?«

Er kam hinter dem Schreibtisch hervor und wollte sich einen Becher Kaffee eingießen. Doch dann hob er die Kanne nur an und stellte sie wieder zurück. »Wie denn?« Er hatte anscheinend bereits länger darüber nachgedacht. »Ich hab schon unter einem Vorwand bei ihren Eltern angerufen. Da ist sie nicht.«

»Weit kann sie noch nicht sein.«

»Helfen Sie mir suchen?«

»Ich? Sie müssen schon selbst mit ihr sprechen.«

»Vielleicht finden Sie sie ja«, ließ er nicht locker. »Und Sie könnten ein Wort für mich einlegen, falls sie mir nicht traut. Ihr sagen, dass ich nicht so untreu bin, wie manche denken.« Er lächelte zaghaft. »Wenn Sie dabei sind, geht sie vielleicht ein bisschen sanfter mit mir um.«

Cheryl willigte zögernd ein. »Aber Ihre Probleme müssen Sie schon allein mit ihr klären. Ich helfe Ihnen nur suchen und halte mich zurück, falls wir sie finden. Als Frauenheld wissen Sie sowieso besser, was Sie sagen müssen.«

»Jetzt fangen Sie auch schon damit an. Wollen wir dann los?«

Wenig später waren sie in seinem Geländewagen unterwegs. Im gemächlichen Tempo fuhren sie eine Straße nach der anderen ab, in der Hoffnung, Lisas Jeep irgendwo stehen zu sehen. Cheryl erzählte ihrem Chef nichts von Rick, sie behielt lieber für sich, dass sie nicht nur nach Lisa, sondern auch nach dem Jungen suchte. Auch er musste sich irgendwo in Dawson City aufhalten.

Lisas knallroter Jeep war nirgendwo zu sehen. Die meisten Wagen der Stadt waren schwarz, rostbraun oder silbern, und der Jeep würde ihnen sofort in die Augen stechen, sofern er irgendwo am Straßenrand parkte, aber die einzigen roten Flecken im grauen Einerlei der Stadt waren die roten Anoraks einiger Fußgänger und ein paar leuchtende Neonschilder am Can-Can-Saloon.

Wie die Polizei, wenn sie nach einem Verbrecher sucht, schlichen sie durch die verschneite Stadt. Es war eisig kalt. Der Schnee ächzte unter der Last ihres Geländewagens und spritzte unter den Rädern empor. Leichtes Schneetreiben erschwerte ihnen die Sicht. Das wenige Tageslicht, das sich durch die Wolken gekämpft hatte, überzog den Schnee mit fahlem Glanz.

In der Innenstadt, nur einen Block vom Can-Can-Saloon entfernt, sahen sie einen Streifenwagen am Straßenrand stehen. John hielt dicht daneben und ließ sein Fenster herunter. Im Polizeiwagen saß Constable Doyle. Ausgerechnet, dachte Cheryl. »Hallo, Julia«, sagte John zu der Polizistin. »Hast du vielleicht Lisa gesehen? Oder ihren Wagen? Du weißt schon, den roten Jeep. Wir können sie nirgendwo finden und brauchen sie dringend im Büro.«

»Hat sie endlich die Nase voll von dir?«

»Wie kommst du denn darauf?«

In ihrer Uniform sah Julia Doyle wesentlich strenger aus als sonst. »Die meisten Frauen in Dawson wissen, was für ein Frauenheld du bist. Und ich muss zugeben, du bist wesentlich unterhaltsamer als die Typen, mit denen ich sonst ausgegangen bin. Aber ich bin nicht in dich verliebt. An Lisas Stelle hätte ich dich schon längst zum Teufel gejagt.« Sie lächelte. »Sie ist verschwunden?«

»Sie hat gekündigt. Hast du sie irgendwo gesehen?«

»Leider nein«, erwiderte sie, »wir waren die ganze Zeit mit zwei Jugendlichen beschäftigt, die ein Kindergartenfenster mit Schneebällen eingeworfen hatten. Nach deiner Lisa musst du schon selbst Ausschau halten.« Sie ließ ihr Fenster hoch und öffnete es noch mal einen Spalt. »Du liebst sie wohl doch?«

»Er ist verrückt nach ihr!«, rief Cheryl ihr zu. Sie konnte einfach nicht anders.

»Das hab ich mir gedacht. Dann mal los, John.«

John errötete und fuhr langsam weiter. Mit einer Hand strich er sich über den Dreitagebart und versuchte so, seine Verlegenheit zu verbergen. Er fuhr zur First Avenue hinunter und suchte am breiten Ufer des Yukon River nach dem Jeep, winkte halbherzig einem Bekannten zu, der vor einem Lokal Schnee schaufelte, und bog an der Mündung des Klondike in die Fifth Avenue.

Cheryl hätte am liebsten laut aufgeschrien. Vor dem Dawson City Museum stand Rick, den Rucksack über den Schultern, die Gitarre in der Hand, und ging zielstrebig nach Nordosten. Er hatte den Kragen seines Anoraks nach oben geschlagen und hielt den Kopf gegen das Schneetreiben gesenkt, aber es war Rick, daran bestand kein Zweifel. Wer sonst wäre um diese Zeit mit einer Gitarre durch Dawson City gestapft? Sie hatte bereits den Mund geöffnet, um John zum Anhalten zu bewegen, als Rick den Kopf wandte, um sich vor dem spritzenden Schnee zu schützen, und sie verwundert anstarrte.

Machte er den gleichen Fehler wie sie? Dachte er, sie hätte inzwischen einen anderen kennengelernt? Hielt er John für ihren neuen Freund?

Cheryl zögerte zu lange und kniff enttäuscht die Lippen zusammen.

»Kennen Sie den Jungen?«

Sie hatte keine Lust auf eine längere Diskussion und schüttelte den Kopf. »Ich dachte, ich hätte ihn schon einmal irgendwo gesehen. Aber ich hab mich wohl geirrt.«

»Wo kann sie nur sein?«, fragte John wieder.

»Vielleicht ist sie doch zu ihren Eltern gefahren«, sagte Cheryl. »Wir sollten wenigstens mal vorbeifahren. Sie wird wohl kaum im Hotel schlafen.«

John nickte stumm und fuhr zum Andenkenladen ihrer Eltern in die Second Avenue. Er parkte hinter einem Lieferwagen. »Der Jeep ist nicht hier.«

»Hinter dem Haus«, erwiderte Cheryl. Sie deutete an dem Blockhaus vorbei auf einen eingezäunten Parkplatz, auf den man nur über eine schmale Seitenstraße gelangte. Der rote Jeep war durch ein Loch im Zaun zu sehen.

Sie stiegen beide aus und betraten den Laden, ein typischer Souvenir Store mit den Andenken, die es überall am Yukon gab, billigen Spielsachen und gängigen Drogerieartikeln. An der Rückwand hingen ein paar Kinderschlitten und Schneeschuhe, im Regal daneben standen gebrauchte Bücher und DVDs.

Lisas Vater, ein sportlicher Mann mit verwittertem Gesicht und einem grauen Backenbart, der ihn älter machte, als er war, erschien im Verkaufsraum und lächelte betreten, als er John erkannte. »John!«, sagte er. »Und Sie müssen Cheryl sein, Lisas neue Freundin.« Er stützte sich auf den Tresen und blickte John an. »Lisa ist nicht hier. Tut mir leid, aber sie hat extra unseren Wagen genommen, um nicht von Ihnen aufgespürt zu werden. Sie war sehr verärgert.«

»Ich weiß«, räumte John ein, »ich hab sie enttäuscht. Ich wusste anscheinend nicht, wie viel sie mir bedeutet.« Man sah ihm an, wie schwer ihm die Worte fielen. »Sie hat gekündigt, und sie hat sich von mir getrennt …« Er rang mit sich. »Okay, ich hab mich wie ein Idiot benommen und würde mich gern bei ihr entschuldigen. Ich bin lange nicht so schlimm, wie ich immer tue.«

Lisas Vater reagierte cooler als die meisten anderen Eltern, die Cheryl kannte. Aber Lisa war auch ein paar

Jahre älter als sie und ihre übrigen Freundinnen. »Sie wirkte ziemlich entschlossen, John, und hat wohl fest vor, nach Whitehorse zu ziehen. Sie müssen sich schon sehr ins Zeug legen, wenn sie Ihnen verzeihen soll. Wie ich das aus der Ferne mitbekommen habe, nehmen Sie es mit der Treue nicht so genau. Ich war früher auch nicht ganz ohne, aber wenn Sie die Richtige gefunden haben, sollten Sie damit aufhören, sonst stehen Sie irgendwann ganz allein da wie mein Bruder Paul, der immer noch glaubt, er könnte jede Frau erobern, die er anlächelt, und eine Abfuhr nach der anderen bekommt.«

»Wo ist sie jetzt, Mister Carver?«

»Keine Ahnung«, erwiderte Lisas Vater. Er schien es zu genießen, John endlich mal die Meinung sagen zu können. »Sie wollte irgendwo hinfahren, um den Kopf freizubekommen. Ihre Gedanken ein bisschen ordnen.« Er beugte sich nach vorn und auch die letzte Spur eines Lächelns verschwand aus seinem Gesicht. »Tun Sie meiner Tochter nicht weh, John! Sonst bekommen Sie es mit mir zu tun! Fahren Sie ihr nur dann nach, wenn Sie es ehrlich mit ihr meinen.«

»Das hab ich verstanden, Mister Carver.«

Sie verließen den Laden und stiegen in den Geländewagen. John drehte die Heizung auf. »Ich kann mir denken, wo sie ist«, sagte er. Ein bisschen peinlich schien ihm die Predigt von Lisas Vater schon zu sein. »Ich bin mir sogar sicher, dass sie dort ist. Da war sie schon öfter, wenn es ihr nicht gut ging.«

Ohne Cheryl zu verraten, wo sich dieser Ort befand, fuhr John los. Über den Klondike Highway erreichten sie die Dome Road und arbeiteten sich im Geländegang zum Midnight Dome empor. Der kuppelförmige Berg erhob sich wie ein steinerner Wächter über die Stadt, ein beliebter Aussichtspunkt im Sommer, wenn der Blick weit über die Täler des Yukon und Klondike River reichte.

Das Schneetreiben hatte etwas nachgelassen, aber die Sicht war immer noch schlecht, und das spärliche Tageslicht war kaum zu spüren. In einer weiten Kurve führte die Straße um den Berg herum und auf den Gipfel hinauf. Auf dem großen Parkplatz stand lediglich ein Wagen, der Pick-up von Lisas Eltern, und Lisa stand im roten Anorak von Dog sled Adventures neben einer der schneebedeckten Holzbänke. Sie drehte sich um, reagierte aber nicht.

Cheryl stieg aus und blieb neben dem Geländewagen stehen. »Hallo, Lisa!«, rief sie. »Ich hab ihm lediglich geholfen, dich zu finden. Alles andere ist eure Sache, aber … ich würde mich freuen, wenn du wieder bei mir einziehen würdest.«

Inzwischen war auch John ausgestiegen. Er ging langsam auf Lisa zu und wusste anscheinend nicht so recht, wie er sich verhalten sollte. »Es tut mir leid, Lisa«, begann er schließlich. »Ich hab Mist gebaut. Manchmal merkt man erst, wenn jemand nicht mehr da ist, wie viel er einem bedeutet. Ich will, dass du zu mir zurückkommst. Nicht, weil ich mit deinem verdammten Computerprogramm nicht zurechtkomme, sondern weil … weil ich dich liebe.«

»Das sagst du doch zu jeder.«

»Ich weiß, dass ich mich manchmal wie ein Idiot benehme. Und dass ich hier vor dir zu Kreuze krieche, käme bei meinen Kumpels auch nicht besonders gut an. Aber das ist mir egal. Und jetzt spiel nicht länger die Beleidigte und küss mich! Ich liebe dich, ich liebe dich über alles!«

Cheryl wartete nicht, bis sie sich küssten, und stieg auf der Fahrerseite in den Geländewagen. »Ich glaube, ihr braucht mich jetzt nicht mehr!«, rief sie den beiden durch die offene Tür zu. »Ich nehme den Geländewagen, John. Ich bin sicher, Lisa nimmt Sie in ihrem Pick-up mit. Wir sehen uns heute Abend.«

Lisa und John waren längst mit sich selbst beschäftigt und merkten gar nicht, wie sie vom Parkplatz fuhr. Cheryl war froh, dass die beiden wieder zueinandergefunden hatten, obwohl sie bezweifelte, dass ihre Liebe von Dauer sein würde. Ein Mann wie John änderte sich nicht so rasch. Die Gefahr, dass er bei einer anderen schwach wurde, war groß.

Als sie die Stadt erreichte, waren die hellen Schimmer am Himmel verschwunden, und überall brannten die Lichter. Im Winter brach die Nacht schon am Nachmittag über Dawson City herein. Leichter Nebel zog in eisigen Schwaden durch die Straßen und ließ die

Lichter in den Häusern hinter einem fahlen Schleier verschwinden. Trotz des lauten Motors hörte sie den gefrorenen Schnee unter den Rädern knirschen. Der Himmel war schwarz.

Obwohl Cheryl sich ziemlich sicher war, dass Rick bei dieser Kälte nicht mehr auf der Straße sein würde, fuhr sie zum Dawson City Museum, wo sie ihn zuvor gesehen hatte. Doch dort war niemand mehr. Sie versuchte es bei mehreren Motels und bekam überall ein Kopfschütteln zur Antwort. »Nein, ein Rick Johnson ist uns nicht bekannt«, sagte ein Besitzer. »Ist das nicht der Junge, der neulich im Fernsehen war?«, fragte ein anderer. »Wie hieß das Lied noch gleich? Snowflake Kisses, ein wirklich schöner Titel. Nein, der ist nicht hier.«

Cheryl gab auf und beschloss, an diesem Abend essen zu gehen. Sie hatte ohnehin keine Lust zu kochen, und bei Klondike Kittys Wildeintopf konnte man wesentlich besser nachdenken als bei einem kargen Sandwich zu Hause. Sie parkte vor dem Lokal und hatte Glück, dass noch ein Tisch frei war. Auf der Tageskarte standen der Wildeintopf und Apple Pie als Special.

»Ich hab's schon gehört«, begrüßte die Wirtin sie. »Sie geben bei Dog sledding Adventures jetzt den Ton an und zeigen den Männern dort, wie man einen Hundeschlitten steuert. Lassen Sie mich raten: Eintopf und heißen Tee.«

»Eine große Portion. Ich hab seit dem Frühstück nichts mehr gegessen.«

Während des Essens dachte Cheryl angestrengt nach. Irgendwo musste Rick schließlich übernachten, aber wo? Bis auf die beiden teuren Hotels hatte sie alle Unterkünfte abgeklappert. Bis auf den Campground. Soweit sie wusste, vermietete der Besitzer dort kleine Blockhütten. Oder war Rick etwa weitergefahren? Dawson City konnte man nur in zwei Richtungen verlassen: nach Whitehorse, und dort kam Rick her, und nach Alaska. War er vielleicht nach Alaska gefahren?

Sie war schon beim Apple Pie angelangt, als Klondike Kitty ihre Schürze ablegte und sich vor den Tischen aufbaute. »Verehrte Gäste«, begann sie feierlich, »ich habe heute eine besondere Überraschung für Sie. Vielleicht haben Sie ja zufällig die Übertragung der Talentshow der Whitehorse High School im Fernsehen gesehen. Der Sänger, den ich Ihnen heute präsentieren darf und der auch in den kommenden Tagen bei uns auftreten wird, wurde dort mit einem Preis für seine außerordentliche Darbietung ausgezeichnet und wird dieses Lied auch für Sie singen: Ladys and Gentlemen, der singende Cowboy aus Texas, der seit vielen Jahren bei uns in Williams Lake lebt, der neue Ian Tyson: Rick Johnson!«

20

Rick entdeckte sie erst, nachdem er sich auf einen Barhocker vor den Tresen gesetzt hatte. Er erstarrte mitten in der Bewegung und blickte sie ungläubig an. Erst nach einer ganzen Weile wurde ihm bewusst, dass alle Gäste auf seinen Auftritt warteten. Er straffte sich und sagte lächelnd: »Ladys and Gentlemen! Ich freue mich, heute bei Klondike Kitty zu sein und für Sie singen zu dürfen. Meinen neuen Song habe ich für eine ganz besondere junge Frau geschrieben, die heute zufällig auch unter uns ist. Dieser Song ist für dich, Cheryl.«

Cheryl spürte die Blicke aller Zuhörer auf sich gerichtet und lief rot an. Sie stand ungern im Mittelpunkt. Zum Glück fing Rick gleich darauf zu spielen an, er sang noch hingebungsvoller als im Fernsehen und blickte ihr beim Refrain direkt in die Augen: »Snowflake kisses, warmer than the sun, softly touching, you're the only one.« Du bist die Einzige, die Zeile schwirrte in ihrem Kopf herum und brachte sie zum Lächeln, ließ sie alle Hemmungen vergessen und beschwingt mitsingen. Am liebsten wäre sie aufgesprungen und hätte zu der eingängigen Melodie getanzt, ein Impuls, den Klondike

Kitty jedoch verhinderte, als sie schon nach dem ersten Refrain stürmisch Beifall klatschte.

Die anderen Gäste waren beinahe genauso begeistert wie Cheryl und ließen Rick nicht ohne eine Zugabe gehen. Als er eine kleine Schüssel kreisen ließ, legte jeder ein paar Dollar hinein. Mehrere Leute klopften ihm auf die Schultern oder verwickelten ihn in ein kurzes Gespräch. »Klar bin ich ein echter Cowboy«, hörte sie ihn sagen, »ein waschechter sogar aus dem sonnigen Texas. Hört man das nicht?« Er zitierte ein texanisches Sprichwort im Südstaaten-Dialekt. »Aber ich wohne schon seit einiger Zeit in Williams Lake.«

Alle paar Minuten sah er zu ihr herüber und versprach ihr mit einem tröstenden Blick, so schnell wie möglich bei ihr zu sein, doch es dauerte über eine Viertelstunde, bis er sich endlich zu ihr setzte. »Cheryl«, sagte er leise. Er ließ den Namen sekundenlang in der Luft hängen. Seine Miene wurde ernst. »Tut mir leid, dass ich mich in Carmacks heimlich aus dem Staub gemacht habe, aber es ging leider nicht anders. Amy hatte angerufen, sie fühlte sich nicht besonders, und ich musste so schnell wie möglich nach Whitehorse zurück.«

Er nickte dankbar, als Klondike Kitty ihm einen Becher Kaffee brachte und ihn zu seinem Auftritt beglückwünschte. »Wenn Sie wollen, können Sie gern bis Weihnachten bleiben«, sagte sie. »Das Hinterzimmer gehört Ihnen und fürs Essen brauchen Sie auch nicht zu bezahlen. Dafür singen Sie fürs Trinkgeld.«

»Das klingt nach einem fairen Deal.« Er besiegelte ihn mit einem Handschlag.

»Sie kennen sich?«

»Ich hab ihn per Anhalter mitgenommen«, erklärte Cheryl rasch. »Und nach ein paar Missverständnissen haben wir uns dann wiedergefunden.«

»Ich höre schon die Hochzeitsglocken läuten.«

Beide erröteten, mussten aber lachen, als sie das breite Grinsen im Gesicht von Klondike Kitty bemerkten. Die Wirtin hatte einen Sinn für derben Humor und scheute nicht davor zurück, ihre »Opfer« in Verlegenheit zu bringen.

»Das hab ich aus einem alten John-Wayne-Western«, sagte sie, »aber ihr wisst wahrscheinlich gar nicht mehr, wer John Wayne überhaupt ist, und Western sind leider auch lange aus der Mode. Da fällt mir ein, John Wayne hat auch in einem Film über Dawson City mitgespielt. ›North to Alaska‹ hieß der, glaube ich.«

»North to Alaska, go north, the rush is on«, sang Rick spontan und erntete noch mal Beifall. »Den hab ich gesehen. In Texas lieben sie John Wayne, auch wenn er schon lange tot ist. Er ist einer der größten Stars aller Zeiten.«

Klondike Kitty grinste. »Sie gefallen mir immer besser, mein Junge.«

Rick wartete, bis die Wirtin gegangen war. »Zum Glück waren die Komplikationen bei Amy nicht so schlimm«, berichtete er weiter. »Das erste Spiel der

Play-offs haben sie gewonnen. Natürlich kann der Krebs jederzeit wiederkommen, aber wenn sie sich regelmäßig untersuchen lässt, sind ihre Chancen sehr gut. Meine Schwester und ich standen uns schon immer sehr nahe. Sie war bereits als Kind sehr zart und ich war ihr Beschützer. Ich war auch der Einzige, dem sie von ihrem Krebs erzählte. Sie wolle unsere Eltern nicht beunruhigen, sagte sie zu mir. Sie rief erst bei ihnen an, nachdem der Arzt ihr die gute Nachricht überbracht hatte. Sie kamen natürlich sofort nach Whitehorse und holten sie ab. Sie kümmern sich jetzt um sie, aber wie ich Amy kenne, wird sie Mom und Dad bald rauswerfen. Sie will kein Mitleid.«

»Jetzt verstehe ich, warum du mir nichts davon erzählt hast«, sagte Cheryl. »Und ich war so blöd zu glauben, sie wäre deine Freundin. Ich hatte nämlich gesehen, wie ihr euch umarmt habt. Tut mir leid, dass ich so dämlich reagiert habe.«

»Du hast gedacht, ich wäre mit ihr zusammen?« Rick griff nach ihren Händen und hielt sie fest. Es fühlte sich so gut an. »Wenn sie meine Freundin gewesen wäre, hätte ich doch niemals einen Song für dich geschrieben. Seit ich dich zum ersten Mal gesehen habe, gibt es nur noch dich für mich.« Als ihm bewusst wurde, was er gesagt hatte, errötete er erneut. »Auch ich dachte heute Nachmittag, du hättest einen anderen. Als ich dich mit diesem Typen im Geländewagen gesehen habe, hatte ich plötzlich Angst, du wärst mit ihm zusammen.«

Sie drückte seine Hände. »John Snyder … er ist mein Chef. Wir haben nach Lisa gesucht, der Assistentin von Dog sledding Adventures, mit der ich mir eine Hütte teile. Die beiden hatten Zoff und sie war ihm abgehauen.«

»Und? Habt ihr sie wiedergefunden?«

»Ich war live dabei, als sie sich küssten.«

»Dann ist ja alles wieder gut.«

Sie unterhielten sich bis in den frühen Abend hinein, dann sollte Rick noch einmal auftreten und er sang für die neuen Gäste, die inzwischen ins Lokal gekommen waren. Cheryl hörte noch mal zu, sie spürte seinen Blick auf sich ruhen, als er Snowflake Kisses sang. Ihn ein Lied singen zu hören, das ausschließlich für sie bestimmt war, fühlte sich beinahe wie eine sanfte Berührung an.

Diesmal tauschten sie ihre Handynummern aus, und wenn nicht so viele Leute im Lokal gewesen wären, hätten sie sich vielleicht sogar geküsst. Die zärtliche Umarmung, als sie sich voneinander verabschiedeten, ließ Cheryl leicht erschaudern, und auch in ihren Augen flammte ein Versprechen auf, das sie schon sehr bald einlösen wollte. »Sobald ich Zeit habe, melde ich mich bei dir«, sagte sie. »Ich nehme dich auf dem Hundeschlitten mit.«

Zufrieden lächelnd fuhr sie nach Hause. Es gab Tage, da lief wirklich alles so, wie man es sich wünschte. Nur schade, dass es nicht immer so sein konnte, doch dann hätte man es ja nicht als etwas Besonderes empfunden. Darüber hatte sie schon öfter nachgedacht. Ohne Leid würde es auch kein Glück geben. Und dauerhaftes Glück wäre schon bald langweilig. So, wie ständiger Reichtum, denn wenn man niemals zum Sparen gezwungen gewesen wäre, könnte man sich auch nicht darüber freuen, sich endlich viele Dinge leisten zu können. Wie sie selbst, die nach ihrer Beziehung mit Andy nie daran geglaubt hätte, so bald jemand zu finden, der sie wirklich liebte. Die Welt war manchmal schon verrückt.

Bei aller Freude vergaß Cheryl auch an diesem Abend nicht, sich um ihre Huskys zu kümmern. Snowball begrüßte sie ausgelassen und ließ erst von ihr ab, als sie seinen Futtertrog füllte und er sich über sein Fressen hermachen konnte. Matt und John waren nirgendwo zu sehen.

Lisa befand sich nicht im Büro, auch ihr Wagen stand nicht an seinem Platz. Cheryl hatte es nicht anders erwartet. Sie betrat ihre Blockhütte, zog sich um und machte es sich in ihrem Trainingsanzug bei einem Becher Tee bequem. Sie freute sich auf den Krimi, den sie vor einigen Tagen zu lesen begonnen hatte, und schaltete dann später den Fernseher ein. Irgendeine Krimiserie lief, von der sie nicht mal den Titel wusste. Sie döste ein und wachte erst spätabends auf, als Lisa nach Hause kam und ihr Gepäck in die Hütte wuchtete. Sie blieb in der offenen Tür stehen und grinste. »Da bin ich wieder. Ist mein Zimmer noch frei?«

»Aber natürlich!« Cheryl rieb sich gähnend die Augen. »Ich wusste doch, dass du wiederkommen würdest. Wie lief es mit John? Ist alles wieder okay?«

Sie gingen ins Wohnzimmer. Lisa schlüpfte ebenfalls in ihren Trainingsanzug, setzte Teewasser auf und setzte sich zu ihr an den Tisch. Die Antwort stand ihr bereits ins Gesicht geschrieben. Sie grinste bis über beide Backen.

»Es könnte nicht besser sein«, sagte Lisa. »So eine … na, du weißt schon … so ein Feuerwerk hab ich schon lange nicht mehr erlebt. Er liebt mich, Cheryl. Er liebt mich wirklich! Und er ist gar nicht so ein großer Frauenheld, wie manche Leute glauben. Er flirtet gern, und er hat sogar zugegeben, manchmal etwas zu weit gegangen zu sein. Aber damals hätte er auch noch nicht gewusst, wie sehr er mich liebt. Ich weiß, es klingt abgedroschen, aber so ist es wirklich. Erst als ich ihm davongelaufen bin, hätte er gemerkt, wie sehr er mich braucht, und damit meine ich nicht meine Arbeit am Computer.« Sie nippte genüsslich an ihrem Tee und lächelte zufrieden. »Du hast ihm ordentlich ins Gewissen geredet, oder?«

»Ich habe plötzlich gemerkt, dass seine Rumflirterei nur Show ist und er echte Gefühle für dich hat. Das hoffe ich jedenfalls. Außerdem hatte ich keine große Lust, mich auf eine neue Mitbewohnerin einstellen zu müssen.«

»Weil ich so gute Schokoladenkekse backe?«

»Das auch.«

»Und weil du jemand brauchst, mit dem du über deine Probleme sprechen kannst.« Sie schob eine vorwitzige Haarsträhne aus ihrem Gesicht. »Was ist eigentlich mit deinem Traumprinzen? Dem Sänger? Ist er schon in Dawson aufgetaucht?«

»Gestern Mittag.«

»Wie?« Ihre Augen wurden groß. »Und das erzählst du mir erst jetzt?«

»Er tritt bei Klondike Kitty auf.« Cheryl berichtete ihr in wenigen Worten, was geschehen war, und amüsierte sich über Lisas ungläubige Miene, als sie von seiner Schwester erzählte. »Anscheinend haben wir es beide verdient.«

»Aber … das ist ja sensationell! Das ist großartig! Champagner!«

»Hörst du auch schon die Hochzeitsglocken läuten?«

»Wie kommst du denn darauf?«

»Das hab ich von Kitty, und die hat es aus einem alten Western. Ist nicht so wichtig.« Sie blickte in ihren Becher und musste beim Anblick ihres verzerrten Spiegelbilds lächeln. »Eigentlich hatte ich ja von Männern gehörig die Schnauze voll.«

»So kann's gehen, meine Liebe. Heute war ein toller Tag, nicht wahr?«

»Wenn man bedenkt, wie er anfing«, sagte Cheryl.

In dieser Nacht schliefen beide so gut wie lange nicht mehr. Cheryl hatte selbst im Traum noch den Refrain von Snowflake Kisses im Ohr und fragte sich am nächsten Morgen, ob sie im Schlaf wohl laut mitgesungen hatte. Aus Lisas Zimmer drang zufriedenes Schnarchen zu ihr herüber. Ihre gute Laune hielt bis zum Frühstück an und steigerte sich noch, als Cheryl ihr Smartphone checkte und eine Nachricht von Rick fand: »Ich vermisse dich sehr, Cheryl!«

Sie antwortete mit drei roten Herzen und ging gleich nach dem Frühstück zu ihren Huskys. Wie jeden Morgen machten die Hunde sich heißhungrig über ihr Futter her. Matt war diesmal früher als sie dran und sammelte bereits die Futternäpfe ein. »Hey, Matt! Haben Sie schlechte Laune?«

»Das kann man wohl sagen.«

»Gab es Ärger mit den Frauen?« Ihre gute Laune ließ sie übermütig werden.

»Erinnern Sie sich noch an die Finleys?«

»Meinen Sie die beiden Streithähne, die mit uns auf Tour waren?« Sie blickte auf ihre Huskys hinab. »Wie könnte ich die jemals vergessen. Was ist denn mit ihnen?«

Matt stellte die Futternäpfe weg und tätschelte seinem Leithund den Rücken. »Ich war gestern bei Grizzly Joe's, einer neuen Bar an der King Street. Ich wollte mir den Laden mal ansehen und ein Bierchen trinken. Da kamen plötzlich Janice und Jack herein, und als sie schon ordentlich einen gebechert hatten, zupfte mich Janice am Ärmel und wollte mit mir tanzen. Sie ließ mir keine Ruhe und ich tat ihr den Gefallen. Das war ein Fehler, denn gleich darauf fiel mich Jack wie ein wütender Berglöwe an – trotz seiner Verletzung –, und wenn nicht im gleichen Augenblick ein Mountie hereingekommen wäre, hätte es wohl Ärger gegeben.«

»Das kommt davon, wenn man Frauen wie einen Spielball behandelt.«

»Das war doch gar nicht meine Absicht.«

John erschien erst gegen zehn Uhr. Außer dass einige Urlauber Snowmobile gemietet hatten, war wenig los. Lisa kämpfte sich durch die Buchhaltung und Matt überholte die Snowmobile. Cheryl wechselte das Stroh für die Hunde aus und reinigte die Futternäpfe. Sie war ein wenig besorgt, weil John so lange auf sich warten ließ – sie hatte wohl Angst, er könnte sein Versprechen gleich wieder gebrochen haben –, aber als er endlich eintraf, stellte sich heraus, dass er sich mit den Verantwortlichen des Mountie Day getroffen hatte. Seine Angestellten folgten ihm ins Büro, um zu hören, was er zu berichten hatte.

»Der Veranstalter ist die Stadt«, sagte er. »Einige Firmen und Läden machen als Sponsoren mit. Und auch die Royal Canadian Mounted Police, die mit einer kleinen berittenen Einheit in den roten Paradeuniformen teilnehmen wird. Das Ganze findet am zweiten Dezemberwochenende statt. Wer die sechs Mounties und die Siedlerfrau spielen wird, die nach den verirrten Goldgräbern suchen, steht bereits fest. Die Siedlerfrau ist Cheryl. Bei den Mounties machen Matt und drei echte Mounties mit, außerdem Russ Talbot und Chilko Gunn, zwei bekannte Musher. Gegen die werden wir es nicht einfach haben.«

»Russ Talbot? War der nicht beim letzten Yukon Quest ziemlich weit vorn?«

»Er wurde Siebter«, bestätigte John, »und Chilko ist fast genauso schnell. Die vier Männer, die als Goldgräber verkleidet in der Wildnis warten werden, stehen noch nicht fest. Die Flyer werden morgen verteilt. Ich bin sicher, dass sich genug Leute melden werden. Jedem von ihnen zahlt ein Sponsor hundert Dollar, dafür kann man schon mal eine Nacht in einer Hütte oder einem Zelt schlafen. Die Mounties überwachen die Männer mit einem ihrer Hubschrauber.«

»Hundert Dollar?«, fragte Matt erstaunt. »Nicht schlecht. Und was bekommen wir?«

John grinste. »Tausend Dollar für den Gewinner, und alle anderen dürfen stolz sein, am ersten Mountie Day teilgenommen zu haben. Als Siedlerfrau und als Mountie macht ihr sicher eine gute Figur. Gibt es noch Fragen?«

»Sie verstecken diese vier Männer, die Goldgräber, also irgendwo in den Ogilvie Mountains«, sagte Matt. »In einem Zelt, das überall stehen kann. Woher sollen wir denn wissen, wo wir suchen sollen? Die Ogilvies sind so riesig, da könnten wir ein ganzes Jahr rumirren, ohne jemand zu finden.«

»Das wissen die Veranstalter auch, Matt.« John ging seine Notizen durch. »Deshalb bekommt jeder eine Landkarte, auf der das Gebiet, in dem sich die Goldgräber aufhalten, mit Filzstift markiert ist. Allerdings nur auf zwei Quadratkilometer genau. Dort können die Männer überall sein. Die Musher bekommen weder ein Satellitenhandy noch ein GPS-Gerät. Wer zuerst einen Goldgräber findet, fährt mit ihm nach Dawson City zurück. Zwei Mounties gehen leider leer aus. Die Schiedsrichter überwachen von Hubschraubern aus den Wettstreit und natürlich wird die Suche auch im Fernsehen übertragen.«

»Eine Schnitzeljagd in Schnee und Eis«, sagte Lisa.

»So kann man's auch nennen. Aber Mountie Day klingt besser.«

Nach der Mittagspause verbrachte Cheryl zwei Stunden mit einer Highschool-Lehrerin, die mit einigen Schülern einen Ausflug zur Milner-Goldmine plante und ihnen auch gern zeigen wollte, wie man einen Hundeschlitten lenkt. Cheryl stellte sie den Hunden vor und nahm sie mit auf eine Probefahrt, anschließend machte sie mit ihr einen Termin aus und ließ Lisa den Bürokram erledigen. »Dann bis in einer Woche«, verabschiedete sie sich.

Am Ende des Arbeitstages blieb Cheryl kaum Zeit, mit Lisa zu sprechen, so schnell waren sie und John verschwunden. Sie selbst hatte sich erst für den nächsten Tag mit Rick verabredet, da hatte sie frei und er musste erst am frühen Abend im Lokal singen. Einen Augenblick dachte sie darüber nach, wieder bei Klondike Kitty zu essen und ihm noch einmal zuzuhören, aber sie hatte Angst, zu aufdringlich zu erscheinen. »Du musst die Männer zappeln lassen«, war schließlich der Wahlspruch vieler Cheerleaderinnen.

Eigentlich ein dummer Leitspruch, dachte sie und war immer noch damit beschäftigt, als sie das Büro verließ und Rick direkt in die Arme lief. »Rick!«, sagte sie verwundert.

»Cheryl! Ich hab's nicht mehr ausgehalten ohne dich«, sagte er.

»Und ich dachte, Cowboys sind harte Kerle.«

Er war schon wieder rot angelaufen. »Stimmt, aber nur in Filmen und Büchern. Ich hab nur ein paar Minuten Zeit, aber ich wollte dich wenigstens ...« Er suchte nach den passenden Worten. »... dich noch mal in den Arm nehmen.«

Sie umarmten sich vorsichtig, als wären sie zerbrechlich, und hielten einander wie zwei Liebende fest, die sich nach langer Zeit wiedergefunden hatten und nicht mehr loslassen wollten. Als sie sich schließlich voneinander lösten und einander in die Augen blickten, waren sie sich für einen kurzen Moment so nahe wie nie zuvor. Ihre Lippen öffneten sich bereits zu einem Kuss, doch genau in diesem Augenblick fuhr ein Mann vor, um sich nach den Preisen für eine Hundeschlittentour zu erkundigen. Cheryl versuchte zwar ihn so schnell wie möglich abzufertigen, aber der Kunde war König, und sie fühlte sich verpflichtet, alle seine Fragen zu beantworten und einen Flyer aus dem Büro zu holen, bis er endlich zufrieden war, in seinen Wagen stieg und eilig davonbrauste.

Der magische Moment war nun leider vorüber.

»Tut mir leid, Cheryl«, entschuldigte sich Rick, »ich muss wieder zurück. Um diese Zeit trudeln die ersten Gäste ein, und Kitty behauptet, dass einige nur kommen, um mir zuzuhören.« Er lächelte stolz. »Morgen früh um acht?«

»Ich hol dich ab«, versprach sie.

21

Als sie ihn abholte, war Rick bester Laune und zeigte ihr eine Thermosflasche. »Stell dir vor, Kitty spendiert uns eine Kanne ihres besten Kaffees für unseren Ausflug.« Er begrüßte sie, indem er ihr in einer vertrauten Geste eine Hand auf den Oberarm legte, und rief den Huskys zu: »Hallo, Snowball! Hey, Lobo, kannst du mich inzwischen besser leiden? Du darfst mich heute ziehen.«

»Und ich habe leckere Thunfisch-Sandwiches dabei«, erwiderte Cheryl, »die sind meine Spezialität.« Sie klopfte auf den Schlittensack mit der Notausrüstung und den Vorräten. »Gib mir den Rucksack und setz dich auf die Ladefläche. Decken hab ich genug.« Sie verstaute den Rucksack im Schlittensack und kümmerte sich darum, dass er sicher auf dem Schlitten saß. »Halt dich gut fest!«

Sie trieb die Huskys an und fuhr zur Front Street hinab. »Und los geht's!«, rief sie fröhlich. Sie jagte ihr Gespann über dieselbe Böschung wie auf ihrer ersten Fahrt mit John, geriet auf dem Fluss leicht ins Schleudern und steuerte den Schlitten in die eingefahrene

Spur, die andere Hundeschlitten und Snowmobile auf dem Eis hinterlassen hatten. »Heya! Heya! Vorwärts!«

Rick war offensichtlich beeindruckt von ihren Fahrkünsten, hielt sich aber selbst auf ebener Strecke mit beiden Händen fest, aus Angst, er könnte vom Schlitten geschleudert werden. Erst nach ungefähr einem Kilometer entspannte er sich etwas. »Wow«, sagte er erstaunt, »du hast ja ein ganz schönes Tempo drauf! Wie wird das erst, wenn du den Turbo einschaltest? Das ist ja wie beim Speedway-Rennen in Texas, wenn sie mit Rennwagen oder Motorrädern im Kreis rasen!«

»Bei solch einem Rennen war ich noch nicht dabei, aber beim Yukon Quest geht es noch wilder zu«, rief sie. »Da sind echte Profis am Werk!«

»Zum Yukon Quest schaffst du es auch noch, da bin ich mir ganz sicher.«

Nach dem rasanten Start drosselte Cheryl das Tempo wieder etwas. Die Huskys fielen in den stetigen Trott, den sie auf langen Strecken bevorzugten, und liefen dicht am steilen Ufer entlang nach Nordosten. Hinter ihnen versank Dawson City in der Dunkelheit, und sie waren allein mit dem eisigen Morgen und dem frischen Wind, der von den Ogilvie Mountains herabwehte und über den Fluss fegte. Von den Schwarzfichten am Ufer wirbelte Schnee.

Der Trail über den gefrorenen Yukon River war wie geschaffen für einen längeren Ausflug. Das Eis war fest und nicht so rau, dass sich die Huskys ihre Pfoten daran aufgerissen hätten, und die Natur empfing sie mit Bildern, die so atemberaubend schön waren, dass sie beinahe schon kitschig wirkten. Im Norden ragten die Ogilvie Mountains empor, eine scheinbar endlose Wildnis, deren schneebedeckte Gipfel geheimnisvoll in der Dunkelheit leuchteten. Zartes Nordlicht flackerte in verwaschenen Farben über den dunklen Himmel.

Nach ungefähr einer Stunde, während der sie wegen des rauschenden Windes kaum gesprochen hatten, machte Cheryl neben einem entwurzelten Baum halt, der festgefroren war und wie eine überdimensionale Knochenhand aus dem Eis ragte. »Ist alles okay?«, fragte sie Rick. »Wenn du willst, kannst du jetzt fahren. Es ist nicht schwerer, als auf einem wilden Bullen zu reiten.«

Rick blickte sich zweifelnd um. »Meinst du wirklich?«

»Ich dachte, Cowboys haben keine Angst.« Sie lächelte. »Oder doch?«

»Cowboys und Texaner fürchten nicht mal den Teufel!«, erwiderte er grinsend. Er kletterte von der Ladefläche und blickte auf die Huskys. »Hey, Snowball, Lobo, Candy und wie ihr alle heißt. Jetzt bin ich dran, also macht euch auf was gefasst. Ich komme so ziemlich mit jedem Pferd zurecht, aber mit Huskys habe ich keinerlei Erfahrung. Ihr müsst mir helfen, verstanden?«

Einige der Hunde jaulten erwartungsvoll.

»Ich deute das jetzt mal als Ja«, erwiderte er. Mit gemischten Gefühlen trat er auf die Kufen und hielt sich an der Haltestange fest. »Ich weiß nicht recht …«, sagte er unsicher.

»Du schaffst das schon.« Cheryl erklärte ihm die Grundbegriffe und warnte ihn davor, zu schnell zu fahren. »Sonst geht es dir wie diesem Angeber neulich, der landete im hohen Bogen auf der Nase, weil er Angst hatte, zum zweiten Mal von seiner Frau überholt zu werden. Warte, bis ich sitze, okay?«

Sie machte es sich auf der Ladefläche bequem. »Vorwärts!«

Rick erwies sich als begabter Musher. Er war zwar nicht so talentiert wie Janice Farley, aber durch seine Reiterei gewohnt, die Balance zu halten und mit Tieren umzugehen. »Wow!«, rief er. »Das ist ja beinahe so schön, wie über eine texanische Weide zu reiten! Hörst du mich, Snowball? Du darfst zum ersten Mal mit einem Texaner durch die Gegend rennen. Davon träumen andere Leithunde.«

Snowball zeigte sich unbeeindruckt und drehte sich nicht einmal zu ihm um, er fand wohl eher, dass es umgekehrt war und der Texaner stolz sein konnte, mit einem so prächtigen Siberian Husky über den Yukon zu rasen. Ricks Freude tat das keinen Abbruch. Man sah ihm deutlich an, wie viel Spaß ihm die Fahrt bereitete. Als Cheryl sich zu ihm umdrehte, sah sie sein breites Lachen. In seinem Übermut vergaß er lediglich einmal, einem Streifen mit besonders rauem Eis auszuweichen, er trieb das Gespann aber sofort nach links, als der Schlitten zu holpern begann, und entschuldigte sich bei Cheryl und den Hunden. Cheryl lächelte still in sich hinein. Rick war anders als die meisten Jungs, die sie kannte, auch wenn er ein echter Cowboy war, war er dennoch nicht so laut und aufdringlich und alles andere als ein Angeber. Old School gegenüber Frauen und Mädchen, das hatte sie schon bei Klondike Kitty beobachtet, immer höflich und zuvorkommend und ein respektvolles »Danke, Ma'am!« auf den Lippen.

So sind die Texaner eben, würde er wohl sagen. Laut und nachdrücklich, wenn es darum ging, die Vorzüge des Heimatstaates herauszustellen oder die Ehre einer Frau zu verteidigen, zurückhaltend und beinahe scheu, wenn sie ihr ein Kompliment machten. Wie in den alten Westernfilmen, die in Texas spielten. Natürlich waren nicht alle Texaner so, auch wenn jeder Texaner das behauptete, doch selbst Cheryl hatte schon welche kennengelernt, die sich, als sie bei ihren Eltern getankt hatten, völlig unmöglich benommen hatten.

Gegen Mittag hielten sie an einer Flussbiegung und gönnten sich und den Huskys eine Pause. Bläuliches Zwielicht hatte die Dunkelheit abgelöst, lag wie durchsichtiger Nebel über dem Fluss, den Wäldern an beiden Ufern und den Ogilvie Mountains im Norden. Der Yukon River wirkte in der Einsamkeit abseits der Stadt noch mächtiger und breiter, die Lebensader des hohen Nordens mit magischer Anziehungskraft für Urlauber, die in der Wildnis dem Stress der Großstadt entfliehen und wieder zu sich selbst finden wollten. Über keinen Strom gab es so viele Legenden wie über den Yukon.

Sie teilten sich die Sandwiches und tranken Kaffee und heißen Tee dazu. Lange redeten sie kein einziges Wort. Rick setzte mehrmals zu sprechen an, verstummte jedoch jedes Mal nach einigen Silben, weil ihm anscheinend seine eigenen Worte nicht gefielen. Cheryl errötete und blickte verlegen zur Seite, wenn sich ihre Blicke trafen. Es war wohl seine Nähe, die sie verwirrte. Sie saßen nebeneinander auf dem Schlitten, so dicht, dass sie trotz der gefütterten Winterkleidung die Wärme seines Körpers zu spüren glaubte, und als sie einen Handschuh auszog und ihm zum Nachtisch einen Schokokeks zwischen die Lippen schob, kam ihr die Berührung seiner Lippen wie ein Kuss vor. Sie griff rasch nach ihrer Thermoskanne und schenkte sich Tee ein.

Nachdem sie die Thermoskannen und den Abfall verstaut hatten, zögerten sie beide. Einige Sonnenstrahlen, die sich durch die Wolken geschoben hatten, ließen ihre Augen leuchten, und Cheryl legte wie selbstverständlich eine Hand auf seinen Oberarm. »Rick, ich …«, begann sie heiser, und Rick sagte etwas ähnlich Albernes, und dann küssten sie sich, zuerst nur leicht und zärtlich, doch schließlich immer leidenschaftlicher, bis sie kaum noch Luft bekamen. Und obwohl sie Rick in der eisigen Kälte kaum spüren konnte, fühlte Cheryl, wie ein warmer Schauer über ihren Rücken lief und sie von einem ihr bisher unbekannten Glücksgefühl erfüllt wurde. »Wow!«, flüsterte sie aus Angst, den magischen Moment durch ihre Stimme zu zerstören. »Das war schön.« Sie lächelte. »Davon habe ich die ganze Zeit geträumt.«

»Cheryl«, sagte er nur. Es klang wie eine Liebkosung aus seinem Mund.

Sie hielten sich lange in den Armen und lösten sich nur voneinander, weil die Huskys ungeduldig wurden und schließlich so laut jaulten und bellten, dass Cheryl befürchtete, man könnte sie in Dawson hören. »Schon gut«, rief sie ihnen zu. »Gleich geht es weiter.« Sie ging zu Snowball, der sich wie ein eifersüchtiger Rivale aufführte, kraulte ihn zwischen den Ohren und versicherte ihm noch einmal: »Gleich geht es weiter, meine Lieben … okay?«

Auf der Rückfahrt stand wieder Cheryl auf den Kufen und lenkte ihr Gespann zügig in den eigenen Spuren nach Dawson zurück. Die Verlegenheit, die ihrem Kuss vorausgegangen war, verflog mit jedem Kilometer mehr. Sie wirkten plötzlich wie befreit, scherzten und lachten und spürten nicht einmal den eisigen Fahrtwind, der ihnen auch auf der Rückfahrt ins Gesicht blies.

»Wir haben den ganzen Winter für uns«, sagte Rick, als sie sich vor Klondike Kitty's verabschiedeten. »Natürlich nur, wenn du nichts dagegen hast.«

»Den ganzen Winter … und vielleicht sogar länger.«

Die nächsten Tage vergingen wie im Flug. Wegen des bevorstehenden Mountie Day, der inzwischen überall im westlichen Kanada und sogar in den USA beworben wurde, kamen mehr Touristen als sonst in die Stadt, und sie ging jeden Tag auf mindestens eine Tour. Von blutigen Anfängern, die Angst vor Huskys und noch nie auf den Kufen gestanden hatten, über nervende Kunden wie damals Janice und Jack Farley bis zu erfahrenen Wintersportlern war alles vertreten. Den größten Teil ihrer Freizeit verbrachte Cheryl mit Rick, auf Touren oder bei Klondike Kitty, und vor dem Schlafengehen quatschte sie noch mit Lisa, die ebenfalls auf einer rosaroten Wolke schwebte und jedes Mal beteuerte, dass John sie tatsächlich liebte und sich zwar nicht vollkommen geändert hatte, aber sich zumindest größte Mühe gab. »Hey«, sagte Cheryl einmal, »wenn das so weitergeht mit dir und John, läuten tatsächlich bald die Hochzeitsglocken.«

Eine große Überraschung erfuhr Cheryl wenige Tage vor dem Start zur »Mountie Day Challenge«, wie die Veranstalter ihre Wettfahrt inzwischen nannten. Rick verriet sie ihr und allen anderen Gästen während eines Auftritts bei Klondike Kitty. »Und jetzt darf ich Ihnen einen ganz besonderen Song vorstellen. Wie Sie sicher alle wissen, feiern wir in zehn Tagen den Mountie Day in Dawson City. Echte Mounties werden in ihren Paradeuniformen in der Stadt sein und über ihre Arbeit berichten, es wird einen Filmabend und ein Konzert im Can-Can-Saloon geben, und bei der Mountie Day Challenge werden sechs Männer in historischen Mountie-Uniformen und eine Siedlerfrau, dargestellt von unserer Cheryl Robinson, nach vier verirrten Goldsuchern in den Ogilvie Mountains suchen.« Er hob seine Stimme. »Und Cheryl ist heute hier! Gebt ihr einen ordentlichen Applaus: Cheryl von Dog sledding Adventures.«

Alle Blicke richteten sich auf Cheryl, die gerade an ihrem heißen Tee nippte und der dieser Beifall sichtlich unangenehm war. Sie zwang sich zu einem Lächeln, war aber froh, als Rick endlich weitersprach: »Und ich werde einer der Goldsucher sein, irgendwo in der Wildnis hocken, in einer verfallenen Hütte oder einem Zelt, und darauf warten, dass mich jemand rettet. Sie fragen sich wahrscheinlich, wie ein texanischer Cowboy aus Williams Lake zu diesem Job kommt. Nun, das ist einfach: Mein neuer Song ›Mountie Pride‹ gefiel den Veranstaltern so gut, dass sie ihn zur offiziellen Hymne des Mountie Day erkoren haben. Ich werde ihn während des großen Konzerts im Can-Can-Saloon singen … und heute Abend bei Klondike Kitty. Der Song geht so …«

Auch für Cheryl kam die Nachricht überraschend. Als Rick sich einige Minuten später an ihren Tisch setzte, flüsterte sie lächelnd: »Und das hast du mir vorenthalten? Was für ein toller Song! Die Hymne des Mountie Day, wow! Jetzt bist du bald so berühmt wie Ian Tyson. Herzlichen Glückwunsch!«

»Noch bin ich kein Star«, wehrte er ab. »Bis ich einen Manager und Leibwächter brauche, werde ich wohl noch einige Songs schreiben müssen.«

»Und du willst wirklich einen der Goldgräber spielen?«

»Warum nicht? Es gibt hundert Dollar dafür und lange werde ich hoffentlich nicht in den Bergen herumsitzen. Du wirst mich doch retten, Cheryl?! Die tapfere Siedlerfrau, die mit ihrem Goldgräber als Erste durchs Ziel gehen wird. Du wirst gewinnen. Die anderen Musher sind längst nicht so gut wie du.«

»Russ Talbot war beim letzten Yukon Quest unter den Top Ten.«

»Das heißt gar nichts.«

Cheryl freute sich über das Vertrauen, das Rick ihr entgegenbrachte, zeigte sich aber wesentlich zurückhaltender. Russ Talbot war ein erfahrener Musher, der an etlichen großen Rennen teilgenommen hatte, und Chilko Gunn, der Indianer, hatte von Kindesbeinen an auf Kufen gestanden. Sich gegen diese beiden Männer zu behaupten, würde gar nicht so einfach werden. Und auch gegen Matt und die drei Mounties hatte sie noch lange nicht gewonnen. Bei diesem Wettbewerb kam es schließlich nicht nur auf Ausdauer und Schnelligkeit an. Wichtig war auch die Orientierung. Nur wer sich in der Wildnis auskannte und so schnell wie möglich einen der Goldgräber fand, hatte eine Chance auf den Sieg.

Zwei Tage vor der Challenge organisierte John einen gemeinsamen Flug für Matt und Cheryl. Ein befreundeter Buschpilot flog sie über die Ogilvie Mountains und verschaffte ihnen einen Überblick über die Wildnis, in der sie nach den Goldgräbern suchen würden. Cheryl blickte während des ganzen Fluges nach unten, prägte sich die Trails ein, die meist vom Dempster Highway abgingen und in den dunklen Tälern verschwanden. Kein leichtes Terrain für Musher, vor allem dann nicht, wenn man durch den Tiefschnee musste.

Vor dem Start fanden das Konzert und die Vorstellung aller Teilnehmer an der Mountie Day Challenge im Can-Can-Saloon statt. Cheryl war unheimlich stolz auf Rick, der als Erster auf die Bühne durfte und seinen neuen Song mit solchem Enthusiasmus vortrug, dass das Publikum begeistert war. Lisa saß neben ihr und boxte sie zum Spaß auf den Oberarm. »Wer hätte das gedacht?«, sagte sie. »Um den Jungen beneiden dich wahrscheinlich alle Mädels hier.« Sie griff lachend nach Johns Arm. »Außer mir natürlich. Ich hab mir schon einen Prinzen geangelt. Und eine der Urlauberinnen ist auf Matt reingefallen.« Sie lenkte ihren Blick auf Matt, der eine attraktive Blondine in den Armen hielt.

Nach Rick spielte eine Band aus Whitehorse, bevor der Moderator der örtlichen Rundfunkstation den Bürgermeister und den ranghöchsten Vertreter der Royal Canadian Mounted Police auf die Bühne bat und beide feierliche und viel zu lange Reden hielten. Erst dann holte der Moderator alle Teilnehmer der Mountie Day

Challenge auf die Bühne und Cheryl musste minutenlang im Scheinwerferlicht ausharren und Lobeshymnen über sich ergehen lassen. Sie hatte erst kürzlich mit ihren Eltern telefoniert, ihnen aber kaum etwas über den Mountie Day erzählt, auch aus Angst, sie könnten kommen und ihr zujubeln. Anders als Rick konnte sie auf Scheinwerferlicht gut verzichten.

Noch auf der Bühne bekam jeder Musher eine detaillierte Karte mit dem ungefähren Aufenthaltsort der Männer, die sich als Goldgräber verkleideten. Für die historische Kleidung sorgte ein Sponsor, eine bekannte Outdoorfirma, die auch für die nur scheinbar betagten Anoraks modernste Materialien verwendete, die wie moderne Thermokleidung gegen die Kälte schützten. Beim anschließenden Empfang in einem anderen Lokal wechselte Cheryl ein paar Worte mit dem bärtigen Russ Talbot, der sich als freundlicher Zeitgenosse erwies, überhaupt nicht arrogant war und ihr vom Yukon Quest erzählte. Der schweigsame Chilko Gunn verschlang einige Mini-Hamburger vom Büfett und verschwand dann rasch wieder. Die drei Mounties freuten sich, dem tristen Alltag ihres Stützpunktes entkommen zu sein und mal was anderes zu erleben.

»Vorgeplänkel!«, lästerte sie, als sie zu Hause waren.

Am nächsten Morgen stand Cheryl besonders früh auf. Sie fütterte die Huskys und sprach ausführlich mit ihnen. »Hört zu, meine Lieben«, sagte sie, »heute kommt es darauf an! Wir fahren in die Berge und suchen nach Rick. Die Challenge ist ein Wettbewerb. Niemand ist wirklich in Gefahr. Die Veranstalter haben zwei Hubschrauber gemietet, die alle Aktionen überwachen, und zusätzlich fliegt noch der Hubschrauber der Fernsehstation über die Berge. Wir haben starke Konkurrenz. Russ Talbot ist dabei, sein Gespann war eines der besten beim letzten Yukon Quest. Chilko Gunn, der Indianer, gehört ebenfalls zu den absoluten Könnern. Matt kennt ihr inzwischen, auch er und seine Huskys sind gut in Form, und ich gehe jede Wette ein, dass die drei Mounties und ihre Hunde ebenfalls ernst zu nehmende Konkurrenten sind. Enttäuscht mich nicht, meine Lieben! Strengt euch an! Wir geben unser Bestes, verstanden?«

Snowball jaulte zufrieden und war noch begeisterter, als Cheryl ihm und den anderen Hunden ein besonders leckeres und reichhaltiges Frühstück servierte. Auch Matt war inzwischen eingetroffen. Er kümmerte sich um sein Gespann, mit dem er genauso hart trainiert hatte wie Cheryl während der letzten Tage. »Unsere Wette tragen wir bei diesem Rennen aus«, sagte er. »Wenn Sie verlieren, laden Sie mich zum Candle-Light-Dinner ein, und wenn ich verliere, koche ich Spaghetti mit Fleischbällchen für Lisa und Sie. Richtig?«

»Richtig«, erwiderte Cheryl siegesgewiss.

Die beiden Hubschrauber waren bereits mit den als Goldgräber verkleideten Männern in die Berge unterwegs, als sich die Musher zum Zeremonie-Start auf der

First Avenue in Dawson City einfanden. Lisa und John waren als Helfer dabei. Ein Tierarzt untersuchte die teilnehmenden Huskys auf Krankheiten und Verletzungen, bevor er sein Okay gab. Einer der Angestellten des Veranstalters sorgte dafür, dass die Gespanne ausreichenden Abstand voneinander hielten, konnte aber einige hitzige Streitfälle nicht vermeiden. Anscheinend waren die Huskys genauso nervös wie ihre Musher. Es ging nicht nur um die Ehre, sondern auch um tausend Dollar, gestiftet von der Dawson City Bank.

Cheryl spannte ihre Huskys vor den Schlitten, überprüfte noch einmal alle Leinen und ging die Checkliste für ihre Ausrüstung durch. Satellitentelefon und GPS waren nicht erlaubt. Revolver, bei langen Wildnisfahrten unbedingt erforderlich, mussten gesichert und verdeckt getragen werden. Geschossen werden durfte nur im Notfall. Ihre Notausrüstung war gepackt, im Schlittensack steckte alles, was man für eine lange Wildnistour brauchte. Die Batterien für ihre Stirnlampe hatte sie noch am Abend zuvor ausgetauscht.

»Cheryl, Sie starten als Zweite!«, rief jemand. »Sind Sie bereit?«

»Wir sind bereit!«, antwortete sie.

22

»Ladies and Gentlemen!«, tönte es aus den Lautsprechern. »Als zweite Teilnehmerin startet eine junge Lady aus Dease Lake, die seit einigen Wochen für Dog sledding Adventures hier in Dawson City unterwegs ist und bereits erfolgreich an zahlreichen lokalen Rennen teilgenommen hat. Sie hat das Zeug, eines Tages das Yukon Quest zu gewinnen. Start frei für Cheryl Robinson!«

Die Startsirene ertönte und Cheryl legte los. »Vorwärts, Snowball! Go! Go! Go!«, trieb sie ihre Huskys an. Die Hunde stemmten sich in ihre Geschirre und sprinteten mit kraftvollen Sprüngen über die First Avenue. Entlang der abgesperrten Straße drängten sich die Zuschauer und begleiteten sie mit lauten Anfeuerungsrufen, unterstützt von der aufgeregten Stimme des Moderators, der jeden Start wie ein Rundfunkreporter kommentierte. Der Zeremonie-Start fand vor allem für die Presse und das Publikum statt, wie beim legendären Iditarod-Rennen in Alaska, und die Musher waren angehalten, in möglichst hohem Tempo und unter lauten Zurufen über die First Avenue zu brausen.

Das Publikum flog an Cheryl vorbei. Im Schein der

Straßenlampen glaubte sie, Constable Julia Doyle bei den Polizisten an der Absperrung zu erkennen, auch Klondike Kitty hatte versprochen, sie anzufeuern, und musste irgendwo in der Menge stehen. Grelles Scheinwerferlicht erschwerte ihr die Sicht. Sie winkte den Zuschauern zu, wie es auch die anderen Musher taten, war aber froh, als sie den Klondike Highway erreicht hatte und die Stadt hinter sich ließ. Fünf Kilometer weiter südöstlich wartete Lisa mit dem Pick-up auf sie.

Auf dem Dempster Highway, ungefähr vierzig Kilometer östlich von Dawson City, fand der eigentliche Start statt. In derselben Reihenfolge wie in der Stadt verließ ein Musher nach dem anderen die Startlinie. Zwischen den einzelnen Starts lagen jeweils fünfzehn Minuten, die im Ziel natürlich angerechnet wurden. Die beiden Hubschrauber der Veranstalter waren bereits in der Luft, der Chopper der Fernsehcrew parkte unweit der Startlinie. Eine im modischen Anorak der TV-Station gekleidete Reporterin überwachte die Arbeit ihres Kameramannes und der Frau, die für den Ton verantwortlich war.

»Wir sehen uns in Dawson«, rief Matt ihr zu, als er zum Start ging. In seinem historischen Outfit sah er weniger draufgängerisch aus als in seinem normalen Anorak, besonders die altmodische Pelzmütze stand ihm nicht. »Sie überholen mich nicht, auch wenn Sie nur eine Viertelstunde hinter mir starten.« Er feuerte seine Hunde mit einem lauten »Yahoo!« an, wohl auch, um die hübsche TV-Reporterin zu beeindrucken, und raste davon. Der aufgewirbelte Schnee glitzerte im Scheinwerferlicht der Kamera wie Sternenstaub.

Snowball mochte das grelle Licht nicht besonders und jaulte nervös, als es ihm in die Augen schien. »Ruhig, ganz ruhig, kein Grund zur Aufregung!«, beruhigte Cheryl ihr Gespann. Sie winkte Lisa und John zu, die bei den beiden Pick-ups standen, und war froh, als endlich das Kommando kam: »Go!«

Mit einem Ruck setzte sich der Schlitten in Bewegung. »Vorwärts! Lauft! Ihr müsst alles geben, ihr Lieben!«, rief Cheryl. Sie jagte ihre Huskys über den geräumten Dempster Highway, der sich als breite Piste in zahlreichen Windungen am North Klondike River entlangzog. Vor ihnen öffnete sich das Land zu einem weiten Panorama. In der Ferne sah man schneebedeckte Gipfel, ansonsten ein von zahlreichen Hügeln aufgeworfenes Land, das mit Schwarzfichten, Pappeln und an den Flussufern mit Weiden bewachsen war. Arktisches Zwielicht war zwischen den Wolken aufgeflammt und überzog Schnee und Eis mit einem rötlichen Schleier. Der Wind hatte meist freie Bahn auf dem offenen Land.

Cheryl hatte die Karte gründlich studiert. Um das Gebiet südlich des Grizzly Creek zu erreichen, in dem Rick als »vermisster Goldgräber« auf sie wartete, würde sie wie alle Musher ungefähr zehn Kilometer auf dem Dempster Highway bleiben können und dann über einen ebenfalls eingezeichneten Indianertrail nach Nordwesten abbiegen müssen. Sie kannte die Ogilvie Mountains nicht so gut wie Matt oder Chilko Gunn, hatte sich aber rechtzeitig weiteres Kartenmaterial besorgt und sich bei einheimischen Mushern nach der Beschaffenheit historischer Jagdtrails erkundigt. Sie hatte die Route zum Grizzly Creek bereits genau im Kopf und würde sich von niemand abbringen lassen.

Nach einer Weile fielen ihre Huskys in den stetigen Trott, der sich auf langen Strecken bewährt hatte und besonders kraftsparend war. Snowball beherrschte diese Gangart wie kaum ein anderer Schlittenhund und verstand es, auch die anderen Hunde des Gespanns in den Rhythmus zu bringen. Nur Huskys, die gelernt hatten, auf diese Weise ihre Kräfte zu schonen, bestanden ein Rennen wie das Yukon Quest. Cheryl kam es beinahe so vor, als wüssten sie, welche Anstrengungen in den Ausläufern der Berge auf sie warteten.

In der Ferne war bereits der Gipfel des Antimony Mountain zu erkennen, als sie Russ Talbot im Nacken spürte. Sie drehte sich um und sah den erfahrenen Yukon-Quest-Teilnehmer rasch näher kommen. Obwohl er eine Viertelstunde nach ihr gestartet war, hatte er sie schon eingeholt. Ein ungeschriebenes Gesetz verlangte, dass sie zur Seite fuhr und den schnelleren Musher vorbeiließ.

»Sie halten sich wacker, Cheryl!«, rief er ihr aufmunternd zu.

Sie hatte es nicht anders erwartet und nahm es sportlich. Dies war kein normales Rennen, bei dem es nur auf Schnelligkeit ankam. Entschieden wurde es vor allem in der Wildnis, wenn sechs »Mounties« und eine »Siedlerfrau« nach den vier verirrten »Goldgräbern« Ausschau hielten. Wenn man allein in den Bergen herumirrte und nach den Spuren der abgesetzten Männer suchte. Die Fahrt über den breiten Dempster Highway war nur der Auftakt, ein ungefähr zweistündiges Rennen, bei dem man vor allem Boden gutmachen und sich einen Vorsprung gegenüber den anderen Mushern verschaffen konnte. Damit die ersten Starter keinen Vorteil beim Aufspüren der Goldgräber besaßen, bekamen die später startenden Mounties genauere Angaben auf ihren Karten.

Hinter ihr war weit und breit kein Verfolger zu sehen, aber vor ihr tauchte plötzlich Matt auf. Er erschrak, als er sie entdeckte, feuerte seine Huskys an und versuchte verzweifelt, ihr zu entkommen. Anscheinend hatte er keine große Lust, Lisa und sie mit selbst gekochten Spaghetti und Fleischklößchen zu verwöhnen. Mit einer Peitsche hätte er wohl auf seine Huskys eingedroschen, so wütend war er, sie nicht erst in Dawson City, sondern schon jetzt wiederzusehen. »Glauben Sie bloß nicht, dass Ihnen das was bringt, Lady!«, rief er sichtlich aufgebracht, als sie an ihm vorbeizog. »Wer zuletzt lacht …«

»Am liebsten essen wir die Spaghetti al dente«, erwiderte sie lachend. »Und die Fleischklößchen gut gewürzt. Vergessen Sie den Parmesan nicht!«

Sie verstand nicht mehr, was Matt ihr nachrief. Seinem Tonfall nach war es nicht gerade ein Kompliment. Sie feuerte ihre Hunde an, um möglichst schnell von ihm wegzukommen, und konnte sich auf Snowball verlassen, der bereitwillig einen Zwischenspurt auf der breiten Piste anzog. Die anderen Hunde folgten ihm sofort, sie hatten selten so freie Bahn wie auf dem Highway.

Gegen Mittag war das Zwielicht heller geworden, und sie konnte bereits den Tombstone Mountain in weiter Ferne ausmachen. Sie fuhr in eine Ausbuchtung am Straßenrand, verteilte Leckereien an die Hunde und aß eines ihrer Sandwiches. Die Stärkung tat ihr gut und gab ihr neue Kraft, der heiße Tee war die reinste Wohltat in der Kälte. Es waren mindestens zwanzig Grad unter null, vielleicht auch kälter. In einer Gegend, in der es nur wenige Bäume gab, fand der böige Wind kaum ein Hindernis und brachte eisige Temperaturen mit sich.

Der Hubschrauber der Fernsehstation tauchte über ihr auf und durchbrach die andächtige Stille mit seinem aufdringlichen Rattern. In der offenen Tür sah sie den angeschnallten Kameramann sitzen und die Kamera auf sie richten. Ihm blies ein noch viel stärkerer Fahrtwind ins Gesicht. Sie winkte pflichtbewusst und checkte ihre Landkarte, bevor sie weiterfuhr, fand den historischen Jagdtrail, der sich durch die Ausläufer der Tombstone Range zog und zum Wolf Creek führte. Von dort musste sie über unbefestigte Pfade zum Grizzly Creek vorstoßen, ein schwieriges Unterfangen, weil die Gegend für ihren starken Schneefall bekannt war und sie dort nur mit Schneeschuhen vorwärtskommen würde. Auf einer Karte, die sie studiert hatte, hatte sie eine alte Goldgräberhütte gefunden. Sie hoffte, dass man Rick dort versteckt hatte.

Als sie auf den alten Indianertrail abbog, war der Hubschrauber noch über ihr und verfolgte sie bis ins nächste Tal hinein. Selbst an einem hellen Sommertag hätte man sie dort kaum gesehen. Sie schob ihre Stirnlampe über die Stirn und schaltete sie ein, richtete sie auf den Trail, der gerade breit genug für einen Hundeschlitten war. Auch Russ Talbot hatte diesen Pfad benutzt und den Schnee mit seinem Schlitten für sie geebnet. Der Lichtkegel ihrer Lampe streifte über den aufgewühlten Schnee und die verschneiten Bäume.

Sie kam jetzt nur noch langsam voran. In manchen Kurven musste sie sogar Schritt fahren, so unübersichtlich und gefährlich waren sie. Eine Herausforderung für ihr Gespann, vor allem für Snowball, der als Leithund die ideale Spur finden musste. In einer solchen Gegend kamen ihm sein ausgeprägter Instinkt und seine Intelligenz zugute, die ihn selbst versteckte Trails finden ließen. Als sie in einer Kurve vom Weg abkam und plötzlich im Tiefschnee steckte, fand er im trüben Licht in die Spur zurück und blickte sich triumphierend zu ihr um. »Danke, Snowball!«, rief sie. »Gut gemacht!«

Über einen Hügelkamm, der sich unterhalb einer schroffen Felswand erstreckte, erreichte sie ein weiteres Tal, das sie zum Wolf Creek führen würde, wenn sie die richtige Abzweigung genommen hatte. Die hohen Felsen schützten sie vor dem Wind, der aber weiter oben auffrischte und eisige Schauer auf sie herabregnen ließ. Sie bremste im Schutz einiger Bäume und blickte noch einmal auf die Karte, glaubte zu erkennen, dass sie nur noch wenige Kilometer vom Ufer des Wolf Creek entfernt sein konnte. Ein Trail, der ihr und den Huskys alles abverlangte und keine Unachtsamkeit duldete. Er zog sich über steile Hügelkämme hinweg nach Norden, so gefährlich und unwegsam, dass ein einziger Fehler sie vom Schlitten werfen konnte. »Passt gut auf!«, rief sie ihren Huskys zu. »Ich hab keine Lust, im Schnee zu landen. Wenn wir hier Mist bauen, dauert es Stunden, bis wir wieder in der Spur sind. Ganz zu schweigen von Matt, der uns bestimmt verspotten würde, wenn er hier vorbeikommt. Immer schön in der Spur bleiben! So ist es gut, Snowball, weiter!«

Gegen Abend sah sie ein Feuer in der Ferne brennen, ungefähr zwei Kilometer weiter nördlich. Das war Russ Talbot, nahm sie an. Wenn sie es bis zu ihm schaffte, lag sie gut im Rennen. Sie blickte zurück. Von Matt noch keine Spur, obwohl er denselben Trail genommen haben musste. Erst am Wolf Creek würden sich ihre Wege trennen und jeder würde woanders suchen.

Sie trieb die Hunde an und fuhr weiter, machte aber nicht den Fehler, ihrer Ungeduld nachzugeben und leichtsinnig zu werden. Eher langsam und beharrlich kämpfte sie sich durch das lang gestreckte Tal. Die letzten paar Hundert Meter bis zum Feuer waren leichter. Sie führten über einen ebenen Trail zu Russ Talbot, der sein Feuer unter einem überhängenden Felsen entzündet hatte und genüsslich seinen heißen Tee schlürfte. »Ich wusste, dass Sie das sind«, begrüßte er sie. »Sie sind eine noch bessere Musherin, als ich dachte.«

Auf ein solches Lob von einem Yukon-Quest-Champion durfte sie sich einiges einbilden. »Ich weiß nicht«, erwiderte sie, »der Trail über die Hügelkämme war eine ziemliche Qual. Ich dachte schon, ich komme nie zum Wolf Creek.«

Der Musher grinste überlegen. »Wir sind wahrscheinlich die Einzigen, die sich auf diesen Trail gewagt haben. Wie ich Matt und die anderen kenne, sind sie auf dem Highway weitergefahren und biegen erst später auf einen Wanderweg. Der ist einfacher zu fahren, aber es dauert auch länger. Nur Chilko traue ich was anderes zu. Der wird eine noch gefährlichere Route nehmen.«

»Haben Sie etwas dagegen, wenn ich mich mit an Ihr Feuer setze?«, fragte Cheryl. »Soweit ich weiß, ist das nicht verboten. Ich hab Schokolade dabei und könnte Ihnen was abgeben. Zartbitter mit Orangengeschmack, sündhaft teuer und sehr edel.«

»Klingt verlockend.«

»Aber zuerst muss ich mich um meine Huskys kümmern«, sagte Cheryl lächelnd. Sie bedankte sich mit ausgiebigen Streicheleinheiten bei ihrem Gespann und verteilte das Futter aus dem Container an sie. »Ihr wart großartig, meine Lieben! Wenn ich euch nicht hätte, läge ich längst im Tiefschnee.«

Erst nachdem sich ihre Huskys in respektvoller Entfernung von Russ Talbots Hunden in den Schnee gerollt hatten, ging sie zum Feuer. Sie teilte eine halbe Tafel Schokolade mit dem Musher und freute sich über sein zufriedenes Lächeln, als er den zarten Geschmack auf der Zunge spürte. »Nicht übel, was?« Ihre Eltern hätten wahrscheinlich den Kopf geschüttelt, aber danach aß sie ein weiteres Sandwich mit Thunfischsalat und spülte den letzten Bissen mit heißem Tee hinunter. »Nicht gerade ladylike, wie ich esse, nicht wahr?«

»Schokolade und Thunfisch? Keine schlechte Mischung.«

»Wie haben Sie es eigentlich zum Yukon Quest geschafft, Russ?«, fragte sie.

Er hielt immer noch einen Riegel Schokolade in der Hand und überlegte wohl, ob er ihn gleich essen oder einpacken und für später aufheben sollte. »Daran ist mein Vater schuld. Er züchtete Huskys und träumte sein Leben lang davon, mal beim Iditarod oder Yukon Quest mitzufahren, aber dann wurde meine Mutter krank und brauchte seine Pflege. Nachdem sie gestorben war, hatte er keine Lust mehr und setzte seine ganze Hoffnung in mich. Er brauchte mich nicht anzutreiben. Ich verabscheue Snowmobile, mag aber Huskys und fahre gern mit dem Schlitten durch die Wildnis. Und ich wollte meinen Vater mit einer Top-Ten-Platzierung beim Yukon Quest überraschen. Das ist mir dann auch gelungen, aber es bedurfte jahrelangen Trainings, das können Sie mir glauben.« Er biss in die Schokolade. »Und Sie? Sind Sie ein Naturtalent?«

Sie berichtete von ihren Eltern und ihrem Laden am Stewart-Cassiar Highway. »Ich kann Snowmobile genauso wenig leiden wie Sie, und als ich Snowball bekam, blieb mir gar nichts anderes übrig. Er ist wirklich ein toller Hund.«

»Und dieser junge Sänger ist Ihr Freund?«

»Das hat sich wohl schon rumgesprochen.«

»Um das zu erkennen, muss man kein Hellseher sein. Ich habe gesehen, wie Sie ihn angeblickt haben. Ein singender Cowboy, wer hätte das gedacht.«

Während Cheryl ihren Windschutz aufbaute und ihren Schlafsack ausrollte, erzählte Russ Talbot ihr vom Yukon Quest. Er war kein Angeber und ging weniger auf die Abenteuer unterwegs als auf den großen Zusammenhalt zwischen den Mushern ein. »Wir waren wie eine große Familie. Ich weiß, das sagen sie bei einem solchen Event immer, aber beim Yukon Quest stimmt es tatsächlich.«

Sie hatte den Eindruck, dass er ihr das Rennen schmackhaft machen wollte. »Das klingt alles sehr verlockend, aber ich befürchte, meine College-Lehrer würden es höchst ungern sehen, wenn ich die Hälfte meiner Zeit trainieren würde.«

Das Rattern eines Hubschraubers erklang. Der Pilot hatte ihr Feuer erspäht und landete ungefähr fünfzig Meter von ihnen entfernt im Schnee. Die wirbelnden Rotoren zerteilten den eisigen Wind. Der Lichtkegel des Scheinwerfers erfasste sie. Als der Pilot den Motor ausschaltete, erloschen auch die Lichter des Choppers, und der Scheinwerfer über der Kamera leuchtete auf.

In seinem Licht näherte sich die TV-Reporterin mit ihren beiden Helfern dem Lagerplatz. »... haben wir zwei der Musher in einem versteckten Tal der Ogilvie Mountains aufgespürt. Anders als Chilko Gunn, der Indianer, der einen geheimen Pfad genommen haben muss, und die vier anderen Mounties, die auf dem Dempster Highway geblieben sind, haben sich Russ Talbot und Cheryl Robinson, unsere Siedlerfrau, weit in die Berge hineingewagt.« Sie stapfte in ihren pinkfarbenen Boots durch den Schnee und hielt ihm das Mikrofon hin. »Hallo, Russ!«, sagte sie. »Sie sind beim Yukon Quest unter die ersten zehn gekommen. Was ist denn nun schwieriger? Ein so anstrengendes Rennen mitzumachen oder in der Wildnis nach einem verirrten Goldgräber zu suchen?«

Der Musher war nicht gerade begeistert von dem Besuch der Reporterin, machte aber gute Miene zum bösen Spiel. »Kommt ganz drauf an, wo sie die Leute versteckt haben. Im Tiefschnee haben wir alle unsere Schwierigkeiten.«

»Und wie beurteilen Sie Ihre Chancen?«

»Seitdem mir Cheryl etwas von ihrer kostbaren Schokolade abgegeben hat, fühle ich mich in Höchstform«, antwortete er. »Zartbitter mit Orange.«

»Klingt exotisch. Und Sie, Cheryl? Wie halten Sie bloß diese Kälte aus?«

»Daran bin ich gewöhnt.« Sie lächelte über die Frage, die ihr Urlauber aus dem Süden häufig stellten. »Wenn man im Norden aufgewachsen ist, macht die einem nichts mehr aus. Genauso wenig wie meinen Huskys. Sie sind die eigentlichen Helden auf einem so schwierigen Trail. Der mit den schwarzen Flecken ist Snowball, mein Leithund. Das ist der beste Husky nördlich der USA.«

»Der zweitbeste«, warf Russ Talbot ein.

Die Reporterin wollte wohl schnell wieder in ihren warmen Hubschrauber zurück und beeilte sich mit ihren letzten Fragen. »Dann wünschen wir Ihnen weiterhin viel Glück!«, verabschiedete sie sich und drehte sich zur Kamera um. »Das war unser erster ausführlicher Bericht von der Mountie Day Challenge in Dawson City. Ich bin Maggie Anderson für CJDC in Dawson City, Yukon.«

23

Als Cheryl früh am nächsten Morgen erwachte, war Russ Talbot verschwunden. Sie kroch überrascht aus ihrem Schlafsack und zog ihre Stiefel an. Noch während sie in ihren Anorak schlüpfte, hielt sie Ausschau nach ihm, konnte ihn aber nirgendwo entdecken. Der Lichtkegel seiner Stirnlampe war nirgendwo zu sehen. Talbot hatte sich klammheimlich aus dem Staub gemacht.

Sie konnte es ihm nicht verdenken. Als erfolgreicher Yukon-Quest-Musher wollte er nicht als Zweiter oder Dritter durchs Ziel gehen. Er war es sich und seinem Ruf schuldig, vor allen anderen mit einem der verirrten Goldgräber aufzutauchen. Nicht nur sie konnte ihm gefährlich werden, wenn er zu lange wartete, auch Chilko Gunn, der sich anscheinend noch besser in den Bergen auskannte als er. Immerhin war Talbot so kameradschaftlich gewesen, neues Holz ins Feuer zu werfen und sie nicht in der Kälte aufwachen zu lassen.

»Warum habt ihr mich denn nicht geweckt?«, rief sie ihren Huskys zu. Die Hunde waren aufgesprungen und warteten bereits ungeduldig auf ihr Futter. »Hat er euch ein paar Leckerlis zugeworfen? Jetzt wird's aber höchste Zeit!«

Während sich die Huskys über ihr Futter hermachten, begnügte Cheryl sich mit einem Becher aufgewärmtem Tee und ein paar Schokokeksen. In Windeseile packte sie ihre Ausrüstung zusammen und verstaute sie im Schlittensack. »Wir haben einen anstrengenden Tag vor uns«, ermahnte sie die Hunde. »Am Grizzly Creek gibt es ein paar Trails, die vor mehr als hundert Jahren von den Goldgräbern und den Mounties benutzt wurden, aber die liegen teilweise sehr versteckt, und wir hängen die meiste Zeit im Tiefschnee.«

Snowball ließ sich durch ihren besorgten Tonfall nicht aus der Ruhe bringen. Indem er sich straffte und entschlossen knurrte, machte er auch den anderen Hunden klar, was sie an diesem Tag erwartete. »Wir dürfen Rick nicht enttäuschen«, sagte Cheryl, während sie die Futternäpfe reinigte und verstaute. »Er verlässt sich auf uns. In seinem Versteck hat er wahrscheinlich alles, was er braucht, und solange die Hubschrauber in der Luft sind, kann ihm gar nichts passieren, aber es wäre schon peinlich, wenn ihn Matt oder einer der anderen Männer findet und wir leer ausgehen. Also strengt euch an!«

Im Schatten der steilen Felswand fuhr sie aus dem Tal hinaus. Russ Talbot hatte denselben Weg genommen, war aber am Ufer des Grizzly Creek nach Nordwesten abgebogen und hatte es wohl auf einen der anderen

»Goldgräber« abgesehen. Sie hielt in der weiten Senke, durch die sich der Bach schlängelte, und studierte noch einmal ihre historische Karte. Die verfallene Blockhütte aus der Goldrauschzeit lag sieben Kilometer weiter östlich am Bachufer.

Sie faltete die Karte zusammen und blickte forschend in die Runde. Eine fast unheimliche Stille umgab sie, nur unterbrochen vom plötzlichen Rauschen des Windes, wenn er in heftigen Böen über die Hügel fegte. Riesige Fächer aufgewirbelten Schnees bildeten sich in der eisigen Luft. Es war kälter und dunkler als sonst, oder kam es ihr nur so vor? Dunkle Wolken, vom ebenfalls dunklen Himmel kaum zu unterscheiden, zogen über die Berge heran und schoben sich wie ein bedrohlicher Wall über die Ausläufer des Tombstone Mountain. Schneebedeckt ragte der riesige Berg in den arktischen Morgen.

Aus weiter Ferne drang das klagende Heulen eines Wolfes zu ihr herüber. Einige andere antworteten ihm. Ihr Heulen hing als vielfaches Echo in der Luft und verunsicherte auch die Huskys, die ihre Verbundenheit mit den wilden Verwandten nicht verleugnen konnten und ein lautes Heulkonzert veranstalteten. Besonders Lobo zerrte unruhig an den Leinen und wäre wohl am liebsten davongelaufen, um sich dem Rudel in den Bergen anzuschließen.

»Lobo!«, wies Cheryl ihn zurecht. »Benimm dich! Du bist ein Husky und würdest keine drei Tage überleben, wenn du mit einem Wolfsrudel auf die Jagd gehen müsstest. Sei froh, dass ich dir jeden Tag dein Futter hinstelle.«

Cheryl hatte keine Angst vor Wölfen. Sie machten normalerweise einen großen Bogen um Menschen, hatten mehr Angst vor ihnen als umgekehrt. Nur wenige Menschen im hohen Norden hatten jemals einen Wolf zu Gesicht bekommen. Sie hatte auf ihren Touren schon mehrfach Wölfe erspäht, war ihnen aber niemals zu nahe gekommen. Wölfe wagten sich lediglich in sehr strengen und eisig kalten Wintern in die Nähe menschlicher Siedlungen und griffen Menschen nur an, wenn sie sonst keine Nahrung mehr fanden.

Viel bedrohlicher erschien ihr der Himmel. Die dunkle Wolkenwand kam rasch näher und es fielen bereits die ersten Schneeflocken. Nervös lenkte sie ihr Gespann über den gefrorenen Bach ans andere Ufer. »Vorwärts, Snowball!«, feuerte sie ihren Leithund an. »Nicht nachlassen! Je eher wir die Hütte erreichen, desto besser! Seht ihr die Wolken? Das sieht nicht gut aus.«

Natürlich hatten auch die Huskys längst gemerkt, dass sich das Wetter verschlechtert hatte, nicht nur wegen der Schneeflocken, die ihnen auf die Schnauzen wehten. Sie spürten mit dem Instinkt ihrer wilden Vorfahren, wenn eine Gefahr im Anzug war. Ein Blizzard konnte auch ihnen gefährlich werden, wenn er mit voller Wucht über das Land hereinbrach. Cheryl hoffte nur, dass Rick in der Hütte war und nicht irgendwo in einem Zelt kampierte.

Über die teilweise blank gefegten Hügelkämme folgte sie dem Lauf des Grizzly Creek nach Osten. Noch bestand kein Grund, sich ernsthafte Sorgen zu machen. Die Veranstalter des Rennens beobachteten das Wetter und würden sie sicher warnen, wenn eine ernsthafte Gefahr bestand. Ein gewöhnlicher Schneesturm war zwar unangenehm und lästig, aber nicht lebensgefährlich, wenn man rechtzeitig Schutz suchte. Wäre sie doch nur schon bei Rick!

Ungefähr einen Kilometer bachabwärts tauchte ein Hubschrauber am Himmel auf. Das Rattern der Rotoren wurde vom Wind herübergetrieben, seine Scheinwerfer durchbrachen die Dunkelheit. Sie beruhigte sich wieder. Solange die Hubschrauber am Himmel waren, bestand kein Grund zur Sorge. Tatsächlich hatte der Wind gedreht, und die Wolken trieben jetzt nach Nordosten, wo sie keinem der Teilnehmer gefährlich werden konnten. Dennoch blieben die Huskys unruhig. Besonders Snowball ließ erkennen, wie besorgt er war. Sein Körper wirkte steifer als sonst und er kam Cheryl nervöser vor.

Auf den letzten zwei Kilometern wurde der Schnee tiefer, und sie war gezwungen, ihre Schneeschuhe anzuschnallen. Sie stapfte vor den Hunden nach Osten und bahnte ihnen einen Weg durch eine Senke, die besonders viel Schnee abbekommen hatte. Ein harter Job, der ihre ganze Kraft erforderte. Kaum vorstellbar, wie die Fallensteller vor mehr als hundert Jahren gelitten hatten, wenn sie kilometerweit durch die Wildnis gestapft waren. Oder die Inuit und Indianer, die auf der Jagd ständig durch den Tiefschnee laufen mussten.

Ihre Sorge um Rick ließ sie die Anstrengung geduldig ertragen. Als Cowboy war er sicher einiges gewöhnt, und wer den Ritt auf einem wilden Bullen überstanden hatte, fürchtete sich bestimmt nicht vor einem Schneesturm. Aber der Norden hatte seine eigenen Gesetze und das Wetter war manchmal so extrem, dass sich auch Männer wie er, die den größten Teil ihrer Arbeit im Freien verrichteten, davon beeindrucken ließen. Sie musste ihn so schnell wie möglich finden.

Am Ende der Senke erwartete sie ein Hügelkamm, auf dem wenig Schnee lag und der ihr erlaubte, die Schneeschuhe abzuschnallen und wieder auf die Kufen zu steigen. Inzwischen schneite es heftig und der Wind wehte ihr noch heftiger und eisiger entgegen. Sie schob ihre Schutzbrille über die Augen und richtete die Stirnlampe auf den Trail, der kaum als solcher zu erkennen war und wie der Teil einer riesigen weißen Wüste vor ihr lag. »Vorwärts!«, trieb sie ihre Huskys an. »Die Hütte kann nicht mehr weit sein. Vorwärts, lauft!«

Gemeinsam kämpften sie sich durch das Schneetreiben. Die Huskys schienen zu wissen, wo die Hütte lag, und ließen sich weder durch den Schnee noch durch den Wind beirren. Es schien fast, als würden sie die

Herausforderung, die das Schneetreiben an sie stellte, in vollen Zügen genießen. Die Schnauzen im Wind, hielten sie unablässig auf die verfallene Blockhütte zu.

Wieder tönte das Rattern eines Hubschraubers vom Himmel herab. Doch er war zu weit entfernt, um ihn zu entdecken. Was hatte der Pilot nur vor? Suchte er nach den Mushern und den versteckten Goldsuchern? Nahm der Sturm so bedrohliche Ausmaße an, dass er den Auftrag hatte, sie einzusammeln und aus der Gefahrenzone zu bringen? Es hatte den Anschein, als würde er nach Süden fliegen, aber in dem heulenden Wind war kaum auszumachen, in welche Richtung er flog. Ein Grund mehr, die Hütte zu erreichen, dort waren Rick und sie am sichersten, falls der Sturm wirklich zu heftig wurde.

Der Wind hatte erneut die Richtung gewechselt und die dunklen Wolken trieben wieder genau auf sie zu. Sie feuerte die Huskys noch wilder an, sprang von den Kufen, schob den Schlitten an und erreichte die Hütte inmitten eines tosenden Schneesturms. »Rick!«, rief sie, obwohl niemand sie hören konnte. »Bist du hier?« Sie hielt vor dem Eingang und spannte die Huskys aus, stellte den Schlitten in den Windschatten der Hütte und beobachtete erleichtert, wie sich die Huskys im Schnee einrollten. Dies war das übliche Vorgehen von Huskys in einem Schneesturm, so konnte ihnen nichts passieren.

Sie trug den Schlittensack in die Hütte und drückte die Tür hinter sich zu. Im Licht ihrer Stirnlampe erkannte sie, dass sie allein war. Missmutig zog sie ihre Handschuhe aus und zündete die Öllampe auf dem Tisch an. Die Hütte bestand nur aus einem einzigen Raum und war einfach eingerichtet: ein historischer Kanonenofen, ein Tisch mit zwei Stühlen, eine Kommode und zwei zerfledderte Matratzen vor der Rückwand. Sie schaltete die Stirnlampe aus.

Man brauchte kein Detektiv zu sein, um zu erkennen, dass noch vor Kurzem jemand in der Hütte gewesen war. Im Ofen glommen die Überreste eines Feuers, und es war noch einigermaßen warm, auf der Kommode standen einige Konserven, etwas Käse, Wurst und ein Stangenweißbrot, dazu eine Dose Kaffee, Milch, Zucker und etliche Zeitschriften. Alles, was man für einen gemütlichen Aufenthalt in dieser einsamen Hütte brauchte. Auf einer der Matratzen lagen mehrere Decken. Neben dem Ofen lag ein Stapel Brennholz.

»Rick war hier«, sagte sie zu sich selbst. Sie berührte den leeren Kaffeebecher neben der Konservendose und blieb nachdenklich stehen. Er war noch warm. »Warum zum Teufel hat er die Hütte verlassen? Der Hubschrauber kann ihn nicht geholt haben, das hätte ich doch gehört! Wo bist du, Rick?«

Sie blickte zum Fenster hinaus und sah, wie der böige Wind den Schnee gegen die Hüttenwand und die Scheiben trieb. Der Sturm wurde immer wilder und heftiger. Das Heulen des Windes klang beinahe genauso unheimlich wie das Wolfsgeheul in der Senke. War Rick etwa da draußen? Warum verließ er die sichere Hütte und wagte sich in diese weiße Hölle hinaus? Wusste er denn nicht, dass man sich in einem solchen Blizzard leicht verirren konnte? Selbst erfahrene Fallensteller waren schon in Stürmen wie diesem erfroren, oft nur wenige hundert Meter von ihrer Hütte entfernt. Sie besaß Snowball, einen intelligenten Husky, der immer wusste, wohin er laufen musste. Aber er?

Ohne weiter zu überlegen, schlüpfte sie wieder in ihre Handschuhe und verließ die Hütte. Sie musste Rick finden, so schnell wie möglich. Mit gesenktem Kopf, die Schutzbrille vor den Augen, lief sie zu ihren Hunden. »Snowball!«, rief sie ihren Leithund. »Wach auf, Snowball! Du musst mir helfen!«

Snowball hörte sie und befreite sich von dem Schnee, der wie eine schützende Decke über ihm gelegen hatte. »Hier kommen wir mit dem Schlitten nicht weit«, empfing sie ihn. »Wer weiß, in welche Richtung er gegangen ist.« Sie schnallte die Schneeschuhe an und überlegte. »Wenn er uns entgegengekommen wäre, hätten wir ihn gesehen. Lass es uns dort hinten versuchen!«

Sie musste schreien, um sich in dem Sturm einigermaßen verständlich zu machen, aber Snowball verstand sie instinktiv und war schon unterwegs. Sie folgte ihm auf Schneeschuhen, stapfte durch den Neuschnee vor der Hütte und blieb in der Nähe des Bachufers. Im wirbelnden Schnee erkannte sie ihre Umgebung nur schemenhaft. Die zahlreichen Hügel hinter dem Haus und die mit Schnee beladenen Bäume waren lediglich als dunkle Schatten zu erkennen. Weder Snowball noch sie ließen sich durch den kalten Wind aufhalten.

Ob ihr Leithund instinktiv handelte oder tatsächlich etwas gehört hatte, wusste sie nicht, doch sie vertraute ihm blind und stapfte hinter ihm durch den Tiefschnee, erklomm einen weiteren Hügel, blieb jedoch plötzlich stehen.

War da nicht ein Geräusch gewesen? Ein schwacher Hilferuf?

Wieder reagierte Snowball zuerst und stieg in die nächste Senke hinab. Sie folgte ihm, verlor das Gleichgewicht und rutschte einige Meter, rappelte sich wieder auf und sah eine zusammengekauerte Gestalt im Schnee liegen.

»Rick!«, rief sie entsetzt. »Rick! Was ist passiert?«

Sie kniete neben ihm nieder und wischte ihm den Schnee vom Gesicht. Seine Gesichtszüge waren schmerzverzerrt. Als sie ihm aufhelfen wollte, knickte er unter einem lauten Aufschrei mit dem linken Bein ein und fiel zu Boden.

»Mein Fuß!«, jammerte er. »Ich hab mir den Fuß verstaucht!«

Cheryl wusste aus Erfahrung, wie schmerzhaft so eine Verstauchung sein konnte. Vor einem Jahr war sie vor der Schule ausgerutscht und hatte sich ebenfalls den

Fuß verstaucht. Sechs Wochen hatte es gedauert, bis die Beschwerden einigermaßen überwunden waren. Es hatte höllisch wehgetan.

Sie legte einen Arm um ihn und wartete, bis der gröbste Schmerz nachgelassen hatte. »Stütz dich auf mich!«, sagte sie. »Bis zur Hütte ist es nicht weit. Wir müssen auf den Hügelkamm, da kommen wir leichter voran. Keine Angst, Rick!«

Wie sie es bis auf den Hügel schafften, hätte sie später nicht mehr sagen können. Sie wusste nur noch, dass der Anstieg eine schmerzhafte Tortur für Rick gewesen war. Jedes Mal, wenn er mit seinem verletzten Fuß auftrat, schoss ein brennender Schmerz durch seinen Körper und ließ ihn verzweifelt aufschreien. Cheryl brach unter seinem Gewicht fast zusammen, beklagte sich aber nicht und hielt tapfer durch, bis sie aus dem Tiefschnee heraus waren.

Auf dem Hügelkamm blieben sie minutenlang stehen. Sie hielten sich gegenseitig fest, bis sie sich von der Anstrengung erholt hatten und genügend Kraft für den Weitermarsch gesammelt hatten. Der Wind blies ihnen ins Gesicht und riss ihnen die Worte vom Mund. Doch sie brauchten einander nur in die Augen zu sehen, um zu verstehen, was der andere sagte. Trotz der bitteren Kälte lächelten sie. »Rick!«, sagte sie. »Das hätte schlimm ausgehen können.«

Snowball ermahnte sie jaulend, endlich weiterzugehen. Er drehte sich ständig nach ihnen um, während er sie zu der abgelegenen Hütte führte. Der Sturm tobte unablässig und verschluckte Ricks schmerzerfülltes Stöhnen, wischte die Tränen aus seinem Gesicht, wenn die Schmerzen kaum noch auszuhalten waren. Sie gab sich alle Mühe, konnte aber nicht sein ganzes Gewicht abfangen, wenn er einen Schritt tat. Jedes Mal, wenn er mit seinem verstauchten Fuß den Boden berührte oder gegen den Schnee stieß, fluchte er.

Vor der Hütte zog sich Snowball auf seinen Lagerplatz zurück und Cheryl half Rick in den warmen Raum. Er ließ sich auf einen Stuhl fallen und seufzte erleichtert, als er seinen Fuß entlasten konnte. »Tut mir leid«, flüsterte er.

Sie warf einige Holzscheite in den brennenden Ofen und half Rick, seinen Anorak, die Mütze und die Handschuhe auszuziehen. Auf der Herdplatte stand noch heißer Tee. Sie schenkte ihm den Becher voll und fragte: »Was ist passiert? Warum bist du nicht in der Hütte geblieben? Du hättest da draußen sterben können! Zum Glück hatte ich Snowball dabei, er hat dich gefunden.«

»Dann bekommt er eine Belohnung von mir, wenn wir wieder in Dawson sind«, sagte er. Sein Gesicht war rot von der Kälte und seine Stimme klang heiser und zitterte. »Hier war mein Stützpunkt, aber als der Sturm losbrach, hatte ich plötzlich Angst, dass du mich nicht finden würdest. Ich wollte nach dir suchen. Ich weiß, das war leichtsinnig, aber ich wollte doch nur in der näheren Umgebung nach dir Ausschau halten. Wenn ich nicht gestürzt wäre …«

»Du hättest Schneeschuhe tragen sollen.«

»Die Veranstalter haben mir keine gegeben. Ich sollte die Hütte auf keinen Fall verlassen. Sie wäre auf keiner aktuellen Karte verzeichnet, aber ein erfahrener Musher würde sie bestimmt finden, hatten sie gesagt. Hätte ich doch nur auf sie gehört!«

»Ist ja alles gut gegangen«, sagte sie. »Lass deinen Fuß mal sehen …«

Sie führte ihn zu seiner Matratze und half ihm dabei, sich hinzulegen. Nachdem sie ein Kissen unter seinen Kopf geschoben und mehrere Wolldecken über seinen Oberkörper gebettet hatte, legte sie ein weiteres Kissen unter seinen verletzten Fuß. »Das wird jetzt etwas wehtun«, sagte sie, als sie sich daranmachte, ihm den Stiefel herunterzuziehen. Er schrie wie am Spieß und stöhnte dann befreit, als er zu Boden fiel. »Mann! Den kriege ich nie wieder an.«

»Brauchst du auch nicht«, erwiderte sie. »Sobald der Sturm nachgelassen hat, kommt bestimmt ein Hubschrauber zurück und bringt dich ins Krankenhaus. Mit dem Hundeschlitten würde es viel zu lange dauern.« Sie zog ihm die Socke herunter und sah, dass der Knöchel stark geschwollen war. »Ich hab einen elastischen Verband dabei, den hab ich damals auch bekommen, als mir was Ähnliches passiert ist. Am besten lässt du den Fuß so liegen.« Sie kramte ihren Verbandskasten aus dem

Schlittensack, gab ihm zwei Schmerztabletten und legte den Verband an. »Die Tabletten haben Power, die wirken schnell.«

Sie holte ihm den Tee und ließ sich neben ihm auf der Matratze nieder. »Damit haben wir wohl alle Chancen auf den Sieg verspielt«, sagte Cheryl, aber sie lächelte dabei. »Wie ich Russ Talbot und Chilko kenne, sind die längst mit ihren Goldgräbern in Dawson City. Wir werden wohl Letzter.«

Er lächelte trotz seiner Schmerzen. »Und weißt du was? Das ist mir so was von egal! Ich bin viel lieber hier mit dir zusammen. Darf ich dich küssen?«

»Was denkst du denn?«, erwiderte sie lachend.

24

Der Sturm wurde immer heftiger. Die dunklen Wolken hingen über den Ausläufern des Tombstone Mountain und ließen auch das wenige Tageslicht, das normalerweise um diese Zeit den Himmel erhellte, verschwinden. Heulender Wind trieb dichte Schneeteppiche gegen die Blockhütte und rüttelte an der festen Tür. Auf den Fensterscheiben hatten sich Eisblumen gebildet, und allein die Vorstellung, das Glas könnte unter dem Druck zerspringen, ließ sie schaudern.

So musste der Weltuntergang aussehen. Im wirbelnden Schnee sah sie nicht mal ihre Huskys und die Bäume jenseits der Lichtung waren nur als dunkle Schatten zu erkennen. Sie waren gerade noch rechtzeitig in der Hütte angekommen. Nur ein paar Minuten später und sie hätten es vielleicht nicht mehr geschafft. Und hätte Snowball sie nicht so schnell zu dem verletzten Jungen geführt, wäre er wahrscheinlich erfroren. Der Gedanke trieb ihr Tränen in die Augen, und sie hätte Rick am liebsten in die Arme genommen und fest an sich gedrückt, aber die starken Tabletten hatten ihn einschlafen lassen.

Sie hatte Angst. In der Blockhütte waren sie zwar sicher, sie war nicht so verfallen, wie sie befürchtet hatte, sie besaßen genug Brennholz und Vorräte für mindestens drei Tage, und sobald der Blizzard nachgelassen hatte, würden sie mit Hubschraubern nach ihnen suchen und Rick zu einem Arzt bringen. Dennoch hatte sie Angst. Jeder vernünftige Mensch, auch ein erfahrener Yukon-Quest-Musher oder Fallensteller, hätte zumindest ein mulmiges Gefühl in der Magengegend verspürt. Angst war nichts Verwerfliches. Sie schützte einen vor lauernden Gefahren und ließ einen rechtzeitig reagieren. Die Natur im hohen Norden war unberechenbar und konnte zu einem erbitterten Feind werden.

Wieder drang mehrstimmiges Wolfsgeheul herüber und diesmal so nahe, dass sie unwillkürlich einen Schritt zurücktrat. Die Wölfe konnten nicht weit sein. Sie versuchte, den Flockenwirbel vor dem Fenster mit ihren Blicken zu durchdringen, und entdeckte eine Bewegung vor den Bäumen. Gleich darauf zeigten sich mehrere dunkle Schatten, die sich nur schemenhaft gegen den Schnee abhoben. Gelbe Augen glühten in der Dunkelheit und starrten sie an.

Einen Moment lang war sie nahezu hypnotisiert und unfähig, einen klaren Gedanken zu fassen, dann rief das aufgeregte Jaulen und Bellen ihrer Huskys sie in die Wirklichkeit zurück. Die Wölfe waren gekommen! Obwohl sie Rick und sie wittern mussten, waren sie von den Bergen herabgekommen und ihr so nahe wie nie ein Wolfsrudel zuvor. Sechs oder sieben Tiere mussten es sein, so genau konnte sie es nicht erkennen. Ohne nachzudenken, griff sie nach ihrem Anorak und zog ihren Revolver aus dem Schlittensack. Sie musste die Wölfe vertreiben, bevor sie ihren Hunden gefährlich werden konnten.

Doch kaum fühlte sie den kalten Stahl ihrer Waffe in den Händen, als die Schatten verschwanden und keine gelben Augen mehr zu sehen waren. Die Wölfe waren verschwunden. Oder hatte sie sich das Rudel nur eingebildet? In einem so starken Blizzard war vieles möglich. Sie wartete bestimmt länger als eine Viertelstunde, bis sie sicher sein konnte, dass sich vor den Bäumen nichts mehr bewegte, und steckte den Revolver dann in den Schlittensack zurück.

Hinter ihr stöhnte Rick. Er war aufgewacht und stützte sich auf die Unterarme. Er brauchte eine Weile, um sich zurechtzufinden und daran zu erinnern, was geschehen war. »Ich war eingeschlafen«, sagte er verwundert. Er blickte auf seinen verstauchten Fuß. »Hey, die Tabletten wirken. Es geht mir schon viel besser.«

»Solange du nicht auftrittst. Bleib lieber liegen. Hast du Hunger?«

Er konnte schon wieder grinsen. »Auf der Kommode steht eine Dose Mac & Cheese, die könnten wir uns teilen. Das hab ich als Kind sehr gerne gegessen.«

Makkaroni mit Käse waren nicht gerade ihr Leibgericht und hatten wahrscheinlich tausend Kalorien, aber sie besaß nur noch zwei Sandwiches, die sie sich für die Rückfahrt aufheben wollte. »Klingt gut. Möchtest du heißen Tee dazu?«

»Das hört sich nach einem Festmahl an.« Er grinste immer noch.

Cheryl legte erneut Brennholz nach, füllte den Inhalt der Dose in einen Topf und stellte ihn auf die Ofenplatte. »Deinen Fuß kriegen sie bestimmt wieder hin«, sagte sie, während sie mit einem Löffel in den Nudeln rührte. »Das kann vier oder fünf Wochen dauern, aber was soll's? Zum Singen brauchst du ihn ja nicht.«

»Aber zum Reiten. Im Frühjahr muss ich wieder fit sein.«

»Und so lange bleibst du in Dawson?«

Er strahlte sie an. »Ich hoffe, du hast nichts dagegen. So, wie's aussieht, bleibe ich den ganzen Winter hier oben. Kitty kann mich nur einen Monat brauchen, aber der Boss vom Can-Can-Saloon hat mir auch schon einen Job angeboten, und seitdem ich gleich mit zwei Songs in den Radio Charts von Dawson bin, kann ich hier sowieso nicht weg. Beim Eröffnungskonzert hat mich der Chef einer kleinen Plattenfirma aus Whitehorse angesprochen, der will mich vielleicht unter Vertrag nehmen. Stell dir vor, meine Songs auf einer CD.«

»Das wäre großartig. Aber verkauf dich bloß nicht zu billig.«

»Vielleicht sollte ich dich ja als Managerin einstellen.«

Sie nahm den Topf vom Ofen, verteilte die Nudeln auf zwei Teller und überließ ihm die größere Menge. »Fang schon mal an«, sagte sie, als sie ihm den Teller und eine Gabel reichte. »Ich wärme inzwischen den Tee auf.« Sie ließ den Tee aufkochen, reichte ihm einen Becher und setzte sich zu ihm.

»Ich hab mich ja noch gar nicht bei dir bedankt«, sagte er. »Wenn du nicht gekommen wärst, läge ich jetzt wohl erfroren im Schnee.« Er blickte von seinen Nudeln auf und schaute sie mit feuchten Augen an. »Du hast mir das Leben gerettet.«

»Snowball und ich«, verbesserte sie verlegen.

»Ohne den Sturm hättest du gewonnen.«

»Ganz sicher. Und ich hätte dich nicht bemuttern dürfen.«

Sie mussten beide lachen und fuhren dann erschrocken zusammen, als der Sturm einige Eisbrocken gegen das Fenster schleuderte und die Scheibe klirrend zerbrach. Ein Schwall eisiger Luft drang in die Hütte. Wirbelnde Flocken bliesen herein und verteilten sich blitzschnell. Wie von unsichtbarer Hand geworfen, klatschte Schnee gegen den Ofen und löste sich zischend auf.

»Blieb liegen!«, rief Cheryl aus Angst, der Junge könnte aufspringen und sich noch schlimmer verletzen. Sie räumte den Tisch leer, wuchtete ihn hochkant und schob ihn mit aller Kraft gegen das zersplitterte Fenster. Augenblicklich wurde es dunkel. Die Öllampe war längst erloschen. Cheryl musste sich mit dem Rücken gegen den Tisch stemmen, um das weitere Eindringen des Blizzards zu verhindern. Der Wind ging mit aller Kraft gegen sie an, wollte den Tisch und sie nach innen drücken, doch sie hielt stand, auch wenn ihr klar wurde, dass sie in dieser Stellung nicht lange durchhalten würde.

»Warte! So geht das nicht!« Rick hatte sich von seinem Schrecken erholt und versuchte aufzustehen, ohne seinen verstauchten Fuß zu belasten, stieß damit gegen die Matratze und sank dann schreiend zurück. »In der Kommode liegt Werkzeug! Ein Hammer und Nägel! Und vor der Hütte lehnen ein paar Bretter! Zusammen schaffen wir es! Gib mir ein paar Sekunden!« Er holte tief Luft und versuchte es erneut, hüpfte auf seinem gesunden Bein durch den Raum, schnaufte ein paarmal durch und ließ sich dann neben ihr gegen den Tisch fallen.

»Bleib so!«, rief sie. Ihre Augen hatten sich nun einigermaßen an die Dunkelheit gewöhnt. Sie löste sich vorsichtig von dem Tisch, überließ es Rick, ihn gegen das offene Fenster zu drücken, und schlüpfte hastig in ihren Anorak.

»Willst du wirklich in diesen Blizzard raus?«, fragte Rick besorgt.

»Hast du eine bessere Idee?«

»Pass auf dich auf, Cheryl!«

Sie wusste selbst, wie gefährlich es war, in einen Blizzard hinauszugehen, sah aber keine andere Möglichkeit. Wenn sie schnell war, konnte ihr nichts passieren. Sie öffnete die Tür, wollte sie eigentlich nur einen Spalt aufmachen, um möglichst wenig Schnee in den Wohnraum zu lassen, doch sie wurde ihr sofort aus der Hand gerissen und klappte nach innen. Gebückt trat sie in den Sturm hinaus, hielt sich dicht an der Hauswand und sah die Bretter, von denen Rick gesprochen hatte, im Schnee liegen. Zum Glück hatte der Sturm sie nicht davongetrieben. Sie hob die Bretter auf, lief geduckt in die Hütte zurück, ließ die Bretter fallen und drückte die Tür mit beiden Händen zu.

Zeit zum Verschnaufen blieb ihr nicht. Mit einem besorgten Blick auf Rick, der durch seine Verletzung stark eingeschränkt war, zog sie ihre Stirnlampe über und lief zur Kommode, fand nach aufgeregtem Suchen einen Hammer und Nägel und hob eines der Bretter auf. Irgendwie schafften sie es mit vereinten Kräften, den Tisch zur Seite und das Brett über das offene Fenster zu schieben und festzunageln. Rick hielt den Hammer. Bis auf einen winzigen Spalt, der aber nur wenig Wind und Schnee durchließ, war das Fenster dicht.

Kaum waren sie fertig, fiel Rick auf einen der Stühle und stöhnte vor Schmerzen. »Oh Mann!«, fluchte er. »Und ich habe geglaubt, die ganze Aktion wird ein harmloser Spaß und ich verdiene mir so ganz nebenbei hundert Dollar.«

»Ich dachte, du bist ein harter Texaner.«

»Auch wir sind nur Menschen wie alle anderen auch.«

Sie lachte. »Das ist ja was ganz Neues.«

Sie schob den Tisch zurück an ihren Platz und zündete die Öllampe an. Ihre Stirnlampe verstaute sie im Schlittensack. Mit einem Lappen, der in einem Eimer neben der Kommode lag, wischte sie den Tee vom Boden auf. Der Wind hatte die Kanne vom Ofen gefegt und gegen die Wand geschleudert.

Mit zwei vollen Bechern kehrte sie zu ihm an den Tisch zurück. Sie teilte eine halbe Tafel Schokolade mit ihm, Zartbitter mit Orange, und lächelte schon wieder, nicht nur wegen der Schokolade. Auch wenn sie in den Ausläufern des Tombstone Mountain feststeckten und draußen der Sturm wütete, tat es gut, mit Rick allein zu sein, ihn nicht mit anderen teilen zu müssen.

»Ich hab mit meinen Eltern telefoniert«, sagte er nach einer Weile. »Eine Stunde bevor sie uns mit dem Hubschrauber in die Berge gebracht haben.«

»Wegen deiner Schwester?«

Er nickte schwach. »Stell dir vor, sie wollen mit ihr nach Hawaii fliegen, um die gute Nachricht zu feiern. All die Fürsorge ist ihr zwar ein bisschen zu viel, wie sie sagt, aber wenn es hart auf hart kommt, ist jeder froh, wenn er Unterstützung hat.«

»Meine Eltern wollten auch schon immer nach Hawaii«, sagte sie, »aber ich bezweifle, ob sie es jemals schaffen. Sie hängen sehr an ihrem Laden und der

Tankstelle und bringen es einfach nicht fertig, sich auch nur für kurze Zeit davon zu lösen.« Sie trank nachdenklich von ihrem Tee. »Ich bin froh, dass es Amy wieder besser geht.«

»Sie ist wirklich sehr hart im Nehmen.«

»Hast du deinen Eltern schon von mir erzählt?«

Rick errötete wieder einmal. »Ich hab ihnen gesagt, dass ich meine Traumfrau getroffen habe. Und dass es eine Frau wie dich nur einmal gibt. In ganz Texas gäbe es keine Frau, die so mutig, intelligent und hübsch wäre wie du.«

»Und das will was heißen, oder?« Auch sie war rot geworden.

»Und ob.« Er trank noch einen Schluck und blickte verlegen zur Seite, als sich ihre Blicke trafen. »Jetzt denken meine Eltern bestimmt, ich bleibe für immer hier. Sie brauchen mich aber auf der Ranch. Sie wollen mir die JR mal vererben.«

»JR?«

»So heißt unsere Ranch. JR wie Jason Robinson, das ist der Name meines Vaters. Nach seinem Tod soll ich sie in Double R umtaufen. RR wie Rick Robinson. Aber das werde ich natürlich nicht tun. Mein Vater hat die Ranch aufgebaut.«

»Williams Lake liegt nicht weit von Prince George entfernt, nicht wahr?«

»Zweieinhalb Stunden mit dem Auto.«

»Ich hab mich auf dem College in Prince George

angemeldet. Schon vor einem halben Jahr, als ich noch gar nicht wusste, dass es dich gibt. Weise Voraussicht, würde ich sagen.« Sie lächelte. »Falls du mich überhaupt willst.«

Er streckte die Hände nach ihr aus und sie griff danach. Für ein paar Sekunden waren sie in ihrem Glück gefangen, störte sie weder der polternde Sturm noch das ferne Heulen der Wölfe. Cheryl war überwältigt von der Zuneigung, die sie füreinander empfanden, seinem Lächeln, das im warmen Schein der Öllampe noch sanfter wirkte, seinen glänzenden Augen.

»Ich liebe dich« flüsterte sie, ohne dass sie es eigentlich wollte. »Ich weiß, das klingt kitschig und wie aus einem Film, aber ich liebe dich wirklich.«

»Und ich liebe dich«, erwiderte er ebenso leise.

Sie stand auf und ging um den Tisch herum, schloss ihn zärtlich in die Arme und küsste ihn. Er schmeckte nach Makkaroni, aber das tat sie auch, und es machte ihnen beiden nichts aus, dazu waren sie viel zu verliebt und der Welt entrückt. Für ein paar Augenblicke gab es nur ihn und sie und dieses unbeschreibliche Gefühl, das zwei Menschen miteinander verbindet.

»Und wer weiß«, bemerkte sie nach einer ganzen Weile, »eine Huskyzucht und eine Tierarztpraxis könnte ich auch in Williams Lake aufmachen.«

Das Rattern eines Hubschraubers störte sie in ihrem Liebesgeflüster und trieb Cheryl zur Tür. Sie öffnete und stellte überrascht fest, dass der Blizzard verstummt war und bläuliches Zwielicht über den Bergen und Tälern lag. Ihre Huskys jaulten aufgeregt und blickten zu dem großen Hubschrauber der Royal Canadian Mounted Police empor, der ratternd auf der Lichtung landete.

Ein Mountie sprang heraus und duckte sich unter den Rotoren hinweg. »Cheryl Robinson«, rief er. »Sind Sie das? Ist Rick Johnson bei Ihnen?«

Sie erklärten dem Polizisten, was geschehen war, und folgten seiner Einladung, mit ihnen, den Huskys und ihrem Gepäck nach Dawson zurückzufliegen. »Keine Angst!«, beruhigte Cheryl ihre Hunde. »Mit so was fliegen viele Zweibeiner jeden Tag. Macht es euch auf den Decken bequem, die der Mountie für euch auf den Boden gelegt hat.« Sie half den Huskys beim Einsteigen und schob den Schlitten hinterher. Der Mountie zurrte ihn mit Riemen fest.

Den verletzten Jungen schleppte der kräftige Mountie über den Schultern zum Hubschrauber. Cheryl setzte sich neben ihn auf die Rückbank. »Wir sind startklar!«, rief sie, nachdem sie sich festgeschnallt hatten. »Danke, dass Sie so schnell gekommen sind. Was ist mit den anderen Mushern?«

»Die sind alle in Sicherheit«, erwiderte der Mountie. »So einen Sturm hatten wir schon lange nicht mehr, der kam für uns alle überraschend. Die anderen konnten wir noch vor dem Blizzard einholen, aber für Sie waren wir leider zu spät dran. Dafür bekommen Sie einen Sonderpreis, hab ich mir sagen lassen.«

Der Pilot ließ den Hubschrauber steigen und lenkte ihn über die Berge und Täler hinweg. Mit dem vielen Neuschnee wirkte das Land noch eindrucksvoller. Die Wolken hatten sich so schnell verzogen, wie sie gekommen waren, und Nordlicht flackerte in allen Farben über den Himmel. »Wissen Sie, was die Indianer übers Nordlicht sagen?«, fragte der Mountie. »Es leuchtet besonders prächtig, wenn unsere verstorbenen Vorfahren im Himmel kräftig feiern. Sieht so aus, als hätten sie heute was ganz Besonderes zu feiern, nicht wahr?«

»Unsere Rettung«, erwiderte Rick.

»Und nicht nur das«, flüsterte Cheryl so leise, dass nur Rick es hören konnte.

Ungefähr einen Kilometer vor Dawson City landete der Hubschrauber auf einem Parkplatz neben dem Klondike Highway. »Das große Finale«, verriet ihnen der Mountie. »Die Veranstalter und das Fernsehen haben uns gebeten, Sie hier abzusetzen. Sie sollen mit dem Hundeschlitten über die Ziellinie fahren. Sie haben ja keine Ahnung, wie viele Leute sich dort versammelt haben.«

»Wenn du mich anschließend zu einem Arzt bringst«, sagte Rick zu Cheryl.

Der Mountie half ihnen, die Huskys aus dem Hubschrauber zu heben und vor den Schlitten zu spannen. Rick packte er auf einen Stapel Wolldecken. »Ich hab Ihren Song gehört«, sagte er. »Mountie Pride. Der ist großartig!«

»Danke, Sergeant.«

»Sie kennen unsere Rangabzeichen? Respekt, junger Mann!«

Der Hubschrauber verschwand und flog über Dawson City hinweg, wohl auch, um den Schaulustigen anzukündigen, dass die Siedlerfrau mit ihrem verschollenen Mountie unterwegs war. »Dann wollen wir mal, ihr Lieben!«, rief sie ihren Huskys zu. »Vorwärts! Zeigt den Leuten, was ihr draufhabt!«

Die Hunde schienen zu wissen, was sie ihrer Herrin schuldig waren, und legten sich mächtig ins Zeug. Im Sprinttempo bogen sie auf die First Avenue. Hunderte Zuschauer säumten die Straße, drängten sich hinter der Absperrung und jubelten ihr zu. »Und da kommt sie!«, tönte die Stimme des Moderators aus den Lautsprechern. »Cheryl Robinson, die Heldin vom Tombstone Mountain!« Anscheinend hatte der Mountie ihn über Funk informiert. »Im Alleingang besiegte sie den mächtigen Blizzard und rettete den verirrten Goldgräber vor dem sicheren Tod! Der Sonderpreis des Mountie Day für unsere Cheryl!«

Die letzten hundert Meter glichen einem Triumphzug. Sie sah John und Lisa am Ziel stehen, auch Russ Talbot und den Indianer, die gekommen waren, um sie für ihre Leistung zu beglückwünschen. »Snowflake Kisses«, ertönte der Song, den Erik für sie geschrieben hatte, »warmer than the sun …«

Doch erst im Ziel, als sie von den Kufen stieg und

Rick umarmte, war ihr Glück wirklich vollkommen. »Weißt du was?«, rief sie. Sie musste beinahe schreien, um sich bei dem lauten Jubel verständlich zu machen. »Ich würde dich nicht gegen alles Gold eintauschen, das man jemals hier gefunden hat!«

»Nicht mal gegen den größten Nugget der Welt?«

»Nicht mal gegen den«, bestätigte sie ihm und küsste ihn.

Snowball jaulte eifersüchtig und war erst zufrieden, als sie von ihrem zweibeinigen Freund ließ und sich ihm zuwandte. Sie kraulte ihn zwischen den Ohren und nahm ihn fest in die Arme. »Keine Angst, Snowball!«, tröstete sie ihn. »Du gehörst zur Familie.«

Joanna Wolfe

Küss mich unterm Nordlicht

ca. 350 Seiten, ISBN 978-3-570-31004-5

Seit dem Tod ihrer Mutter betreibt die achtzehnjährige Jenny mit ihrem Vater eine Lodge in Alaska und hilft bei der Husky-Zucht. Sie will unbedingt in die Fußstapfen ihrer Mutter treten und an dem legendären Iditarod-Hundeschlittenrennen teilnehmen. Gemeinsam mit dem gleichaltrigen Mike, der in der Lodge zu Gast ist, unternimmt sie Touren durch Schnee und Eis, aber sie geraten in große Gefahr, als sie militanten Umweltschützern in die Quere kommen ...

cbt

30214

www.cbt-buecher.de